그는 나의 아버지였다, 이다

그는 나의 아버지였다, 이다

초판 1쇄 발행 2017년 11월 27일

글·사진 김지영

펴낸이 김선기
펴낸곳 (주)푸른길
출판등록 1996년 4월 12일 제16-1292호
주소 (08377) 서울시 구로구 디지털로 33길 48 대륭포스트타워 7차 1008호
전화 02-523-2907, 6942-9570~2
팩스 02-523-2951
이메일 purungilbook@naver.com
홈페이지 www.purungil.co.kr

ISBN 978-89-6291-431-3 03810

• 이 도서의 국립중앙도서관 출판시도서목록(CIP)은 서지정보유통지원시스템 홈페이지(http://seoji.nl.go.kr)와 국가자료공동목록시스템(http://www.nl.go.kr/kolisnet)에서 이용하실 수 있습니다.(CIP제어번호: CIP2017029407)

그는 나의 아버지였다, 이다

글/사진 김지영

푸른길

머리말

"I live. I love."

"산다. 사랑한다."

내 인생의 제목입니다.

"황금빛 노루 한 마리가 부엌으로 뛰어들어 왔지. 그리고 해산을 하는데, 노루 새끼가 아니고, 묵직한 책 한 권과 붓 한 자루가 나오더라고. 언뜻 봐도 너무 귀한 거라서 골방 장롱 안에 깊숙이 집어넣었지."

엄마는 이 꿈을 꾸고나서 나를 잉태하셨다고 합니다.

"그때 골방으로 가지 말고 마루에라도 가지고 나갔어야 했는데."

엄마는 내가 평생을 골방 샌님으로 사는 것을 아쉬워하십니다. 마치 당신 꿈 탓에 아들 인생의 무대가 좁아지기라도 한 것처럼.

'책과 붓'이 나오는 엄마의 태몽 덕분에 나는 서생으로 어렵지 않은 인생을 삽니다. 책은 나에게 언제나 편안한 친구이고, 붓은 가끔씩 버거운 빚쟁이입니다. 글을 쓰는 일이 한 평생의 업입니다. 신문 기자로 시작해서 지금은 변호사 — 둘 다 감정을 절제한 글을 써야 하는 일입니다. 이제 나의 삶, 나의 사랑을 품은 글을 써야 할 때입니다.

"배운다(I learn). 사랑한다(I love). 일한다(I work)." 남아메리카 안데스 지방 잉카의 십자가 차카나(Chakana)가 주는 교훈입니다. '배운다'라는 말 대신 '산다'라고 풀이하기도 하고요. 살아가는 일은 배우고, 경험하고, 지혜를 얻는 일과 같은 것이라는 믿음에서 나온 말이지요.

페루 마추픽추 꼭대기 신전 앞에 돌로 만든 차카나가 있습니다. 윗부분 반

쪽만 서 있지요. 1년에 딱 한 번 동짓날 정오에 나머지 아랫부분 반쪽이 드러납니다. 위 반쪽의 그림자입니다. 그 순간 차카나는 완전한 하나가 됩니다.

아버지는 내가 첫 돌이 되기 전에 군대에 가셔서 6개월 후 돌아가셨습니다. 그의 나이 25세. 그리고 5년이 지나서야 고향에 돌아오십니다. 내가 그의 유골 상자를 받았습니다. 그리고 아버지는 또 사라지셨죠. 내 기억의 골방 속으로.

세월이 흘러 나도 아버지가 됩니다. 아버지로서 아이에게 어찌 해야 할지 모르는 상황, 그때 아버지가 나타나십니다. 엄지손톱만 한 도민증 사진을 엄마가 큰 공책만 하게 확대해 놓은 사진 속의 아버지가 안쓰럽게 말씀하십니다.

"난들 뭘 알겠니."

아버지는 그림자가 되어 내 인생의 차카나를 따라 돌고 계시죠. 부재의 존재감. 아버지를 불러 봅니다.

"아버지! 배우고, 사랑하고, 일하고, 잘 살아가고 있어요."

엄마에게 이 책을 바칩니다. 평생을 곁에 있어도 말하지 못한 이야기들….

초등학교 때 아스라한 꿈을 주신 이은호 선생님, 고등학교 때 따끔하게 지도해 주신 윤동규 선생님, 그리고 대학교 때 글의 길을 보여 주신 피천득 선생님, 큰절 올립니다. 등단시켜 주신 『현대수필』 윤재천 선생님 고맙습니다. 시인 나태주 선생님, 귀한 평을 써 주셔서 큰 영광입니다. 60년 친구 최완규 총장과 대학 동기 정정호 교수, 추천의 글 고맙습니다. 푸른길 편집진, 감사합니다.

2017년 11월 20일

할리우드 사인이 보이는 로스앤젤레스 사무실에서

김지영

Contents

차례

IV 고향에서 나그네 되어

V 더 멀리 걷고 싶다

VI 남이 쓰고, 내가 읽고, 그리고 한마디

궁금 그리고 불안 … 황금 소녀가 세상을 내다본다. 저 멀리 바다 건너에는 누가 살고 있을까? 붙박이 존재에게 궁금증은 희망이고 동시에 불안이다. 캘리포니아 허스트 캐슬.

I

사랑, 그 아스라함에 대하여

봄 … 고향의 봄 같은 풍경이다. 남가주에서 오래 살아서 그럴까? 복숭아꽃, 살구꽃 대신 민둥산에 지천으로 핀 캘리포니아양귀비. 길어야 한 달. 사월이 지나면 메마른 사막의 모습으로 바뀐다. 캘리포니아 고만(Gorman).

그 별에 셋방 하나 얻었으면

그 별에 셋방을 하나 얻고 싶다.*

시인 안도현의 소원 중 하나인가 보다. 나도 그랬으면 좋겠다.

나는 그 별에 셋방을 얻으면 하고 싶은 일이 있다. 먼저 귀여운 이에게 전화를 걸어 주소를 알려 주겠다. 그래서 예쁜 그림 속에 보고픔이 녹아 있는 아름다운 말들이 별처럼 박혀 있는 엽서를 보낼 수 있도록. 귀여운 이가 답장을 하면 나는 다시 엽서를 보낸다. 그 별로 찾아오는 자세한 지도와 함께. 오는 길에 잠시 쉬어서 향기로운 차를 마실 수 있는 찻집에 대한 안내를 곁들인 지도를 말이다.

그 셋방에서 귀여운 이를 기다리는 동안 나는 글을 쓰고 싶다. 살아온 이야기 그리고 살아갈 이야기. 한 마디에 천 가지 감정을 담는 시인의 글솜씨가 없기 때문에 산문일 수밖에 없다. 희미한 전생의 기억 조각들을 모아 보고 싶다. 언제 어디에선가 귀여운 이와 만났던 인연을 찾고 싶다. 끊어질 듯 이어지는 그 인연의 끈을 조심스럽게 따라가다 보면 이생에서의 만남이 있고, 그리고 앞날이 있다.

그 별, 그 셋방에는 맑은 아침과 서늘한 저녁이 있다. 뜨거운 한낮과 어두운 한밤중은 없다. 온몸으로 촉촉한 아침 이슬 마시고, 보라와 주홍의 저녁노을

* 안도현의 시 「별」에 나오는 시구.

한눈 가득히 담아 가며 귀여운 이를 기다린다. 잠자듯 깨어 있고, 깨어 있듯 잠을 자며 귀여운 이가 올라오는 구름다리를 지켜본다.

귀여운 이가 찾아온다. 별빛에 어울리는 우윳빛 망사로 된 드레스를 입고, 보일 듯 말 듯한 웃음을 지으며 내게로 온다. 우리는 하늘로 향한 그 셋방의 지붕 창문을 열고 별 위에서 다른 별을 보며 마주 앉는다.

그리고 오래 준비해 둔 포도주병을 딴다. 신사임당이 치마폭에 그렸던 포도나무에서 딴 포도로 만든 술이다. 귀여운 이가 만든 크리스털 잔에 강낭콩꽃같이 너무 붉어서 푸른빛마저 도는 포도주를 따른다. 잘 익은 포도주에서 나는 백 가지 향기에 먼저 취한다. 포도주 잔을 드는 귀여운 이의 가는 손가락이 잠시 떨린다. 귀여운 이와 나의 심장이 뛰는 고동 소리. 그 파장으로 테이블 위에 놓인 촛불이 흔들린다. 포도주는 황진이의 뜨거운 마음을 열어 준다.

나는 그 별을 찾고 있다. 그리고 그 셋방을 찾고 있다. 귀여운 이를 기다리고 있다.

황홀한 바위 … 바위가 이렇게 고울 수가. 땅 속도 아니고 땅 바깥도 아닌 이곳 바위 틈 사이에 이런 절경이 있다. 애리조나 앤틸로프밸리.

당신이 나비인지 내가 나비인지

나무 그늘 아래
나비와 함께 앉아 있다
이것도 전생의 인연.

고바야시 잇사(小林 一茶)의 하이쿠 한 수

한 알의 모래에 온 세상을 다 담아두듯 잇사라는 시인은 한 줄 시로 이생과 전생을 다 말한다.

당신과의 현재 과거 미래를 말해 주는 외줄 시. 잇사와 같은 함축의 아름다움을 이루지 못한 나는 다음과 같이 긴 말을 할 수밖에.

당신이 나비인지 내가 나비인지.
영원한 것은 아마 나무 그늘뿐인 듯.
나비도 날아가고 사람도 일어나야지.
당신과 나는 더도 말고 50년만 같이 앉아 있자.
그리고 다음의 인연을 기약하면서 떠나자.
떠난 다음에 또 세월이 가면 영원할 것 같던 나무 그늘도 사라지겠지.
만 년쯤 지난 다음 생에서 내가 나무가 되고
당신은 다시 나비가 되어 찾아오면
잠시라도 시원한 그늘을 만들어 주면 좋고.

이생에서 나무였던 그도 따라와 같이 만나면 더욱 좋고.
같은 때 같은 세상을 살아가는 사람들 중에서 같이 만나 눈을 마주치는 일도
먼 전생 어느 땐가의 아쉬운 이별과 기약의 인과(因果)이리.
땅속 깊이 흐르는 맑은 물이 바위 틈새로 올라와 잠시 구경하는 햇빛 세상,
졸졸 흐르는 개울도 되고, 힘차게 떨어지는 폭포도 되고,
유유히 흐르는 강물도 되고, 그렇게 바다에 모이자.
그리고 봄볕 따뜻한 어느 날 오후 아스라한 아지랑이 되어
하늘로 가자.
또 인연이 있으면 한 방울 빗물이 되어
메마른 땅에 툭 떨어져
다시 땅속 깊이 흐르는 물이 되자.
그리고 세월이 더 지난 다음에 어느 고즈넉한 절간 뒤 샘물이 되어,
아침 예불 막 마치고 돌아온 노스님의 한 사발 찻물이 되자.
아마 그 스님은 나무 그늘 아래 잠시 같이 앉아 있던 나비일지도 몰라.

고바야시 잇사. 이름이 좋다. 한자 그대로 읽으면 '작은 숲속 한 잔의 차'.

1763년 오늘날의 나가노현에서 나서 13세 때 당시 에도로 가서 하이쿠를 공부, 51세에 고향으로 돌아와 65세에 죽었다.

시의 원문은 "木の陰やてふと宿るも他生の縁".

한글 번역은 '전생'인데 원문은 '他生(타생)'. 원문이 더 좋다.

내가 쓴 글에서 '당신'은 애인이 될 수도 있고 좋은 친구가 될 수도 있다. 아니면 그냥 스쳐가는 많은 사람 중의 하나일 수도 있다.

살아가면서 많은 사람을 만난다. 같은 때 같은 땅에 사람으로 태어나는 일은 얼마나 많은 인연의 고리가 걸려 있는 일이겠는가. 좋은 인연은 사랑으로

피어난다. 악연의 덫에 걸려 짧은 인생 가슴 태우며 사는 사람들도 있다. 그리고 더 많은 인연은 그저 눈짓 하나 가벼운 악수로 비켜 간다.

그 어떤 인연도 소중한 것이다. 이생에서의 하찮은 만남도 전생의 인연의 긴 꼬리이다. 이생에서의 만남은 또 하나의 인연으로 다음 생에 이어진다.

나무 그늘에 앉아 있는 나비에게는 한순간도 치열한 삶이다. 꽃을 찾아 헤매다가 지친 날개를 잠시 접고 있을 수도 있고, 눈 밝은 참새에 쫒기다가 한숨 돌리기 위하여 그늘을 찾았을 수도 있다. 인간의 눈으로 보면 순간이지만 나비의 일생에는 긴 시간. 3일을 사는 나비에게 1분은 긴 시간이다. 인생이 천년만년이나 되는 듯 악착같은 사람들도 있다. 길어야 백 년. 이런 글을 읽고 이해를 하는 나이가 되면 50년 안팍. 모두 이생에서의 인연을 만들어 가는 시간이다.

인간사를 환히 내려다보는 더 높은 존재가 아등바등 다투고 살아가는 사람들을 보면 우리가 나비를 보듯 그 짧은 시간에 매달리고 있는 삶의 치열함에 연민을 느낄 것이다.

살아간다는 것 그것을 이생의 삶보다 더 넓게 볼 수 있는 지혜를 가진 현자가 되고 싶다. 전생에서 만든 악업은 이생에서 태워 버리고 다음 생에서 아름다운 만남을 가질 수 있게 좋은 인연을 만들어 가는 인생, 그것을 가지고 싶다.

하루 해가 진다 … 바닷가에 바위산 하나. 바닷속에 또 하나. 하늘도 두 개. 보이지 않는 태양도 두 개. 저녁 놀이 화려하다. 캘리포니아 모로 베이.

열여섯 봄날, 꽃눈 맞으며

꽃눈, 눈꽃 그리고 꽃순이. 꽃과 눈, 봄을 생각하는 때[思春期], 첫 가슴앓이는 그들로부터 밀려온다. 꽃눈[花雪]이 가슴을 후끈거리게 하고, 눈꽃[雪花]이 가슴을 시리게 한다. 벚꽃이 눈처럼 쏟아진다. 눈꽃이 하늘을 가린다. 어느 봄날과 어느 겨울날, 공산성 벚나무 숲의 정경이다. 그 그림이 열여섯 숫총각의 가슴에 아프게 새겨진다.

다시 그 자리에 선다. 46년 후. 빈 가지가 휑하다. 꽃눈도 눈꽃도 먼 옛날의 환영. 돌로 만든 성벽 그리고 그 위의 돌길은 아직도 그저 그렇게 거기 있다. 성채 바깥 가파른 언덕 밑에 금강물이 아득하다. 겨울비 끝의 아침 안개가 무지근하다. 꽃은 이미 떨어졌고, 눈은 이미 녹아 흐른다. 꽃은 떨어지고 물은 흐르는 게[落花流水] 세월이지.

공산성, 5월이면 꽃눈이 흐드러진다. 꽃비라고 하는 사람도 있지만 그건 꽃눈이다. 성곽 주위로 빼곡한 벚나무들은 하나같이 하얀 꽃을 피운다. 꽃다운 짧은 날들이 지나면 꽃잎이 시나브로 떨어진다. 허연 꽃잎 하나, 둘. 그리고 소담한 눈송이가 되어 꽃눈이 된다.

꽃눈을 맞으며 나는 꽃순이를 생각했다. 꽃순이, 당시 사대부고 1학년. 하얀 얼굴이 갸름한 학생 장○○. 이제는 할머니가 되었을 그녀. 어차피 이름을 밝힐 수 없을 바에야 그냥 꽃순이라고 부르자. 학교 가는 길에 어김없이 스쳐 지나가던 여학생이다.

1966년 그때는 나도 고 1이었다. 내가 다니던 공주고는 공주읍 남쪽, 북쪽에서 금강다리를 건너 곧장 내려오는 큰길 끝에 있다. 금강다리와 공주고 중간쯤이 중동사거리. 꽃순이의 사대부고는 중동사거리에서 오른쪽, 공주읍 서쪽 봉황산 밑에 있다. 그래서 꽃순이와 나의 등굣길 접점은 중동사거리였다.

꽃순이를 보기 위해 중동사거리에서 오 분 정도 서성거리기는 예사다. 하얀 칼라, 단발머리. 그녀가 지나가는 옆모습을 보고서야 학교로 간다. 꽃순이는 내가 거기서 서성이는 줄을 아는지 모르는지, 그냥 가던 길을 갈 따름이다. 나는 얼굴이 붉어질 틈도 없이 가슴부터 먹먹해진다. 우린 그렇게 십자가의 궤적을 만들며 매일 만나고 헤어졌다.

꽃순이를 처음 본 것은 중학교 2학년 겨울방학. 공주에 감리교 선교사들이 세운 영명학교가 있다. 그 학교에 대전에 있는 미국 선교사가 매주 한 번씩 영어를 가르치러 왔다. 저녁에는 선교사 숙소에서 영명학교뿐 아니라 다른 학교 학생들을 상대로 영어 교실을 열었다. 공주중, 사대부중, 공주여중 학생들이 30여 명 나왔다. 그중 한 명이 꽃순이. 말 한마디 붙여 보지 못했던 내가 고1이 되어 갑자기 꽃순이 열병을 앓게 된 것은 그녀도 아버지 없이 자란다는 사실을 알게 된 후부터다.

아버지는 내가 한 살 때 돌아가셨다. 그래서 아버지라는 존재의 의미를 느끼지 못한다. 그러나 '아버지 부재'라는 상실감을 지닌 사람들에게는 뭔가 애틋한 마음이 간다. 아버지가 없는 꽃순이에 대한 사랑스럽고 안쓰러운 마음 그것이 나의 사춘기를 폭발시켰다.

그 봄 생각의 파편들이 산성공원의 꽃눈이다. 등굣길에 스쳐 지나가는 꽃순이. 그립다 말도 못하는 바보. 나는 학교가 파하면 미친 듯이 산성공원으로 뛰어오른다. 성벽을 따라 산등성이를 헤맨다. 벚나무 하얀 꽃이 눈처럼 쏟아진다. 이팔청춘 열여섯 봄날은 그렇게 가더라. 꽃눈을 맞으며 오로지 생각나는 것은 꽃순이.

그해 겨울 공산성, 같은 벚나무 아래서 사각 학생복 어깨 위에 오롯이 쌓이는 눈을 털어 주던 여학생, 그녀는 꽃순이가 아니다. 가지 끝마다 달린 소담한 눈꽃을 같이 보며 더없이 행복해하던 그녀, 눈송이라 부르자. 같은 학년 공주여고 학생이었다. 아버지가 대학교수인 번듯한 집안의 딸, 그래서 더 가까이하기에는 어색하다. 아버지의 부재를 공유하는 꽃순이를 배반하는 듯한 자괴감에 가슴이 시리기도 했다.

그해 봄과 겨울, 꽃눈과 눈꽃 사이 나의 사춘기는 걷잡을 수 없는 혼돈에서 길들일 만한 정돈으로 변한다. 영명학교 선교사 미스 브랜트의 후임으로 미스터 마이너가 온다. 매주 월요일 그의 숙소에서 영어 교실을 한다. 학생은 남자 넷, 여자 넷. '예수의 어린 제자들(Jesus Young Disciples)'라는 거창한 이름으로 성경을 읽고 소설을 읽는다. 그렇게 3년, 그게 내 영어 실력의 밑천이 된다.

눈송이는 그중의 한 여학생이다. 꽃순이는 거기 없었다. 눈송이와는 대학교 때도 한동안 만나고, 헤어지고, 그렇게 지냈다. 어느 날 결혼한다는 연락이 오고, 그 결혼식에 어색하게 참석했다. 세월이 지나고, 생각지 않게 안부를 전하고, 그렇게 46년이 지났다. 꽃순이는 흔적 없이 내 시야에서 사라지고….

세월이 지나고 나는 '아버지 부재'를 공유하는 여자와 결혼을 했고, '아버지 부재'를 공유한 초등학교 친구가 아직도 가장 친한 친구이다.

2012년 12월 15일, 나는 눈 덮인 산성공원을 다시 오른다. 그때 그 벚나무 더 우람하다. 지금은 나무가 잠든 계절, 5월이 오면 다시 흐드러지게 꽃눈을 날리고, 겨울이 오면 불쑥불쑥 눈꽃을 피울 게다. 열여섯 숫총각들은 다시 '꽃순이', '눈송이'를 생각하고…. 그렇게 세대가 바뀐다.

'아버지의 존재' 또는 '아버지의 부재' – 나의 아들딸은 사람을 만날 때 이런 어려운 명제를 생각하지 않기를 빈다.

낙동강 강바람에 … 이른 봄 복숭아꽃은 어디서 보아도 예쁘다. 양산 가는 길, 낙동강이 내려다보이는 고갯길. 무릉도원의 그림이다. 경남 양산 천태산 기슭.

먼 길을 돌아

당신은 돌돌돌 흐르는 도랑물이었습니다. 참나무 잎새 하나 당신 따라 흘러가고 있었죠. 아직 연초록 어린 잎새. 그 위에 등을 대고 누워 있던 한 마리 개미, 그게 나였습니다.

"저 파란 하늘에 풍덩 빠져 볼까?" 개미가 말합니다. 작고 수줍은 목소리로.

"하늘이 내 품 안에 있지." 당신이 말합니다. 물안개같이 부드러운 목소리로.

물 흐름이 잠시 멈춘 한 뼘 크기의 작은 호수, 거기서 우리는 그렇게 첫인사를 합니다.

작지만 시야가 넓은 개미 눈에 파란 하늘이 가득 차고, 당신이 하늘을 품고 찰랑거립니다. 당신의 가는 물숨결 따라 잎새가 빙그르 돕니다. 그 상큼한 어지러움은 개미의 작은 영혼을 뒤흔듭니다. 그렇게 하늘을 깔고, 하늘을 덮고 나는 당신 품에 안기지요.

물은 흐릅니다. 물처럼 흐르는 게 세월이지요. 당신과 나는 동무 이상의 동무가 되어 먼 길을 같이 흘러내리지요. 작은 도랑이 큰 도랑이 되고, 물길은 넓어집니다. 거칠어진 물결에 참나무 잎새가 너무 작아지면, 나는 오리나무 잎새로 갈아타고 당신을 따라가지요.

도랑들이 모여서 시냇물이 되고 더 큰 물길이 될 때 당신을 놓칠세라 걱정도 합니다. 깊은 산속 어느 큰 절 앞 바위틈 물굽이, 거기서 당신을 잠시 잃기도 합니다. 다행히 보살님들의 법등 띄워 보내기[流燈] 덕분에 오색등을 타고 당신을 다시 따라잡고, 화려한 여행을 합니다. 개울가 복사꽃 꽃비를 같이 맞기도 하고요.

시냇물들이 만나서 강이 됩니다. 개미로서는 엄두가 안 나는 물길이죠. 당신을 따라가게 해달라고 간구합니다. 부처님의 원력으로 나는 동자 뱃사공이 됩니다. 그리고 조각배, 돛단배, 통통배를 갈아타며 당신을 따라갑니다. 강폭이 넓어지며 당신과 거리가 생길 때도 있지만, 그래도 당신은 이쪽 강둑에서 저쪽 강둑 사이, 늘 거기 있습니다. 때때로 눈앞에서 당신을 볼 수 없어 가슴이 철렁하기도 하지만 그래도 우린 곧 다시 만납니다.

강은 강끼리 만나서 더욱 넓어지고, 세월은 그만큼 빠르게 흘러갑니다. 이제 어디서부터 이쪽 강둑이고 어디가 저쪽 강둑인지 분간하기가 어려워집니다. 강을 따라 내려오는 긴 세월 동안 나도 동자 뱃사공에서 소년 뱃사공, 이제는 청년 뱃사공이 되었네요. 당신을 잃지 않고 여기까지 온 게 대견합니다.

아, 그러나 이제 바다 내음이 뚜렷해지네요. 처음에는 비 오기 전 묵직한 하늘 밑에서 코끝에 잠시 묻어나던 갯내음, 이제는 그게 세상의 전부가 되었네요. 숨이 턱 막히게 넓은 바다가 보이네요. 돌돌 흐르던 도랑물 당신, 이제는 파도의 일부가 되네요. 당신을 놓치지 않으려 애를 쓸수록 파도는 커지고 빨라집니다.

세월 그 속에서 변하지 않는 것은 없지요. 당신도 넓어진 강물에서 가없는 바다로 가면서 더 자유스러워지고 있습니다. 돌돌돌 도랑물 시절 내가 들려주던 이야기가 물 바깥세상의 전부였던 시절은 아득한 옛날이 되고, 이제 당신은 갈매기들이 툭툭 던지고 가는 먼바다 이야기에 자주 정신을 팔곤 합니다. 나와 얼굴을 맞대는 조용한 순간에는 우리 같이 꽃길 따라 흐르던 그때 맘이 변하지 않았다고 확인하지요. 그러나 확인은 불안의 징조입니다.

당신은 이제 옛 시냇물의 다정함보다는 새 바닷물의 자유로움을 더 생각합니다. 그 자유의 폭을 따라잡기에는 내가 타고 있는 통통배가 너무 초라하군요. 아니라고 하지만, 당신은 이미 내 시야 바깥에 다가올 광경을 상상하며 달콤한 미래를 생각하고 있습니다.

바다로 가는 당신, 그 큰 바다에서는 당신을 내 시야에 가두어 둘 재주가 없군요. 내가 그 바다에 따라간다 해도 당신 곁에서 끝 모를 여정을 같이 할 수 없다는 아픔이 또렷해지네요.

그래도 바다로 갑니다. 통통배를 타고, 남아 있는 힘을 다해서. 큰 파도가 내려치면 내가 탄 배는 깨지고, 나의 뼈는 바닷속 깊이깊이 내려가더라도. 마지막 남은 숨은 한 다발 물방울이 되어 하늘로 가고, 그대를 찾는 두 눈은 한 줄기 빛다발 비명과 함께 암묵의 바닷속에 스러지더라도.

당신은 이제 곧 어느 갯바위를 쿵쾅 들이치는 파도가 되겠지요. 새로운 힘으로 튀어오르며 절정을 맞는 포말이 되어 잠시 밤하늘의 별이 되기도 하고. 그래도 아주 가끔씩, 어느 작은 갯고랑에서 썰물 끝머리가 되어 흘러내릴 때는 아주 먼 옛날 돌돌돌 흐르던 도랑물 시절을 생각하며 그 시절 개미의 수줍은 목소리를 기억해 주겠지요.

당신이 먼바다를 헤맬 때, 나는 한 조각 구름이 되어 당신을 따라가겠어요. 적도 뜨거운 바다를 지나며 당신이 아지랑이가 되어 다시 하늘로 오르면, 우린 그렇게 같은 구름덩이가 되어 만납시다. 어느 벼락 치는 날 한 방울 빗물이 되어 산자락에 떨어지고, 다시 돌돌돌 흐르는 도랑물이 되어서 흘러가고.

사랑이 사랑인 것은 끝없는 변환을 담담히 감내하는 것이지요. 먼 길을 같이 흘러온 후에야 뒤늦게 깨닫네요.

가을의 여인 … 단풍의 소리를 듣는다. 한여름 잎새 끝까지 오던 풍성한 물길이 잦아들어 숨이 가쁘다 한다. 때가 되면 땅에 떨어져야 하는 이치를 모른다. 한 방울 물이 그리워 얼굴이 붉어질 뿐이다. 여인의 눈에는 단풍이 황홀하기만 하다. 일본 도쿄의 어느 정원.

사랑은 비극, 그래도 사랑밖에

사랑 때문에 가슴이 아팠다면 이인화의 『시인의 별』과 에밀리 브론테의 『폭풍의 언덕』을 다시 읽어 보자. 아파도 다시 할 수밖에 없는 것이 사랑이라는 것을 깨닫게 될 것이다.

1. 초원의 별이 된 사랑 이야기

안현의 아내는 예뻤고 노랫소리도 곱고 빼어났다. 그 아내를 몽고 왕족이 빼앗아 갔다.

안현은 시인이다. 세상살이에 어리숙해서 과거에 급제를 하고도 10년이 넘어서야 지금의 대청도 역참관리로 임용된다. 고려 충렬왕 때 대청도는 원나라의 왕족이나 귀족의 유배지. 고려인 하급 관리보다 귀양 온 몽고 귀족이 실세인 곳이다.

원나라 황제 쿠빌라이의 아들이 대청도로 귀양 온다. 우연히 안현의 아내를 본 그가 그녀를 내놓으라고 한다. 안현 부부는 몰래 배를 타고 탈출, 그러나 바다에서 잡힌다. 아내는 끌려가고 안현은 머리가 터진 채 바다에 던져진다. 하지만 겨우 살아서 개경으로 돌아온다.

죽었다 살아나서 겨우 몸을 추스르게 되자 그는 떠난다, 아내를 찾아서. 지금의 북경 당시 대도까지 걸어간다. 그의 아내는 이미 거기 없다. 황제의 아들은 벌써 그녀가 싫증이 나서 몽고 귀족에게 하사했다. 이 귀족은 몽고 땅으로 돌아갔다. 안현은 다시 걷는다. 바람에 날리고 모래에 묻히고 그래도 연명한다. 때로는 들쥐를 잡아먹으며.

몇 년, 또 몇 년 만에 아내를 데려간 귀족의 영지에 다다른다. 그리고 귀족 부인이 된 아내를 만난다. 서로 말을 주고받을 계제가 아니다. 아내는 귀족 남편에게 고려에서 온 사촌오빠로 한문을 잘한다고 소개한다. 그 배려로 그 집의 집사 서기가 된다.

그렇게 또 세월이 간다. 아내보다 서른이나 위인 몽고 귀족이 죽는다. 아내가 낳은 후계자는 아직 미성년. 그 아이가 성년이 되어야 그 집안이 영지를 다시 돌려받는단다. 아내가 지나갈 때 안현이 혼잣말처럼 말한다. "고향의 고모못에는 연밥이 한창이겠습니다." 신혼 시절 박연폭포 아래 고모못에서 연밥을 따며 채련가를 부르던 기억.

아내를 본 안현의 감회: "빛과 향기로 엮어진 듯 사랑스런 아내의 눈길을 마주 보자 세속에서의 삶은 죽어 버리고 시간의 흐름은 멈추었다. … 시경의 시들이 영원으로 봉인해 버린 사랑의 메아리, 부부의 다정한 눈동자에서 태어나 모든 살아 있는 것들과 하나가 되는 사랑, 시인들이 그려 왔던 그 아득한 길…. 젊은 날의 별이 다시 보인다."

그러나 아내는 단호하게 말한다. "철새는 날아갔다 돌아오지만 인연은 한번 끊어지면 다시 잇기 어렵습니다." 아내는 이미 몽고 귀족의 부인으로 어린 아들이 성년이 되어 영지를 돌려받고 가문을 다시 일으키는 일에 전념하고 있다. 안현은 다시 그렇게 아내 곁에서 존재한다. 살아 있는 것도 아니고 죽은 것도 아니고. 먼 옛날 아내가 부르던 채련가를 기억하면서.

안현의 마음: "요즘도 잠자리에 누우면 그 노래가 귓전에 울립니다. 그러면 연뿌리 끊기듯 애간장이 끊고 연밥알인 양 눈물이 방울방울 흐릅니다."

드디어 아내의 아들이 성년이 되고 몽고 귀족으로 영지를 돌려받는다. 초원에서는 축하 잔치가 크게 벌어진다.

그날 밤….

안현이 본 것: "황야는 세상 끝까지 뻗어 가지만 그 위에는 억만 년 저런 별이 빛나고 있다. 그러나 그때 북풍이 말로 표현할 수 없을 만큼 거대한 맹수처럼 웅웅대면서 질주해 왔다." 안현은 일순간 이승과 저승의 경계에 선 듯했다. 지평선의 끝에서 끝까지 세계는 온통 모래들의 우수에 찬 외침, 휘어져 신음하는 나무들의 울음, 흩날리는 티끌과 지푸라기들의 슬픔으로 가득 찼다.

안현은 아내가 있는 게르로 간다. 그리고 비명 소리가 들린다. 아내는 죽고 안현은 칼을 들고 서 있다.

몽고 귀족의 부인을 죽였으니 당연히 즉결 처분감이다. 그러나 안현의 이야기를 들어주는 사람이 있다. 안현은 자신의 이야기를 「채련가」라는 글로 남기고 사형을 당한다. 한 마리의 자유로운 말이 안현을 매달고 초원을 달린다. 그리고 별빛 쏟아지는 황야에 시체를 떨군다. 당시 몽고에서는 최고의 예를 갖춘 사형 방법이다.

– 이인화, 『시인의 별』(2000년)

2. 폭풍 같은 복수, 그것도 사랑일러라

캐서린은 같은 집에서 자란 히스클리프를 사랑한다. 히스클리프는 아버지가 주워 온 검은 얼굴의 집시 고아이다. 아버지는 그를 친자식처럼 기른다. 캐서린의 친오빠 핸들리는 히스클리프를 미워한다. 아버지가 죽자 핸들리는 히스클리프를 하인으로 만들고 구박한다. 그럴수록 캐서린과 히스클리프 둘은 더욱 사랑하게 된다. 황량한 늪지대, 폭풍의 언덕에 있는 고풍의 저택, 그들이 사랑을 나눌 수 있는 곳은 많다.

폭풍의 언덕 밑에 가장 가까운 이웃 린튼 일가가 살고 있다. 아들 에드가, 딸 이사벨라. 부자이고 캐서린 집안보다 귀족이다. 캐서린은 에드가와 가까워진다. 그리고 결혼을 한다. 검은 얼굴에 배운 것이 없는 히스클리프는 그렇게 실연을 당한다. 그리고 폭풍의 언덕을 떠난다.

3년 후 히스클리프는 부자가 되어 돌아온다. 폭풍의 언덕 저택을 물려받은 핸들리는 노름꾼 술주정뱅이가 된다. 히스클리프는 그에게 돈을 빌려주고 서서히 그 집을 차지한다. 그리고 이웃집 마나님이 되어 행복하게 살고 있는 캐서린을 찾아온다.

캐서린은 히스클리프를 보자 옛사랑이 다시 타오른다. 남편 에드가는 원래부터 히스클리프를 싫어했다. 이런 상황에서 그 둘이 부딪치는 것은 필연이다. 싸움이 붙는다. 문제는 히스클리프가 문약한 에드가보다 훨씬 체력적으로 강하다는 것. 이 싸움의 한복판에서 캐서린은 히스클리프 편을 든다. 남편이 하인들을 데리고 들어오려 하자 문을 잠가 버리고 남편을 비웃는다. "싸움은 니들끼리 해."

히스클리프의 사랑은 서서히 복수로 변한다. 캐서린의 시누이 이사벨라를 유혹한다. 그리고 둘이 달아나서 결혼을 한다. 이사벨라를 폭풍의 언덕으로 데려온 후에도 이웃에 있는 친정집, 캐서린과 에드가가 사는 집을 못 가게 한다. 그렇게 캐서린의 남편 에드가의 마음을 후벼 놓는다. 이사벨라는 그 감옥 같은 폭풍의 언덕을 탈출, 런던으로 도망간다.

에드가의 극진한 간호에도 불구하고 캐서린의 병이 깊어진다. 에드가가 교회에 간 사이 히스클리프가 찾아온다. 그가 오기 전에 캐서린은 히스클리프와 황야에서 새를 잡던 행복한 기억을 떠올린다.

히스클리프가 오자 캐서린은 "당신과 에드가가 내 가슴을 찢어 놓았다."고 말한다. 히스클리프의 대답. "당신의 가슴을 찢어 놓은 것은 내가 아니라 바로 당신이다. 당신의 가슴이 터지면서 내 가슴도 찢어졌다. … 나를 죽인 살인자 '당신'을 용서하고 사랑한다. 그러나 당신을 죽인 살인자 '당신', 내가 어찌 용서할 수 있겠나?"

그날 밤 캐서린은 죽는다. 딸 하나를 낳고 두 시간 후에…. 그녀의 나이 갓 스물쯤 되었을까.

그 후 16년, 그 다음 이야기는 히스클리프의 복수극. 캐서린이 죽기 전에 낳은 그 딸 이름도 캐서린. 그녀가 히스클리프 복수의 중심에 선다. 그녀의 고모 이사벨라가 죽는다. 이사벨라의 아들, 히스클리프의 아들이기도 한 린튼이 폭풍의 언덕으로 온다. 폭풍의 언덕에는 헤어톤이라는 같은 나이의 남자아이가 있다. 엄마 캐서린의 친오빠 핸들리의 아들. 히스클리프 밑에서 무식한 하인으로 살고 있다.

히스클리프는 병약한 자기 아들을 딸 캐서린과 결혼시키려 한다. 히스클리프는 아들을 미워한다. 점점 커 가며 외삼촌 에드가, 엄마 캐서린의 남편을 닮아 가는 것을 지켜볼 수가 없다. 그래서 에드가가 끔찍히 사랑하는 딸 캐서린을 린튼과 결혼시킴으로써 에드가의 가슴을 다시 한 번 찢어 놓을 작정이다. 그리고 병든 에드가가 죽으면 그 땅까지 차지하기 위해서 딸 캐서린을 며느리로 만들어야 한다.

딸 캐서린의 린튼에 대한 측은지심을 이용하여 폭풍의 언덕 저택으로 유인한 뒤에 못 나가게 한다. 그리고 린튼과 강제 결혼을 시킨다. 5일 만에 린튼의 도움으로 딸 캐서린이 그 집을 탈출 아버지에게 돌아온다. 병상에서 딸을 만난 아버지는 그 재회의 축복 속에 아무 말도 남기지 못하고 그날 밤 죽는다.

히스클리프는 며느리인 캐서린을 다시 폭풍의 언덕으로 끌고 간다. 아들 린튼이 죽어 가는데도 히스클리프는 의사도 못 부르게 한다. 린튼은 죽고 캐서린은 17살에 미망인이 된다. 그녀의 옛집은 결혼과 동시에 린튼에게 갔다가 린튼이 죽자 히스클리프 차지가 된다.

히스클리프의 복수는 캐서린을 구박하는 것으로 계속된다. 그때 구원자로 나서는 것이 헤어튼. 캐서린과는 외사촌. 폭풍의 언덕 저택의 적법한 계승자가 되어야 했지만, 아버지 핸들리의 잘못으로 그 집이 히스클리프에게 넘어가고 그의 하인이 되었던 청년. 처음에는 너무 무식해서 캐서린이 싫어하지만 둘은 서서히 가까워진다. 그는 캐서린에게서 글을 배운다.

헤어튼과 가까워진 캐서린이 히스클리프에게 대든다. “당신은 내 땅 내 돈 모두를 가져간 나쁜 사람. 헤어튼의 돈도 땅도 다 빼앗아 가고.” 히스클리프가 화가 나서 한 대 갈기려고 손을 든다. 그런데 그녀의 얼굴에서 엄마 캐서린을 본다. 팔을 슬그머니 내린다. 그 후로 히스클리프는 말수가 적어지고 사람들을 피한다. 딸 캐서린과 헤어튼은 점점 더 다정해지고….

히스클리프는 며칠 동안 식음을 전폐하고 굶어 죽는다. 죽기 전 알 수 없는 환희 속에 지낸다. 그가 남긴 말이다. “내 영혼의 환희가 나의 신체를 죽인다. 그러나 그 환희에 무언가 부족하다(My soul’s bliss kills my body, but does not satisfy itself).” 그리고 묘지 파는 사람에게 미리 손을 써 놓는다. 그가 죽으면 엄마 캐서린과 그 남편 에드가가 묻혀 있는 곳, 당연히 에드가 반대쪽에 묻어 달라고. 캐서린의 관 한쪽과 자신의 관 한쪽을 마주 보게 열어 달라고.

– 에밀리 브론테, 『폭풍의 언덕(Wuthering Heights)』(1847)

3. 사랑은 왜 비극인가?

남녀 간의 사랑은 감정의 절정, 절정의 감정이 만나는 것이다. 별과 별이 부딪치는 광경, 폭풍과 폭풍이 만나는 소리, 백합과 장미의 향기가 어우러지는 냄새, 꿀과 젖이 합쳐지는 맛, 터질 듯한 심장의 만남이다. 사랑 중에 최고의 사랑은 같은 시간에 같은 곳에서 같은 양의 감정이 만나는 것이다.

이런 절정의 감정 합일을 경험한 남녀는 일생 동안 그 기억의 설레임과 상실의 두려움 속에 산다. 모든 절정은 항상 유지될 수 없다. 절정이란 말 자체가 가장 높은 점이라는 뜻이다. 상대적으로 모든 다른 상황은 절정 아래이다. 사랑이라는 감정의 절정도 유지될 수 없다. 절정에 있는 모든 것은 흘러내리게 되어 있다. 사랑의 흘러내림이 빨라지면 사랑의 환희를 맛본 사람들은 불안해지고, 불안 때문에 엉뚱한 짓을 한다.

사랑의 본질적인 불안은 상대방이 나를 선택하지 않을 수도 있다는 깨달음에서 비롯된다. 사랑의 절정에 선 남녀는 서로 어떤 경우에도 상대가 자신을 선택하리라는 믿음을 가지고 있다. 그 믿음에 의심이 끼어들기 시작하면 불안해진다. 상대방의 선택이 내가 아니고 다른 사람이라는 것이 분명해지면 사랑이란 환희는 모래성처럼 무너진다.

『시인의 별』에 나오는 안현은 사랑하는 아내를 찾아 북행을 결심한다. 엉뚱한 짓, 그러나 확신에 차 있다. 아내를 만나면 아내가 꼭 안현을 선택할 것이라는 확신, 그것이 사람의 절정이다.

개경에서 북경으로, 북경에서 몽고로의 기약 없는 여행. 박연폭포 밑에서 연밥을 따던 그 절절한 순간으로 돌아가고 싶은 생각 때문에 그 긴 여정, 그 깊은 고통을 감내하는 것이다. 그래도 아내를 만날 수 있는 가능성, 아내가 돌아올 희망이 있을 때는 묵묵히 그 길을 걸어간다.

그러나 어느 순간 그런 작은 희망조차 가질 수 없는 시간이 온다. 그 시간이 오면 먼 사랑의 기억만으로 다시 그 환희의 순간을 살아 보려 한다. 그리고 곧 영원히 다시 거기에 가지 못하리라는 것을 깨닫는다. 그때 세계가 무너진다.

안현은 그토록 오래 기다리던 아내를 죽인다. 아내가 그 기억 속의 환희의 순간으로부터 떠났다는 것을 알았기 때문이다.

히스클리프는 캐서린이 에드가를 택하자 복수의 길로 간다. 그의 복수극은 잔인하게 성공한다. 그렇다고 캐서린이 돌아오는 것도 아니다. 히스클리프는 끝없이 다가가려 하지만 캐서린이 훌쩍 돌아올 수 있는 상황도 아니다.

히스클리프는 죽기 전에 사람이 달라진다. 복수의 화신에서 무언가 보이지 않는 것에 홀린 것처럼 사람이 편해진다. 그래도 그 환희에 뭔가 부족하다는 것을 느끼고, 더 이상은 그 환희의 순간으로 돌아갈 수 없다는 것을 깨닫는 순간 그는 죽는다.

시지푸스의 신화는 사랑·환희의 순간으로 올라가려는 끝없는 인간의 욕망을 표현한 것이다. 카뮈의 말대로 '부조리한(absurd)', 이해가 되지 않는 노력. 그런 슬픈 노력을 하게 하는 것이 사랑의 기억이다.

소설이나 연극, 영화에서 희극과 비극의 차이는 결말이다. 같이 있어야 할 사람들이 헤어지는 것은 비극이고, 헤어져 있던 사람들이 만나는 것은 희극이다. 사랑의 본질은 비극이다. 사랑 이야기를 희극으로 끝내는 것은 작품의 상업적 결말이다.

대표적 사랑 이야기의 작가 니콜라스 스파크스(Nicholas Sparks)의 소설은 거의 도식적이다. 남녀가 만나서 사랑을 한다. 그 사랑이 절정에 이르면 부조화가 생긴다. 그리고 절정에서 비극으로의 내리막길. 소설의 대부분은 그 내리막길의 고통과 다시 절정으로 가려는 시지푸스적 노력 이야기이다. 결론은

99%의 문제 해결, 그리고 남자-여자의 행복한 재회. 그는 지금 미국에서 가장 돈을 잘 버는 작가이다.

한국에서 잘나가는 멜로드라마 그것들도 똑같은 도식이다. 사랑 이야기를 팔아먹으려면 희극으로 끝내야 한다. 그러나 그 희극적 결말 전에 눈물이 펑펑나게 하는 비극이 있어야 한다. 독자나 시청자는 사랑이 비극이라는 것을 안다. 다만 결말은 희극이 되기를 바랄 뿐이다.

사랑이 비극이라고? 그래도 사랑밖에. 이 결론에 동의하는 데 3초 이상 걸리는 사람들이 꼭 읽어야 할 아주 짧은 소설이 있다. 무라카미 하루키의 『4월의 어느 맑은 아침에 100퍼센트의 여자를 만나는 것에 대하여』.

사랑하면 망설이지 마라.

II

삼바실에서 아버지를 부르며

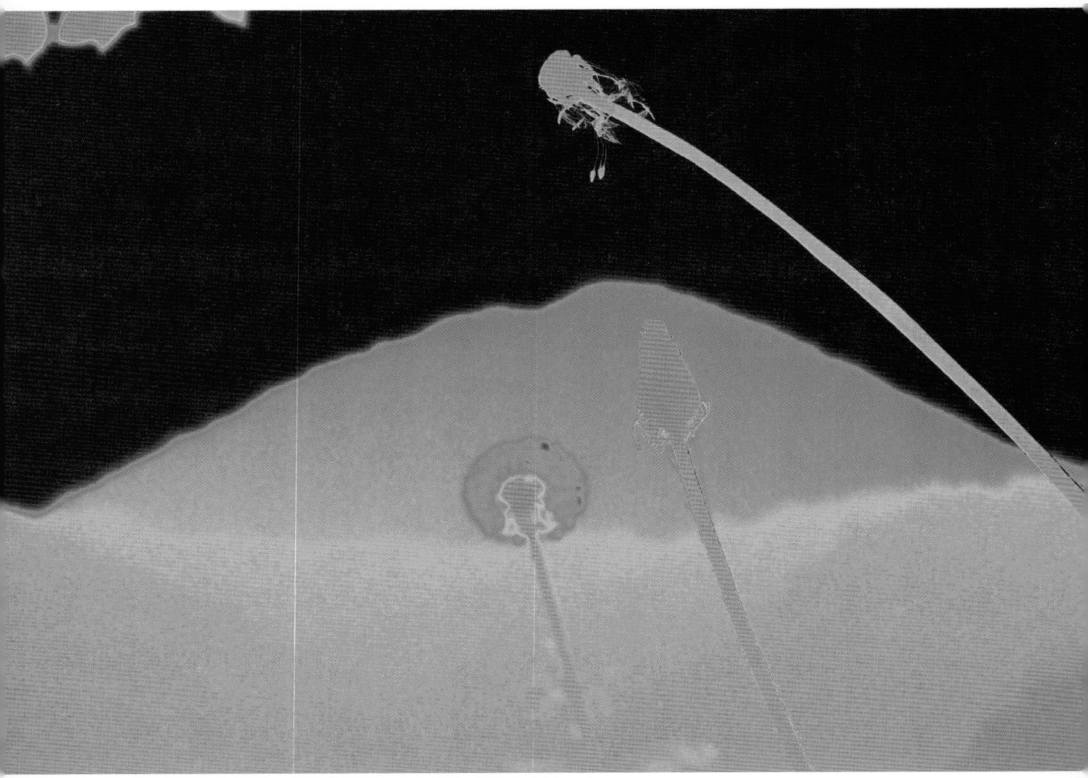

꿈에 본 내 고향 … 삼바실에서 올려다보면 가장 높은 봉우리가 숫들봉이다. 홍길동이 숨어 있었다는 토굴도 있고, 가끔씩 호랑이도 나왔다는 이야기도 있다. 지름재로 가기 위해 첫 번째 넘어야 하는 고개가 달월고개였다. 지금은 우리 6대조부터 모신 가족묘가 되었다. 고조할아버님 묘소에 할미꽃 대궁만 남았다.

그는 나의 아버지였다, 이다

가을

이 가을에는 감만 따서는 안 될 터이다. 정 진사댁 작은손녀의 마음도 얻어야 한다. 아직 나무에 달린 감들이 소담하다. 탱탱하게 살진 감들 사이로 하늘이 시원하다. 빨간 감잎, 노란 감, 파란 하늘. 늦가을이 화려하다. 화려한 만큼 심란하기도 하다. 감나무를 돌아보는 그의 눈에는 소녀의 그림자만 보인다. 솜털 오롯이 덮인 풋복숭아 같은 모습.

그는 땡감장수다. 갓 스물, 먹고사는 일이 항상 고달프다. 남의 논, 남의 밭에 한 해 전부를 쏟아부어도 굶지 않고 일 년 나기가 버겁다. 그래서 한여름 농사일과 가을걷이철 그 사이 그는 감 장사를 시작한다. 아직 감이 앵두만 할 때 감들을 나무 떼기로 사들이는 일이다. 그리고 늦가을 감들을 딴다. 땡감이다. 떫어서 그냥 먹을 수 없다. 뜨거운 소금물에 담그고 하룻밤을 우려내어 떫은 맛을 없앤 후에 장에 내다 판다. 솔찬히 돈이 되는 일이다.

지름재, 그가 사는 삼바실에서 30리. 장정의 바쁜 걸음으로도 세 시간 족히 걸리는 산길이다. 동서남북 사방이 산으로 꽉 막힌 골짜기 그 안에 있는 제법 큰 마을이다. 정 진사댁, 정씨 문중의 종가다. 종갓집답게 사랑채, 안채, 바깥마당, 안마당 구별이 있는 큰 집이다. 그리고 집 안에 감나무가 다섯 그루나 있다. 바깥마당 창고 곁에 두 그루, 사랑채 뒤쪽 잿간 앞에 한 그루, 안채 부엌 뒤쪽에 두 그루.

그는 정 진사댁에 있는 다섯 그루뿐만 아니라 지름재 여기저기 있는 감나무

50여 그루에 열린 감을 따서 판다. 그가 아직 어린 나이에 남의 동네 땡감을 나무째 살 수 있는 것은 정 진사 덕분이다.

말이 진사지, 그 할아버지가 진사 벼슬을 했는지 아무도 묻지 않는다. 사람들은 아직도 진사라는 벼슬이 있기나 한지, 그런 것에도 관심이 없다. 해방 직후 충청도 궁벽한 산골에서는 살아가는 일이 더 급하다. 정 진사는 근동에 아직 남아 있는 유일한 서당의 훈장님이다. 그래서 진사라는 호칭이 그럴 법하다. 학동들을 가르칠 때 빼고는 똥장군도 지고, 돼지접도 부치는 농사꾼이다.

그래도 정 진사는 반상 구별이 엄했던 옛날을 기억한다. 근동의 양반 집안을 소상히 알고 있다. 그의 집안도 정 진사가 훤히 꿰고 있는 양반 집안이다. 그가 정 진사를 찾아가 넌지시 감 이야기를 했을 때 정 진사는 두말없이 그 동네 감나무를 전부 그에게 맡겼다. 정 진사는 그가 주위 동네 최고 반가의 종손이라는 것을 알아보았기 때문이다. 정 진사의 말은 그 동네의 법이기도 하다.

첫 방문은 나무째 감을 사기 위해서 왔을 때다. 그해 그는 지름재에 세 번 더 온다. 여름 장마철 지나서는 큰비에 낙과가 없는지 나무 상태를 보기 위해 오고, 추석 무렵에는 감이 얼마나 익어 가는지 가늠을 하기 위해 들른다. 그리고 늦가을 새 이엉으로 지붕을 덮을 때쯤에 감을 따기 위해서.

추석 지난 후에 지름재에 들렀을 때 정 진사는 그를 사랑채에 재운다. 그때 저녁 밥상을 들고 온 소녀를 본다. 정 진사 둘째 아들의 큰딸. 내외하는 게 법도라 배운 터라 말 한마디 못하고 멋쩍은 미소만 흘린다. 늦가을 감을 따러 왔을 때는 닷새를 묵는다. 가을 한 철 그녀가 부쩍 웃자라 보인다. 아직도 아기티가 더 많기는 하지만. 그는 감을 따면서도 눈이 시도록 그녀의 그림자만 본다. 이 가을에는 감만 딸 게 아니다.

겨울

겨울이 춥기만 한 것은 아니다. 기다림으로 들떠 있는 마음에는 언제나 뜨거운 불씨가 있다. 고드름 끝에 비친 햇살 속에도 그녀가 반짝 보인다. 매파로부터는 아직 기별이 없다. 눈까지 내린다. 산 고갯길이 막힐 텐데….

감을 사는 일이야 정 진사에게 직접 말할 수 있지만, 사람을 얻는 일은 그럴 수가 없다. 근동에서 보따리 장사를 하는 아줌마를 통하여 뜻을 전한 지가 벌써 한 달, 아직도 소식이 없다. 안채 사람들이 마음을 정하고 정 진사가 마지막 결정을 할 터였다. 시간이 걸리겠지….

섣달 그믐께가 되어서야 연락이 왔다. 정 진사가 두말없이 승낙을 했다고. 스무 살 인생, 살아온 날 중 가장 기쁜 날이다. 당장 산고개를 넘어 지름재로 가고 싶다. 그러나 환희가 전부는 아니다. 신부를 맞을 준비 그 엄연한 현실도 그의 몫이다. 그의 아버지는 몰락한 양반집 외아들, 현실의 짐을 지는 법을 배우지 못한 사람이다. 철이 들면서 그가 살림을 꾸려 온 처지이다. 자신의 혼례도 맡길 데가 없는 스무 살의 신랑. 그래도 그 어려움조차 그에게는 기쁨이다.

봄

봄은 배고픈 계절이다. 삼바실에는 이미 해동이 되기 전부터 곡기가 끊어지는 집도 있다. 햇보리가 팰 때쯤 되면 배를 곯는 것이 예사로운 일이다. 이 봄은 그에게 더 어려운 봄이다. 낮이 밤보다 길어지기 시작하고, 길어진 하루만큼 배고픔이 더해 가는 4월, 그는 장가를 간다.

정 진사댁 바깥마당 초례청에서 다시 만난 그녀. 이제는 그의 새색시다. 첫날밤, 처음으로 서로 얼굴을 마주 본다. 그리고 수줍고 어색한 짧은 대화 몇 마디. 그냥 설레일 뿐, 무슨 말이 나오는지 자신도 알 수 없는 그런 밤이다.

그는 새색시를 데리고 삼바실로 돌아온다. 열다섯 살 신부, 고리짝 하나. 조촐한 신행길이다. 신부는 산길을 타박타박 걷는다. 그도 그녀도 마음만은 하늘을 나는 듯.

그러나 기다리는 건 현실이다. 고모집 사랑채 방 두 개짜리 오두막, 그 윗방에서 신혼살림을 시작한다. 까탈스러운 고모가 요 트집 저 트집으로 새색시를 타박한다. 농사일이 바빠지는 계절, 생각만큼 아내를 살뜰하게 보살필 틈이 없다.

여름

이 여름, 좌절의 유혹을 이겨야 한다. 꿇어앉아서 꺾일 수는 없다. 선녀를 얻은 나무꾼 마음이다. 그녀를 돌아가게 할 수는 없는 일이다.

모내기가 끝나고 한 달쯤, 옮겨 심은 모들이 자리를 잡는다. 볏잎이 진초록, 그때쯤 초벌 김을 매 주어야 한다. 뿌리 힘을 돋우고 땅에 기운을 넣어 주는 일이다. 그때가 되면 새벽부터 물논에 살고 논두렁에서 아침, 새참, 점심, 또 새참을 해결해야 한다.

광주리에 아침 새참을 내온 그녀가 스쳐가듯 한마디 한다.

"오늘 지름재로 돌아가요. 집이 다 되면 데리러 오세요."

최후통첩이다. 고모집 곁방살이를 더 이상 못 참겠다는 이야기. 오두막집이라도 내 집을 지으면 다시 오겠다는 것이다.

점심, 저녁 참은 그녀 대신 이웃 아주머니가 이고 나온다.

그날부터 그는 밤마다 흙을 이기고 벽돌을 찍어 낸다. 한 달 만에 아랫방, 웃방, 골방이 있는 방 세 칸짜리 초가집을 짓는다. 그리고 한달음에 지름재로 간다.

그의 새색시는 다시 돌아오고, 그의 집에서 신접살림이 이어진다. 비록 남의 땅에 지은 집이지만 자신의 문패를 단 내 집. 그와 그의 각시는 행복하다. 골방이 그의 보금자리이다. 뒷동산 밤꽃 향기가 진동하는 방이다.

다섯 번의 겨울, 봄, 여름, 가을

새색시는 새댁이 되고 누구 엄마가 된다. 결혼 1년 만에 낳은 첫아들, 세 살 때 홍역으로 간다. 그리고 6·25 전쟁. 그 소용돌이 속에서 둘째를 낳는다. 그러나 그 아들도 백일을 못 넘기고 죽는다. 피난길에 셋째 아들이 생긴다.

또다시 여름

초여름, 도리깨질도 힘이 든다. 풋보리에 쑥버무림으로 끼니를 때운다. 기운 차릴 먹거리가 귀한 때다. 인민군이 지나가고 국군이 들어오고. 그들이 지나간 자리에는 변변한 가축조차 남지 않는다.

보리타작을 하던 중에 편지 한 장이 날아온다. 징집영장. 그는 군대에 가게 된다. 하나 남은 아들 첫돌이 아직 한 달이나 남았는데 그는 논산훈련소로 떠나야 한다.

아들 첫돌이 지나서 아내가 면회를 온다. 아들을 안고. 고작 한 시간, 그게 이생에서 세 식구가 마지막으로 보낸 시간이다.

집 떠난 지 6년 후 그는 돌아온다. 작은 나무상자에 담긴 잿빛 뼛가루로. 1953년 3월 17일 부산 제5육군병원에서 사망했다는 통지와 함께. 죽어서조차 곧바로 고향에 올 수 없었다. 그의 사인은 영양실조라고. 그가 눈을 감을 때 그의 눈동자에는 갓 스물을 넘긴 아내와 한 살 반의 아들이 있었을 터이다.

또 가을, 육십 년 후

사람들은 '땡감'이란 말조차 잊어버리고 있다.

그리고….

붉은 해는 서산 마루에 걸리었다.

사슴의 무리도 슬피 운다.

떨어져 나가 앉은 산 위에서

나는 그대의 이름을 부르노라.

– 김소월, 「초혼」 중에서

아버지, 참 낯선 이름이다.

그는 나의 아버지였다, 이다.

＊ ＊ ＊

이 글은 『현대수필』 2016년 봄호에 실렸고, 『한국산문』 2016년 4월호에 '이달의 수필'로 소개되었다.

갈매기 엄마 … 아기 새 날개는 햇볕을 받고 자란다. 어미 새가 갈매기의 일생을 말해 준다. 물새가 되어 바다에서 만난 그들의 인연이 미역 꼭지처럼 흩날린다. 샌디에이고 라호야 해안.

엄마가 해 주시는 한 끼 밥

두 정강이로 찬 바람이 든다. 바람은 무릎에서 차가움으로 바뀐다. 허벅지를 타고 오르던 찬 기운이 사타구니에서 잠시 멈춘다.

정월 초사흘, 엄마가 계시지 않은 엄마 아파트에서 나와 새벽 해장을 하러 가는 길. '번영 1로', 이름에 걸맞게 널직하다. 불 꺼진 가게 창문 너머에 마네킹이 표정 없는 새침을 떤다. 털모자에 두 겹으로 돌돌 말은 목도리 그리고 안면 마스크로 중무장한 아줌마가 길을 걷는다. 두 바퀴 달린 끌개에 라면 박스 두 개를 싣고 비닐 끈으로 강아지처럼 끌며 간다.

몸통을 타고 기어오르던 추위가 뱃살과 가슴은 뛰어넘는다. 세월만큼 두꺼워진 뱃살과 아직은 삶의 열기를 잃지 않은 심장 덕분이리라. 그 대신 얼굴을 직통으로 때린다. 콧속이 쩡하게 얼어붙는다. 눈알도 곧 얼어 버릴 것 같은 기세다. 내륙 시골 도시의 한겨울 한파는 엄중하다.

전주식 콩나물해장국 집, 손님은 나 하나. 검은 머리에 백인 얼굴을 한 종업원이 다가온다. 우즈베키스탄에서 온 아가씨란다. 두 달 전에 보았던 연변 아줌마는 그새 사라졌네.

'얼큰한 돼지국밥'에 모주 한 잔. 달달한 모주와 매콤한 국물, 몸에 열기가 오른다. 모주 한 잔 더. 얼음 가루 가득한 마가리타처럼 진득하던 눈물이 빗방울처럼 녹아내린다. 뜨거운 국물과 두 잔 술 때문에 몸도 마음도 노근노근해진 탓이리라.

「눈물은 왜 짠가?」라는 제목의 함민복 시가 생각난다. "어머니는 설렁탕에 소금을 너무 많이 풀어 그런다며 국물을 더 달라고 했습니다. /주인 아저씨는 흔쾌히 국물을 더 갖다 주셨습니다. /어머니는 주인 아저씨가 안 보고 있다 싶어지자 내 투가리에 국물을 부어 주셨습니다. /나는 당황하여 주인 아저씨를 흘금거리며 국물을 더 받았습니다."

내 투가리에 국물을 더 부어 줄 엄마는 이 자리에 안 계신다. 더 이상 혼자 살림살이를 하지 못하셔서 요양 병원으로 들어가신 것이 벌써 삼 년 전이다. 병실을 '우리 집', 병실에서 간호사가 근무하는 로비까지 가는 복도를 '고샅'이라고 부르신다. 병원이 엄마에게는 이제 동네가 되었다.

이번 설에는 그래도 엄마와 이틀 밤이나 같은 방에서 잤다. 연세 탓인지, 숨소리와 앓는 소리가 반반. 가끔씩 손을 잡아 드리는 것밖에 할 일이 없다. 엄마가 손을 꼭 잡았다. 섣달 그믐 그리고 정월 초하루, 삼바실 작은집에서 명절을 보냈다. 차례도 지내고, 세배도 하고, 성묘도 하고, 술도 마시고…. 엄마도 오래간만의 외출을 즐기셨다.

오늘은 미국으로 돌아간다. 렌터카 회사에 가서 차를 다시 빌린 다음 시골집에 가서 엄마를 태워 요양 병원에 모셔다 드리고, 터미널로 와서 인천공항 가는 버스를 탄다.

가고 오는 것이 헷갈린다. 앞과 뒤가 서로 다른 가설 무대에 선 배우 신세. 앞쪽은 엄마가 계신 고향, 뒤쪽은 삶의 현장 로스앤젤레스. "아이구, 에미라고 밥 한 끼 못 해 주고…." 엄마는 헤어질 때 또 그렇게 말씀하실 터. 고향에 가서 엄마가 해 주시는 밥을 먹고 오는 사람들이 부럽다. 그래도 끼니를 걱정해 주는 엄마가 계시니 행복하다.

어둠 속의 꽃 … 꽃이 숨기도 한다. 그래도 아름다움이 사라지는 것은 아니다. 어둠을 뚫고 그 사람의 눈길을 찾는다. 캘리포니아 메아리산(Echo Mountain) 기슭 어느 이름 모를 산길에서.

논배미 … '못줄'이라는 것이 있었다. 넓은 논배미를 가로지를 만큼 긴 줄, 그 줄에 모를 심을 적당한 간격이 표시되어 있다. 일꾼들이 못줄에 맞추어 모를 심었다. 한 줄을 심고 나면 못줄을 이동한다. 그렇게 못줄은 논 전체를 지나갔다. 지금은 모내기도 모두 기계로 한다. 공주시 정안면 전평리 삼바실 웃말.

아주까리 대궁 '장냥깜' 활총은

아주까리를 보면 할아버지 생각이 난다. 그리고 '장냥깜' 총이 떠오른다.

풀이라기에는 드세 보이고 나무라기에는 연약해 보이는 아주까리. 1950년대, 1960년대 한국의 농촌에서는 흔히 볼 수 있었다. 도랑 '가생이', 밭 '뚝싱이', 두엄탕 언저리에서 아주까리 대궁이 쑥쑥 자랐다. 초봄 아기 손바닥 같은 여린 잎이 앙증맞게 피어나고, 여름이 되면 올망졸망 노란 꽃이 잎사귀 사이에서 출렁거렸다. 가을이 되면 검게 익은 열매 속에서 알록달록한 작은 차돌 같은 아주까리 씨가 툭툭 터져 나왔다.

세월이 가고, 어린 시절도 끝나 버렸다. 나는 시골을 떠났고 한국을 벗어났다. 그리고 아주까리는 희미한 기억의 창고에서 정리되지 않은 잡동사니 속에 묻혀 버렸다.

다시 아주까리를 만난 것은 작년 여름이었다. 로스앤젤레스 북쪽 글렌데일 뒷산을 걸어 올라간 적이 있다. 제법 넓은 소방도로 그 길가 언덕에서 소담하게 자라는 식물군에 눈길이 갔다. 노란 꽃이 올망졸망, 그리고 검붉은 대궁이 힘차게 올라오고 있었다. 한눈에 아주까리인 것을 알아보았다.

어스름한 산길을 혼자 걷고 있어서였을까? 아주까리를 보는 순간 할아버지가 떠올랐다.

60여 년 전에 돌아가신 할아버지가 내 의식의 세계로 슬며시 들어오신다. 나도 슬그머니 옛날로 돌아간다. 나는 다섯 살, 세상일이 마냥 신기하기만 하다. 한여름 한낮 더위가 대단하다. 아랫방, 윗방, 마루 하나 그리고 부엌 — 긴 네모꼴 초가집이 우리 집이다. 집 그림자가 드리워진 뒤란 굴뚝 근처, 거기가 집에서 가장 시원한 곳이다. 그 옆으로 두엄탕, '잔아버지'가 논일, 밭일 틈틈이 풀을 베어다 부려 놓는 곳이 있다. 풀을 썩혀서 거름으로 쓰기 위해서.

두엄탕은 썩은 풀만 있는 곳은 아니다. 그 밑으로는 간장빛 썩은 물이 고이는 조그만 웅덩이가 생긴다. 거기서 맹꽁이들이 자란다. 개구리보다 좀 크고 둔해 보이는 맹꽁이. "개굴개굴!" 대신 "맹꽁맹꽁!" 하고 운다. 썩은 풀 위로 쑥대도 자라고 명아주도 자란다. 두엄탕 가로는 아주까리가 자란다.

한여름이 지나면 아주까리 대궁이 여물기 시작한다. 대나무처럼 마디가 진 아주까리 대궁은 만지면 막대기처럼 딱딱하게 느껴진다. 그래도 잘 드는 낫으로 툭 치면 아무 저항 없이 뚝 잘라진다.

할아버지가 당시 내 키의 두 배보다 더 큰, 잘 자란 아주까리를 잘라 오셨다. 어른 팔 길이만 한 아주까리 대궁. 그 대궁에 송곳으로 구멍을 낸다. 마디 결을 따라 쌀알 두 개만 한 구멍, 서로 한 자 길이쯤 떨어져서 같은 쪽으로 구멍 두 개를 낸다. 그리고 석자 길이의 튼실한 버드나무 가지를 끼운다. 양쪽 끝이 아주까리 대궁 구멍에 낀 버드나무는 팽팽한 활이 된다. 앞쪽 끝에 아주까리 대궁을 관통하는 구멍 두 개를 낸다. 그것은 버드나무를 낀 그쪽 구멍과 90도로 만난다. 그 구멍에 한 치 길이의 작은 나뭇가지를 끼운다. 버드나무 활끝과 새로 끼운 작은 나무는 대궁 속에서 십자로 만난다.

능숙한 솜씨로 활총을 만드는 할아버지 솜씨가 참 신기하다. 마지막으로 활총 끝머리에 창칼로 쐐기 모양 홈을 판다. 그리고 제법 단단하게 익은 아주까리 한 알을 그 홈에 넣는다. 활총에 탄환까지 장전한 것이다. 그리고 왼손으로 활총을 잡고 잘 겨눈 다음, 오른손으로 수평으로 끼워진 작은 나뭇가지를 뒤로 돌린다. 그 나뭇가지가 팽팽한 버드나무 가지 한쪽을 밀어올린다. 활끝이 구멍에서 밀려 나오는 순간 반원으로 긴장해 있던 힘이 탁 튕기면서 앞에 놓인 아주까리 씨를 날려 버린다.

장난감 활총. 그게 내 어린 시절의 장난감이다. '장냥깜' — 그건 참 귀한 것이다. 더구나 누군가가 특별히 나를 위해 만들어 준 것 그것을 갖는 것은 특별한 기쁨이다. '할아부지'와 나는 그해 여름 그렇게 둘이서 보낸다. 다른 식구들이 들일을 가고, 이제 노동력마저 상실한 할아버지와 아직 농사일에 보탬이 되지 않는 다섯 살짜리 아이는 집 안에서 놀 수밖에.

그때 할아버지는 칠십을 눈앞에 둔 노인이셨다. 할머니는 일찍 돌아가셨고, 큰아들인 아버지는 군인으로 가서 소식이 없고, 집안에는 큰며느리인 우리 엄마와 아직 장가들기 전의 작은아버지가 계셨다.

할아버지는 말수가 적으셨지만 나에게는 이러저러한 이야기를 많이 하셨다. 양반 집안의 장손으로서 해야 할 일들을 말씀하셨을 게다. 기억나는 것은 할아버지의 할아버지께서 급제를 하셨다는 이야기. 그 급제를 하신 할아버지의 할아버지의 아버지와 큰삼촌도 급제를 하셨다는 이야기. 그리고 할아버지의 아버지가 일찍 돌아가셨고, 그 할아버지의 아버지의 작은댁이 집안 살림을 송두리째 싸들고 이사를 가 버렸다는 이야기. 할아버지 말씀은 항상 그때 남의 집으로 실려 간 족보를 찾아와야 한다는 것으로 끝났다.

그런 말을 알아듣기에는 턱없이 어린 손자에게 그런 말씀을 열심히 하셨던 할아버지. 아마도 시간의 순리를 너무 잘 알았기 때문에 그러셨겠지. 당신의 삶과 나의 삶이 겹치는 시간이 많지 않을 것을 알았기 때문이지 싶다.

할아버지는 내가 초등학교 1학년 들어가기 전에 돌아가셨다. 동네 유일한 서당에 나를 보내 놓고 손자의 첫날 보고도 듣지 못하고 가셨다. 할아버지께 그날 배운 "하늘 천, 따 지, 검을 현, 누루 황"을 자랑하려 했는데….

아주까리를 보면 할아버지 생각이 난다. 그리고 장냥깜 총이.

왜 총이었을까?

할아버지는 1887년생이시다. 당대의 조선 사람들은 참 어려운 세월을 보냈다. 청일 전쟁, 노일 전쟁, 한일 합병, 태평양 전쟁, 광복과 6·25. 할아버지가 어릴 때 보았던 것들 중 군인들이 쏘는 기다란 총이 가장 신기했을 터이다. 어른들 흉내를 내며 전쟁놀이도 했을 것이다.

그때 충청도 땅에는 아주까리 대궁 장낭깜 총이 흔히 있었을 것이다. 할아버지가 할아버지가 된 다음에 어린 손자에게 자신의 어린 시절을 한 조각 떼어 준 것이 아주까리 대궁으로 만든 총이었을 것이다.

이제 한국에는 아주까리가 설 자리가 사라졌다. 두엄탕 같은 게 없어진 지는 오래이고, 마을 뒷산과 앞산 그리고 도롯가에도 과일나무 아니면 꽃나무를 심는다. 할아버지에 대한 기억도 기억의 현장이 사라지며 더욱 희미해진다.

그래도 할아버지의 아주까리 활총, 소중한 기억 속의 장낭깜이다.

내가 할아버지가 되면, 나는 어린 손자에게 무슨 장난감을 만들어 줄까?

집으로 가자 … 이 사진을 보면 터무니없이 밀레의 「만종」이 생각난다. 저녁 종도 없고 기도도 없는 우리네 농촌의 저녁이 더 진솔하다. 오늘도 묵묵히 일하고 돌아가는 농부, 그의 마음 속에 한세상이 있다. 공주시 정안면 어느 마을.

'끙개'와 '잔아버지'

'끙개'는 아이에게 첫 장난감이었다. 장정 팔뚝 굵기의 곁가지가 나란히 붙어 있는 큰 가지를 베어 내서 긴 삼각 모양으로 대강 다듬어 놓은 끌개. 어린아이 머리통만 한 꼭짓점에 석자 크기의 작대기를 박아 넣었다. '삼춘'이 만들어 주신 것이다.

아이는 나뭇가지에 두 발을 걸치고 선다. 삼춘(삼촌)은 새끼줄을 작대기에 걸고 앞에서 끌어 준다. 아이는 작대기를 잡고 끙개 위에 서 있다. 삼춘의 걸음이 빨라진다. 아이는 난생 처음 속도라는 경이로운 경험을 한다. 뒤통수가 풍선처럼 쭉 늘어나는 느낌이다.

맨땅의 기운이 아이의 두 다리를 타고 치고 올라온다. 길에 박힌 돌 하나, 깊이 파인 황소 발자국, 논두렁에서 새어 나오는 강아지 오줌만 한 물길 — 땅에도 사연이 많다. 끙개를 타고 길을 달리면 그들의 하소연이 고스란히 전해진다. 세상은 거친 곳, 조심스런 엄마의 등에서 느끼던 부드러운 길과 다르다.

삼춘은 두 번째 장남감을 만들어 준다. 세 바퀴 달린 수레. 나무 등걸을 말머리와 등 모양으로 다듬고 배 부분에 세 바퀴가 들어갈 홈을 팠다. 바퀴는 어른 머리통만 한 통나무를 15센티미터 정도로 일정하게 잘라 놓은 것. 앞에 하나, 뒤에 둘을 달았다. 바퀴 가운데 구멍을 뚫고 나무 굴대를 넣어 본체에 고정시켰다. 삼춘은 두 발로 땅을 지치며 스스로 수레를 움직이는 법을 가르쳐 준다. 끙개의 속도감은 없지만 혼자서 여기저기 다닐 수 있는 자유가 있어 좋다.

삼춘은 장가를 간다. 아이는 이제 그를 '잔아버지'라고 부른다. 새로운 가장 잔아버지(작은아버지)는 아이와 자주 놀 수 없다. 아이도 자라서 읍내로 중학교를 간다. 끙개와 세 바퀴 수레는 헛간에 처박혀 있다가 어느 겨울날 아궁이 속으로 사라진다.

아이는 다시 고향 마을로 돌아오지 않는다. 서울로 대학을 가고 그 후 언젠가 먼 나라로 떠난다. 30년쯤 지난 다음, 아이는 아이의 아이를 데리고 고향 마을에 들른다. 이제 할아버지가 된 잔아버지는 어른이 된 아이에게서 먼 나라 이야기를 듣는다. 꿈결 속에 부는 봄바람처럼 살랑거리는데 시원하지는 않은 남의 동네 이야기다.

더 세월이 지난 다음 아이는 다시 동네에 온다. 잔아버지는 삼베옷을 입고 꽃상여 속에 누워 계신다. 상두꾼들이 꽃상여를 메고 산으로 간다. "인제 가면 언제 오나." 60년 넘게 사시던 그 집에서 한 발짝 멀어진다. "명년 이때 보름달 뜰 때." 한 발짝 더 멀어진다.

아이의 흐릿한 두 눈에 끙개가 보인다. 이 세상에서 처음으로 자신을 끌어준 삼촌. 그때 그 순간의 아찔함과 두려움이 향불 연기처럼 피어오른다. 아이는 잠시 그 이후의 자신의 인생을 되돌아본다. 길고, 멀고, 거친 길.

요령잡이의 상엿소리가 바뀐다. "나무~ 아미타~불." 돌아가시는 분도 저세상에서 첫걸음은 아찔하고 두려울 텐데. "삼계도사(三界導師) 석가모니 부처님 삼춘을 잘 이끌어 주시옵소서." 아이가 기도한다.

잔아버지는 그렇게 선산으로 가셨다. 가을비 내리는 추석 다음날. 세상의 나이 여든셋. 육십도 훌쩍 넘은 아이는 끙개를 기억한다.

한겨울의 그 계곡 … 흐르는 물도 가끔씩 머물고 싶다. 유타 자이언국립공원.

“능~나니 볼기짝” 그 슬픈 장단에

“능~나니 볼기짝, 능~나니 볼기짝”

나는 아직도 이렇게 박자를 맞춘다.

50년 전 듣던 소리다. 충청도 공주, 아주 산골 고향의 소리. 풍장 칠 때 신명이 나서 중얼거리는 추임새 소리다. 풍장, 요샛말로는 풍물놀이 또는 농악이라고 한다고. 장구, 북, 꽹과리, 징 이것들이 어우러지는 소리. 나에게는 아직도 풍장이다.

“깬두 깬두 깬두 깬, 깬두 깬두 깬두 깬” 꽹과리로 시작한다.

“둥 ~ 둥두 두드둥, 둥 ~ 둥두 두드둥” 북소리가 묵직하게 화답한다.

“둥 ~ 둥두 두드둥, 둥 ~ 둥두 두드둥” 장구가 가볍게 받아넘긴다.

“능 ~ 나니 볼기짝, 능 ~ 나니 볼기짝” 어린아이들이 장단을 맞춘다.

“둥~~~ 둥~~~” 사이사이로 징이 긴 뜸을 들인다.

풍장 치는 날은 동네잔칫날이다. 마을 고샅에서 바람 따라 하늘로, 개울 따라 강으로, 숨길 따라 동네 사람 가슴속으로 날아가고, 흘러가고, 잦아드는 소리 한 마당, 그게 풍장이다. 소리와 소리 사이엔 움직임도 있다. 상모돌리기. 열두 발 긴 상모채가 비단나비가 되어 허공을 난다.

어릴 때 내 고향 마을에서 흔히 보던 풍경이다. 정월 대보름, 백중, 동네 어른 환갑잔치, 이런 좋은 일에 신명을 돋우던 풍장치기. 동네 아저씨, 형들이 장구치고 북치고, 나이 지긋한 할아버지들이 꽹과리, 징을 친다. 아랫말, 윗말, 고샅마다 다니며 풍장치고 덕담을 한다.

정월 대보름, 차가운 겨울바람 속의 풍장 행렬이 특별히 마음속의 투명 고드름처럼 선명하게 기억난다. 대보름 밤 당산제를 위해 황토를 곱게 깐 마을 큰길, 아랫말 큰 마당에 생솔가지로 만든 솔문, 그 사이로 지나가던 풍장 행렬. 거기 끼지 못하는 우리 어린애들은 "능~나니 볼기짝, 능~나니 볼기짝"을 노래처럼 부르며 따라다닌다.

세월이 지난다. 초등학교를 졸업하고 떠나 버린 고향 마을, 풍경도 사람도 변한다. 고향 초입에 떡 버티고 서 있던 당산나무가 어느 날 사라진다. 동네 공동 재산이었던 장구, 북, 꽹과리, 징도 어디로 갔는지 없어진다. 정월 대보름날 북 치고 징 치던 동네 할아버지들도 어느새 이 세상을 떠 버린다. 꽹과리 치고 장구 치던 동네 형들이 어느새 할아버지가 된다.

타향. 굳이 따지자면 초등학교 이후 내가 살던 곳은 모두 타향이다. 공주 읍내만 해도 내 첫 10여 년을 살았던 산골 삼바실 고향 동네로 보면 타향이다. 삼바실 그 동네만 내 원조 고향이다. 그 고향 동네에만 있는 기억들, 그게 내 존재의 창세기이다.

"능~나니 볼기짝, 능~나니 볼기짝", 그 첫 고향의 소리는 아득한 기억 속의 장단 소리로 나와 함께 타향에서 살아오게 된다. 30리 떨어진 타향 공주 읍내에서 중고등학교 시절 6년, 더 먼 타향 서울에서 대학 4년과 직장 생활 7~8년, 그리고 더 더 먼 타국 미국에서 30여 년. 그렇게 세월이 지났어도 그 소리는 아직도 내 장단 맞춤 소리이다.

무심코 따라 하던 "능~나니 볼기짝", 어느 날 무심결에 의문이 되어 떠오른다. 왜 그 소리가 내 첫 고향 삼바실만의 장단 소리일까? 딴 동네에는 없는 이야기이다. "능~나니 볼기짝", '늙어 가게 되니 볼기짝만 늘어진다' 그런 뜻인가 생각해 보기도 한다. 살아가는 일에 쫓기다 보니 맨날 그 생각만 하는 것도 아닌지라 마무리되지 않은 생각의 자락으로 그렇게 버려둔다.

세월이 한참 더 지나간 다음, 어느 날 퍼뜩 깨닫는다. 우리 외할머니 친구뻘 되는 동네 할머니 이름이 '능란'이었다는 것을. 그 할머니 이름을 내가 어떻게 알게 되었는지는 기억이 나지 않는다. 아마도 아버지가 동네 이장이던 친구 집에서 우연히 보았을 것이다. 오랜 세월이 지난 어느 날 제자리를 찾지 못한 어린 시절의 기억 조각들이 허공을 돌다 조각 맞추기 판처럼 척 맞아떨어졌다. "능~나니 볼기짝"을 웅얼거리다 갑자기 동네 그 할머니 이름이 떠오른 것이다.

그렇게 풀린 생각의 고리가 첫 고향 원초적 기억의 소리를 해석한다. '능란'이 그 할머니는 어린 시절 그 동네 대갓집의 종이었다. 내가 초등학교를 다니던 1950년대 말에는 하인이니 종이니 그런 건 이미 오랜 옛날의 일들이다. 그래도 조그만 산골 동네에서는 집안의 내력이 훤하다. 우리 또래 아이들까지도 누구네 집안은 옛날에 누구네 하인이었더라는 얘기가 다 돈다.

아! 그랬었구나! '능~나니'는 '능란이'라는 말이구나. 나머지는 저절로 풀린다. 걸직한 음담이다. 내 고향 장단 맞춤 소리는 남자들끼리 하는 음담패설이다. 우리 할아버지의 아버지 또래가 한참 피어나는 '능란이'를 보고 만들어 낸 말이었을 것이다. 장구, 북, 꽹과리, 징 모두 때리는 악기다. 능란이 볼기짝 때리는 기분으로 풍장을 쳤을 터이다.

고향의 소리, 그 소리 하나에도 동네의 역사가 녹아 있다. 풍장을 신나게 치는 사람들로서는 묘한 흥분을 돋우는 흥에 겨운 소리, 능란이 그리고 그 가족에게는 가슴 아픈 손가락질이었을 것이다.

가만히 생각하면 참 아픈 사연이다. 능란이 할머니는 평생을 그 동네에서 살았다. 어린 시절, 처녀 시절 그리고 젊은 시절, 그 할머니는 동네 뭇 사내들의 눈길 속에 감춰지지 않은 질펀한 욕망의 늪 속에서 조심스레 살았을 것이다. 나이가 들어서 손자뻘 어린애들이 뜻도 모르고 중얼거리는 "능~나니 볼기짝", 그 소리를 못 들은 체하며 살아갔을 것이다.

풍장은 이미 사라진 지 오래다. "능~나니 볼기짝" 이 소리도 내 귀에만 간간이 들리는 귀울림으로 남아 있다. 그 할머니의 손자, 증손자들 중에도 할머니 이름을 기억하는 이는 없을 것 같다.

그렇게 소리도 가고 사람도 간다. 소리는 하늘로 가고, 사람은 땅속으로 간다. 그 남은 공간에 다른 소리가 내려앉고, 다른 사람이 솟아난다. 공간 속에 소리와 사람을 밀고 달리는 것이 시간이다. 나에게는 껍데기만 남은 그 공간, 그 공간을 현장으로만 여기는 새로 온 사람들이 거기 산다.

"능~나니 볼기짝", 그들에게는 전해지지 않는 잊혀진 전설이다. 고향이란 그렇게 전설의 조각들이 기다리는 곳이다.

＊ ＊ ＊

이 글은 『동서문학』 2016년 여름호에 실렸다.

고요 … 침묵이 눈으로 보일 때, 귀가 잠시 쉬는 기쁨을 맛본다. 공주시 정안면 데이지 카페.

이름은 지워졌지만…

내 유년기 기억의 텃밭에는 나무 한 그루가 서 있다. '총 맞아 죽은 나무', 동네 초입에 서 있던 당산목이다. 하얀 백골이 된 채 우람하게 서 있던 나무, 정월 대보름 그 나무 주위를 너울거리며 날아가던 종이 불똥들 — 내 이생의 기억 가장 먼 곳, 아주 깊은 곳에 화석처럼 묻혀 있다. 가끔씩 불쑥불쑥 생각의 표면으로 스며 오른다. 세월이 갈수록 더 자주 떠오른다.

삼바실, 거기가 내 고향 동네다. 지금은 충남 공주시 정안면 전평리. 천안에서 차령고개를 넘어 공주로 가는 길 중간이다.

춘향전에도 나오는 길이다. 몽룡이 장원급제하고 암행어사가 되어 춘향을 만나러 가는 바쁜 길이 다음과 같이 나온다. "… 삼거리, 도리티, 짐게역말 갈아타고 신구덕평 얼른 지나 원터에 숙소하고 팔풍정, 화란, 광정, 모란, 공주, 금강을 건네 금영의 중화하고…." 서울을 떠나 첫날은 수원, 둘째 날은 성환, 셋째 날은 천안 남쪽의 원터에서 자고 남원으로 내려가는 일정이다.

삼바실. 광정을 지나 화란, 그리고 화란에서 모란 사이에 관방이 나온다. 관방, 아마도 관에서 관리하는 창고 정도가 있었으리라. 화란은 활원, 옛길은 지금의 구화란이라는 곳을 거쳐서 광정으로 들어갔을 게다. 지금의 화란은 광정 남쪽이다. 서울에서 전라도로 가는 조선 국도 일번이다. 옛 마찻길이 찻길이 되면서 그 길은 '신작로(새로 만든 길이라는 뜻)'가 되었다.

관방에서 신작로를 벗어나 동쪽 산골로 들어가면 바로 나오는 마을, 삼대가 많이 자라는 동네라 삼바실이다. 대동여지도에는 마전(麻田)으로 나온다. 내 어린 시절까지도 여기저기 삼대밭이 있었다. 할머니, 어머니 들이 삼대를 쪄서 껍질을 벗기고, 거기서 삼실을 만들어 삼베를 짰다.

모새독고리, 당산목이 서 있던 자리이다. 관방에서 올라오는 외길, 왼쪽으로 애장터, 조금 올라오면 성황당, 그리고 오른쪽으로 행상집을 지나면 비로소 동네가 보인다. 애장터, 어린애가 죽으면 갖다 버리던 산기슭이다. 행상집, 동네 장례식 때 쓰던 상여를 보관하는 곳이다. 거길 지나가면 삼바실이다. 초가집 30여 호가 옹기종기 모여 있다.

그 동네 초입에 원형으로 길보다 넉자는 높이 쌓아 올린 곳, 거기를 모새독고리라고 부른다. 그 한가운데에 그 나무가 서 있었다.

모새독고리, 당산목이 서 있고 매년 정월 대보름 동네 당산제가 열리던 곳. 내가 어릴 때 이미 그 말의 뜻은 잊혀졌지만 뭔가 성스러운 곳임에 틀림없다. 혹시 삼한시대에 동네의 성소였던 '소도'에서 나온 말이 아닐까 막연히 생각해본 적이 있다. 물론 동네를 떠나 중학교에 들어가서 역사 시간에 그런 이야기를 듣고 난 후의 일이다.

모새독고리에서 서서 삼바실을 바라보면 오른쪽, 즉 북쪽으로 집들이 앉아 있다. 집 뒷동산 산자락에 밭들이 있다. 그리고 왼쪽, 마을의 남쪽 반은 논이다. 멀리 정면으로 숫들봉이 보인다. 근동에서 가장 높은 봉우리이다. 홍길동이 무술 공부를 했다는 동굴도 있고, 가끔씩 호랑이가 나타난다는 소리도 들리는 곳이다. 숫들봉, 지금 보면 평범한 야산 위로 솟아오른 봉우리이다.

삼바실에는 동네 한가운데 큰 텃밭이 있고 그 위쪽에 기와집이 하나 있다. 동네에서 하나밖에 없는 기와집이다. 제헌국회 의원을 지냈다는 신 영감 집이다. 내가 초등학교에 다닐 때 이미 눈썹까지 하얗게 센 할아버지였다. 그 집 앞 길옆에 '통샘'이 있었다. '샘'은 샘이다. 시멘트로 만든 원형 우물, 동네에 하나밖에 없던 신식 우물이었다. 그는 그 통샘 옆에 평상을 놓고 왕처럼 앉아 있었다. 동네 사람 모두 들일에 바쁠 때에도 하얀 모시옷을 입고 있던 그의 모습이 왠지 어색해 보였던 기억이 있다.

삼바실은 그네들 신씨 동네였다. 30여 호 중 신씨가 아닌 집은 채 열 집이 안 되었다. 동네의 모든 집터는 그 신 할아버지 소유. 동네 앞 논도 거의 그 집 것이었다. 나는 그 동네에서 태어났지만 우리 집안은 타동 사람들이었다. 우리 집은 가장 위쪽, 그 앞에 신씨, 옆에 우리 외갓집, 그 앞에 박씨, 다시 그 옆에 임씨, 그리고 큰 회나무가 서 있었다. 그 아래쪽으로는 모두 신씨네였다. 아랫말 아주 바깥쪽에 이씨네, 그 옆에 타동에서 이사 온 홍씨, 그게 전부였다.

작은 동네지만 산골 동네라고 이 고랑 저 고랑 작은 골이 많다. 동네 초입의 모새독고리에서 보면 왼쪽으로 구리얀, 제법 넓은 골이 보인다. 오른쪽으로 분터골, 그 너머 가래울이 있다. 본 동네로 들어서면 오른쪽에 뒷동산, 왼쪽에 안산이 보인다. 아랫말 집들 너머로 뒷동산 자락이 무섬대, 제법 넓은 잔디밭이다. 윗말 뒷동산 자락은 신씨네 가족묘로 봉분과 그 주위가 역시 잔디밭이다. 그 위쪽으로 사당골, 뒤짓골, 거기서 숫들봉 쪽으로 가면 승짓골, 호대골, 가랑골. 안산은 동네 앞쪽에 있다.

승짓골에서 고개밑이를 지나 산을 넘으면 딴 동네다. 달월, 달이 두 개라고 공식 이름은 쌍달리이다. 쌍달고개, 꽤 가팔랐다. 그 고개를 넘으면 주막이 하나 있었다. 달월 아이들이 고개를 넘어 우리 동네를 지나 초등학교를 다니곤 했었다.

내 유년기 기억의 그 나무, 실제로 총을 맞아 죽었는지는 모른다. 그래도 하얗게 마른 나무에 총자국이 있긴 했다. 누군가 '총을 맞았다'고 했는데, '총을 맞아 죽었다'로 들었는지도 모르겠다. 그 주위로 너울거리던 불똥, 정월 대보름 소원을 비는 행사에서 본 것이다. 동네를 대표한 제주가 당산제를 지낸다. 그리고 각 집안의 어른이 한 해의 소원을 비는 의식으로 하얀 한지를 태워 하늘로 올려 보낸다. '소지 올린다'고 했다. 각자의 소원을 빌며. 대부분 자식들 잘되게 해 달라는 소원이었을 것이다. 불똥이 남은 재가 높이 올라갈수록 좋은 것이라고 여겼다.

이런 기억 속의 풍경, 60년도 넘은 이야기이다. 가끔씩 고향 동네에 간다. 모새독고리는 거기 있다. 그 총 맞아 죽은 나무 대신 새로 심은 나무가 엉거주춤 서 있다. 구리얄, 사당골, 뒤짓골… 그 이름들은 남아 있다. 그 뜻은 이미 바람이 되어 날아갔고 이름만 남아 있다. 생명이 빠져나가고 하얗게 마른 등걸만 남아 있던 당산목처럼, 동네 곳곳에 뜻 모를 이름만 남아 있다.

내 어린 시절 기억 속의 사람들도 이미 거기 없다. 이름도 이미 지워진 사람이 더 많다. 이름이 있어도 이제는 나와 전혀 상관없는 사람들이 되어 있는 이도 있다. 그렇게 사람들은 이름조차 제대로 남기지 못하고 거기서 없어진다. 그때 부모들이 소지를 올리며 잘되기를 빌었던 그 아들딸들은 어디로 갔나. 부모의 소원대로 잘 살고 있는 건가.

당산목 대신 자란 그 나무는 언제 또 어떻게 죽어 갈지…. 사람도 가고 나무도 가고. 그래도 모새독고리, 구리얄, 무섬대 그런 이름들은 남겠지. 삼바실, 아직은 그 뜻을 짐작하는 사람들이 있지만, 삼베가 우리네 생활에 전혀 의미가 없는 죽은 말이 되면 삼바실도 아주 죽은 말이 되겠지.

삼바실, 그 말까지 죽어 버리면 고향이 아니라 타향이리라.

그림자 … 나무 하나가 늦가을 아침 햇살을 막는다. 나무는 그림자가 되어 호수에 눕는다. 그림자를 빗긴 한 줄기 빛다발 물속의 잔돌을 비춘다. 캘리포니아 비숍 근처 어느 호수.

참을 수 없는 '村놈'의 가벼움

명자

코스모스를 보고 명자를 생각하는 사람은 이 세상에 나밖에 없다. 한 마리 호랑나비에 몸을 맡기고 초추양광(初秋陽光)을 흠뻑 즐기고 있는 분홍 코스모스. 그 꽃이 피어 있던 곳이 바로 명자네 왼쪽 싸리문 자리이다. 오늘은 은색 외제 차가 한 대 서 있는 콘크리트 주차장이지만, 60년 전에는 분명 명자네 싸리문이 있던 자리다.

명자는 내 최초의 여자 친구였다. 그때는 '남녀칠세부동석'이라는 '금지된 장난'에 대한 경고 적용 이전의 나이였기 때문에 '여자'라는 사실이 별로 특별할 것도 없었다. 우리 집에서 두 번째 아랫집 그 집이 명자네 집이었다. 그녀는 나보다 몇 개월 연상이지만 나와는 나이 차이가 가장 적은 친구였다. 우리는 자주 만났다. 만날 친구가 그녀밖에 없었다.

봄부터 초가을까지 우리는 매일 바깥에서 놀았다. 어른들이 들녘에 나가면 명자네 집과 우리 집 사이에 있던 우리 '외할아부지' 집 마당 '감낭구' 밑은 그녀와 나만의 비밀 정원이었다. 바로 옆에는 외가집 똥뒷간이 있었지만 아무렇지도 않았다.

어느 해 여름 어느 날 우리 둘이는 사고를 치고 말았다. 둘 다 벌거숭이였다. 명자네 장독대, 우리 키만 한 간장독 거기서 고무신짝으로 간장을 퍼내서 둘이 샤워를 했다. 나는 아무렇지도 않았다. 명자는 아파했다. 그때 내 인생 처음으로 남자와 여자가 해부학적으로 다르다는 것을 알았다. 여자는 남자에 비해서 방수가 잘 안 된다는 사실을 알면서 나의 순진무구의 시대는 끝났다.

명자는 실명이다. 아직도 우리 시골 동네에 살고 있다. 50여 년 전 고향 마을을 떠나고 두어 번 만난 기억이 있다.

외톨박이

안산에서 외톨이를 만났다.

안산과 외톨이와 나. 이 이야기를 하자면 나의 옛 고향 동네 지리와 인문을 먼저 설명해야 한다.

우리 동네 삼바실은 무성산 동북쪽 자락에 동서로 뻗어 있는 작은 골짜기이다. 동네 입구는 동쪽으로 터져 있다. 서쪽으로 갈수록 땅이 높아진다. 우리 집은 서쪽 맨 꼭대기 집이었다. 우리 집을 시작으로 집들이 북쪽 뒷동산 사면에 남향으로 들어서 있다. 집 앞쪽으로 다랑이 논들이 있고, 큰 도랑 건너 안산이 있다. '안산'이라는 말을 막연히 우리 동네 앞산으로 알았었다. '안산'이라는 말이 집이나 묘에서 건너다 보이는 산이라는 뜻의 보통 명사인 것을 알게 된 것은 내가 우리 동네를 떠나고 한참 후의 일이다.

내가 어릴 때 안산은 동네 최고 부자인 신 영감네 소유였다. 안산뿐만 아니라 뒷동산, 안산과 뒷동산 사이의 논, 그리고 대부분의 집터까지 그 할아버지 것이었다. 그 동네는 신씨 집성촌이었다.

그 안산이 우리 소유가 되었다. 정확하게는 우리 작은아버지와 그의 두 아들이 안산을 다 샀다. 내가 고향 마을에서 살 때는 우리 집에서 작은아버지가 함께 사셨다. 그리고 그 집에서 사촌 형제들이 태어났다. 그래서 아직도 작은아버지 그리고 사촌 동생들의 땅도 '우리 집' 땅으로 착각한다. 사촌들은 그 안산을 밤나무 농장으로 만들었다.

추석날 새벽 안산으로 갔다. 옛날에 호대골이라고 부르던 안산 중간의 작은 골짜기 거기서 외톨박이 밤을 만났다. 밤송이가 탁 벌어진 그 사이에 아직 땅에 떨어지지 않은 외톨 밤.

밤 한 송이에 보통 밤 세 톨이 들어 있다. 영어 대문자 C자와 D자를 합해 놓은 크리스챤디오르의 로고를 보면 밤톨 모양이 보인다. 왼쪽 C자의 터진 입구를 막은 모양과 오른쪽 D자 모양의 밤이 가장 흔하다. 세 톨 중에 양쪽 톨이 그렇게 생겼다. 가운데 톨은 양쪽 면이 다 납작하다. 때때로 가운데 톨 없이 두 톨인 경우도 생긴다. 드물게 가운데 톨이 양쪽 톨을 밀어내고 혼자 크는 경우가 있다. 그게 외톨박이이다. 양쪽 면이 모두 곡면이 된다.

나도 외톨이다. 어린 시절 우리 동네에 외동아들은 나밖에 없었다. 형제가 많은 집 아이들에게 자주 왕따를 당했다. 나를 자주 못살게 굴던 아이들 중에 어떤 한 놈이 아직도 생각난다. 나보다 나이가 다섯 살쯤 더 먹은 그놈은 동네 저수지에서 나에게 물을 많이 먹였다. 내 머리를 물속에 처박고 거의 죽을 때까지 놓아주지 않았다.

아, 그때 짱돌이라도 집어서 그놈에게 대들었어야 했는데. 겨우 그놈 집안이 우리 할아버지 세대에는 종살이를 한 상놈 집안이었다는 사실에 스스로 위안을 했다. 이번 추석에 그놈을 보았다. 그도 나이 칠십, 손자 손을 잡고 고향에 왔더라. 멀리서 보고 못 본 척했다.

목화와 산삼

공주 한옥마을 화단에서 목화를 다시 만났다. 다래가 막 터져서 솜방울이 되는 때다. 아직도 분홍색 나비 모양의 목화꽃이 달린 포기도 있다. 어릴 때 목화 다래를 따 먹던 기억이 난다. 꽃잎이 지고 다래가 어른 엄지손가락만 할 때, 목화 다래를 깨물면 달코소롬한 맛이 난다. 고향 땅에서 목화는 더 이상 작물이 아니다. 목화를 키우던 동네 밭도 밤나무밭으로 변했다.

성묘 길에 막내 사촌이 나를 부른다. "성, 이리 와 봐."

동생이 오라는 데로 간다. 산길에서 벗어나 소나무 몇 그루를 지나 으슥한 곳으로.

"이게 산삼여."

동생이 말한다.

잎이 다섯 개, 평범한 풀같이 보인다. 정확하게는 장뇌삼이다. 동생이 작년에 인삼 모종을 사다가 곳곳에 심어 놓은 것이라고. 5년 후 캐면 그게 산삼이라네.

인삼, 우리 어릴 때는 고향에서 키우는 작물이 아니었다. 몇 해 전부터 공주에 인삼밭이 보이기 시작했다. 인삼밭에서 인삼씨를 먹은 새들이 야산에 옮겨 놓아 산삼이 생기기 시작했다. 동네 사람들이 산삼을 캐기 시작하자 전국에서 꾼들이 모여들어 산삼도 씨가 말랐다. 새가 어쩌다 옮기는 삼만 가지고는 어림도 없어서 사람이 인삼을 산에 심기 시작했다고.

우리 시골에도 목화, 보리, 감자의 시대는 지나가고 밤과 인삼의 시절이 되었구나.

밀란 쿤데라와 삼바실

쿤데라와 나의 고향 마을 — 아무 상관도 없다. 다만 내가 고향 마을길을 걸으며 쿤데라의 소설을 오디오북으로 듣고 있었다는 우연밖에. 쿤데라는 체코 출신으로 1968년 프라하의 봄의 주역 중 하나이다. 소련군의 체코 침공 이후 프랑스로 망명, 지금은 프랑스 시민이다. 프랑스로 귀화했을 뿐만 아니라 프랑스어로 소설을 쓰고, 그 전에 체코어로 썼던 소설도 프랑스어로 다시 썼다. 자신을 체코 문인이 아니라 프랑스 작가로 생각해 달라고 하는 사람이다.

그는 1999년 프랑스어로 『Ignorance』란 소설을 썼다. 체코에서 공산체제가 무너지고 자유화가 되었을 때 체코를 다시 방문하는 망명자 이야기이다. 그의 자전적인 이야기일 수도 있다. 소설 속의 주인공은 프랑스에 살고 있는 체코 여인. 그녀는 고국을 다시 방문하는 동안 그녀가 생각했던 고국의 정서를 경험할 수 없어서 당황한다. 그녀가 고국을 다시 느낀 것은 공항에서 우연히 만난 옛 애인과 정사 중이었다. 그 옛 애인도 체코를 떠나 덴마크에 살고 있다. 그도 자유화된 고국을 방문 중이었다. 둘 다 그들이 생각하던 고국이 지금의 체코가 아니라는 사실을 깨닫는다. 둘은 섹스를 하면서 오래간만에 체코 말로 적나라한 쌍소리를 한다. 그리고 비로소 고국을 느낀다.

그들의 nostalgia(향수)의 귀착점은 체코라는 지역이 아니라 체코어 음담 쌍소리라는 본능에 가까운 공통의 기억이었다. nostalgia는 그리스어로 nostos(돌아간다)와 algia(고통)이라는 말의 결합이다. 쿤데라는 algia라는 말에 고통이라는 뜻도 있지만 어원적으로 ignorance라는 말과도 연관이 있다는 점을 강조한다. nostalgia는 떠나온 곳, 마음속에 있는 그곳에 대한 ignorance, 즉 '알지 못함'에서 생기는 감정이라는 것이다. 그래서 그는 체코 망명자의 귀환을 주제로 한 소설에 'Ignorance'라는 프랑스어 제목을 붙였다. 영어로도 물론 'Ignorance'로 제목이 붙었고, 한국에서는 '향수'라는 제목으로 출간되었다.

고향 삼바실에서 오디오북으로 들은 쿤데라의 소설은 『The Unbearable Lightness of Being(참을 수 없는 존재의 가벼움)』. 상당히 야한 소설이다. 쿤데라의 소설 중 가장 많이 알려진 작품이다. 이 글의 제목 「참을 수 없는 '村놈'의 가벼움」은 이 쿤데라의 소설 제목 『참을 수 없는 존재의 가벼움』을 가지고 바꿔 본 것이다.

"Flirtation is a promise of sexual intimacy[원문에는 더 직설적] without guarantee." 『The Unbearable Lightness of Being(참을 수 없는 존재의 가벼움)』 속에 나오는 말이다. 여자가 남자에게, 남자가 여자에게 보내는 은근한

메시지. 그 속에 성적 결합의 암시적 약속은 있지만 꼭 그러리라는 보장이 없다는 말이다.

고향에 갈 때는 뭔가 고향이 주는 약속이 있을 것 같다. 고향을 떠나는 사람들은 타향에 가면 뭔가 신천지가 주는 약속이 있을 것 같다. 그 약속이 있기는 한데 그 약속이 이루어진다는 보장은 없다. 그래도 사람들은 떠난다. 떠난 자가 느끼는 고향에 대한 향수, 떠나려는 자가 느끼는 타향에 대한 동경, 결국은 그게 그거다. 향수와 역마살은 다르지 않다.

로스앤젤레스 레돈도 비치에는 '꿈의 계단'이 있다. 삼바실 밤나무밭에 서면 이 꿈의 계단이 아련하게 그립다. 레돈도 비치의 이 계단을 오르면 삼바실 목화밭이 보고 싶어진다. 고향에서도 이미 사라진 지 오래된 목화밭이 아스라이 떠오른다.

그렇다. 고향과 타향의 은근한 유혹(flirtation), 어쩔 수 없는 내 촌놈 인생의 가벼움. 쿤데라에게 존재의 가벼움은 세상이 중요하다고 생각하는 틀에 얽매이지 않는 것이다. 이 촌놈 인생의 가벼움은 아직도 세상의 틀이 뭔지 모르는 것이다.

꽃살문 … 대웅전 앞문은 어간문이다. 어간문을 열면 부처님이 정면에서 보인다. 스님들께서나 드나드시는 문이다. 문살이 화려하고 예쁘다. 화엄 장엄의 표시. 이름이 기억이 나지 않는 절.

소가 뛰면 그건 사건이다

"신 서방네 소가 뛰었어!"

내가 가장 어린 나이에 들은 사건 뉴스다. 다섯 살 무렵이었다. 새참 '광우리'를 이고 논으로 가시는 외할머니를 졸졸 따라갔다. 뜬 모를 다시 심던 외할아버지가 논두렁으로 나오면서 하시는 말씀이었다.

소가 뛰는 광경… 상상이었지만… 그 장면이 60년이 지난 지금도 요지경 속의 색동 조각처럼 현란하고 선명하게 기억 속에서 튀어나온다. 커다란 눈망울에 겁을 잔뜩 먹고 뜨거운 콧김을 뿜으면서 엇박자 네 발로 달린다. 일단 뛰기 시작했는데 어디로 갈지 몰라 당황하는 모습. 제발 '날 좀 잡아 주세요' 하는 불쌍한 외침이 들린다.

덩치는 커도 천천히 걷는 게 소다. 이른 봄 다랑논에서 쓰레질을 하는 소걸음, 세상에 아직 '바쁘다'란 단어가 생겨나기 이전의 행보이다. 그런 소가 실제로 뛰는 일은 아주 드물다. 서부 영화에서 들소나 농장의 소 떼들이 집단으로 뛰는 장면이 나오기도 한다. 그러나 거의 가족 대접을 받는 농사꾼들의 소는 언제나 묵묵히 소걸음을 걸을 따름이다.

그래서 고대 인도 사람들은 한결같은 소걸음으로 거리를 가늠했다. 멍에를 멘 소 두 마리가 함께 하나의 달구지를 끌고 하루를 걷는 거리, 그것을 1유순(由旬, yojana)이라고 했다. 지금의 셈법으로 하면 약 13킬로미터 정도.

소걸음은 시간 측정의 한 요소가 되기도 했다. 가로, 세로, 높이가 1유순인 바위가 있다고 하자. 그 바위에 100년에 한 번씩 비단옷을 입은 선녀가 내려온다. 그 옷깃에 스쳐 바위가 닳는다. 그렇게 바위가 다 닳아 없어지는 시간, 그것을 겁(劫, kalpa)이라고 했다.

내가 어릴 때 보았던 소는 사람 걸음걸이에 맞추어 걸었다. 어린아이가 소를 몰고 가면 어린이 보폭에 맞추어 가고, 장정이 몰고 가면 어른 발자국에 맞추어 걷는다. 코뚜레에 매어 놓은 고삐에 묶인 몸이라서 그럴까? 아니다. 소를 앞세워 걸으며 사람이 고삐를 조이는 일은 별로 없다. 소는 뒤따라오는 사람의 보폭과 리듬을 잘 알고 있다.

세월이 지나고, 사람들의 생활도 바빠졌다. 사람이 뛰고, 소도 뛰고. 워낭 소리 짤랑대던 그 시대의 거리와 시간 감각은 엉클어져 버렸다. 이 시대의 속도감에 적응을 못하는 사람들은 뒤로 처진다. 같이 걸어 줄 소도 사라져 버린 후미진 구석으로.

말(언어)도 소를 따라 죽는다. '다랭이(다랑이)', '논두렁', '뜬 모' 이런 단어들이 한지에 먹물 스며들 듯 머릿속에 쏙쏙 들어오던 시절에 저장했던 한가로운 단어들 새참(끼니 사이의 간식), 광우리(광주리), 새뱅이(새우), 깨구락지(개구리), 토깽이(토끼), 멍에, 쓰레질…. 지금도 내 의식의 밑바닥을 훑으면 개울가 새뱅이처럼 걸려 나온다. 그런데 막상 고향 마을에 가 보면 다 없다. 사람들만 뜀박질한다. 소가 있다면 사람들 리듬에 맞추어 뛰어야 할 터이다.

소가 뛰면 한 유순의 길이가 늘어난다. 한 겁이 품는 겁나는 시간도 길어진다. 사건이다. 내 기억 속의 소는 뛰고 싶어 하지 않는다.

III

미국에서 더 오래 살았네요

이유 없는 반항 ··· 제임스 딘의 두상이 헐리우드 사인을 배경으로 서 있다. 영원히. 로스앤젤레스 그리피스 공원.

무클럽

'무(無)클럽' 창립 멤버가 되었다. 65세 전후의 대학 동문 여섯 명이 회원이다. 가끔 만나서 저녁 먹고 한잔하는 친구들이다. 매달 마지막 금요일 정기적으로 모임을 갖기로 했다. 모임 이름이라도 있어야 하지 않겠느냐는 우스갯소리 끝에 나온 이름이 '무'. 회원들 이름도 아예 '무' 자 돌림으로 바꿨다. 그래서 내 이름은 '무영'.

그래도 이름이 있는 모임인데 원칙이 있어야 한다는 주장도 나왔다. 그래서 정한 원칙은 무원칙, 무주제, 무절제, 무제한, 무희망, 무욕심, 무신경…. 이러한 무원칙에 무제한의 찬성을 해 준 무클럽의 무명 인사 회원들 '무원', '무중', '무천', '무희', '무휘'. 이들과 함께 하는 저녁 자리는 이름할 수 없는 묘한 즐거움이 있다.

나이 65세는 인간의 다섯 가지 즐거움에 대한 욕심에서 벗어나야 할 때이다. 재(財), 색(色), 명(名), 식(食), 수(睡). 이 오욕(五欲)은 이생에서의 즐거움의 원천이지만 지옥의 뿌리이기도 하다. 인생 후반기가 되면 자의든 타의든 오욕을 좇는 일을 그만두어야 한다. 깨달은 자는 자의에 의해서 벗어나고, 아직 깨닫지 못한 자들은 타의에 의해서 포기하게 된다.

오욕 중에서 먹는 것에 대한 욕심, 잠에 대한 욕심은 대부분 남하고 관련이 없는 자신만의 문제이다. 그러나 돈, 섹스, 명성에 대한 욕심은 타인과의 관계를 통해서만 이루어질 수 있다. 따라서 재, 색, 명에 대한 탐욕은 다른 사람을 아프게 하거나 그들에게 피해를 줄 수 있다. 그래서 원칙이 필요하다.

재와 명에 대한 욕심, 그것은 어린 시절 인생의 목표라는 이름으로 포장된다. 유년 시절의 꿈을 달성한 사람들에게는 재욕과 명욕이 인생 여정의 동기부여라는 긍정적 역할을 한다. 그러나 많은 사람들이 이루지도 못하고 버리지도 못하는 그 욕심 때문에 이생에서 지옥을 맛본다.

우리 무클럽의 회원들도 한때는 재, 색, 명에 대한 탐욕이 여느 사람만큼은 있었을 것이다. 회원 중에는 남들이 부러워할 만큼 재와 명을 이룬 사람도 있고, 아직도 남들의 재와 명을 부러워하기만 하는 사람도 있다. 무클럽 이것은 껍데기만 남은 꿈을 과감히 버리자는 다짐을 하는 모임이다.

무클럽 회원들은 세상의 큰 원칙에서 벗어나지 않는 삶을 살아왔다. 이제 인생의 정리기에 들어서면서 무원칙, 무절제, 무제한으로 부어라, 마셔라 떠들어 대도 길든 범위에서 벗어나지 못한다. 마음이 욕심을 따라가도 법도를 어기지 않는다는 "종심소욕 불유구(從心所欲 不踰矩)"라는 공자님 말씀을 믿고 한번 까불어 보는 것이다.

무클럽은 평생을 원칙, 제약, 제한 속에서 살아온 소심한 무명인들의 술잔 속 반란이다. 이제 더 욕심내지 말고, 또 기회가 오리라는 기대도 접고, 지금 있는 그대로를 받아들이자. 그렇게 마음을 내려놓으면, 굳이 세상의 원칙이나 절제를 따질 필요가 없다.

이제부터는 세월이 갈수록 이루어 놓은 것, 믿는 것, 가진 것의 의미도 줄어든다. 이루지도 못하고, 아직 버리지도 못한 꿈은 버리자. '무'의 가르침을 깨달으면 여생이 자유로워지리라.

자카란다 하늘 … 자카란다꽃의 화려함에 또 한 해가 간다. 베벌리힐스 부자 동네 가로수를 보고 간다. 베벌리힐스 도헤니 거리.

자카란다가 진다

자카란다가 진다. 또다시 봄이 가고 여름이 오고 있다는 이야기이다. 피천득 선생님의 수필 중에 이런 말이 기억난다. "새색시가 시집가서 김장 스무 번을 담그고 나니 인생이 다 갔더란다." 나에게는 자카란다꽃이 피고 지는 것이 새색시에게 김장 담그는 것과 같은 가장 기억에 남는 연중 행사이다.

자카란다(jacaranda) — 늦봄 초여름 화려한 보라색 꽃을 포도송이처럼 달고 있는 나무. 보라색이라고 했지만 실은 파랑, 옅은 보라, 남색, 하늘색 꼭 집어 말할 수 없는, 눈에 딱 띄는 그런 색깔의 꽃이다. 영어로는 bluish-purple, violate, purple, azure, lavender 등으로 표현되는 색이다.

내가 이 꽃을 처음 본 것은 로스앤젤레스에 내려와서였다. 샌프란시스코에 살 때는 이 꽃을 본 기억이 없다. 그렇다고 이곳 남가주(캘리포니아주 남부를 일컫는 말)에 이 꽃이 아무데나 지천으로 있는 것은 아니다. 베벌리힐스 고급 주택가에 가로수로 많이 있고 다른 동네에 가면 가끔씩 공원에서 볼 수 있다. 한인타운의 중심이 된 윌셔가에도 가로수로 몇 그루가 있다.

영어든 한국어든 꽃과 색깔에 대한 느낌이 사람마다 똑같지는 않다. 나에게 자카란다꽃 색깔은 화려함 그리고 귀족스러움 이런 것들을 한껏 섞어 놓은 느낌이다.

그리고 조금은 엉뚱하지만 갑자기 망향의 아스라한 아픔을 느끼게 한다. 고향에서는 그토록 화려한 꽃을 본 적이 없기 때문일까? 아마도 이 꽃을 내 신분과 신상 변화의 미묘한 시점에서 만났기 때문일지도 모르겠다. 샌프란시스코와 버클리에서 공부를 할 때는 유학생이었고 따라서 미국은 외국이었다. 내가 로스앤젤레스에 내려왔을 때는 어설프지만 '재미 교포'로 바뀌어 있었다.

그때는 가끔씩 가슴이 휑하다는 느낌이 들기 시작하면 차를 몰고 다니던 버릇이 있었다. 그러다 베벌리힐스의 어느 주택가에서 만난 꽃이 자카란다였다. 차 두 대가 겨우 비켜 가는 한적한 도로 양쪽으로 자카란다 나무가 가로수로 빼곡이 있었다. 그 화려한 자카란다꽃이 터널을 이루었고 길바닥은 자색 융단이었다. 그 때 그 색깔에 압도당했던 기억이 지금도 남아 있다.

그 후론 해마다 그 길을 한 번씩은 갔다. 유월 초 자카란다꽃이 한창일 때 그냥 한 번씩 가 보았다. 그런데 작년에는 거길 못 가고 유월이 후딱 지나가 버렸다. 왜 그렇게 종종거리며 살았을까?

올해는 자카란다꽃이 다 지기 전에 거길 가 보아야겠다. 그 화려한 보라색 꽃터널을 지나가며 왜 그렇게 바쁘게만 사는지를 생각해 보아야겠다.

가는 세월의 단위가 커진다. 한참 바쁘게 일할 나이에는 하루가 지나가는 것을 느끼는 것이 아니고, 한 주일이 지나가는 것을 느낀다. 이제는 한 달, 한 해가 뭉텅뭉텅 흘러가는 것을 느낀다.

베벌리힐스의 보라색 자카란다 터널은 가 버린 한 해와 다시 오는 한 해 사이를 알려 주는 무대의 장막이다. 처음 기억에 남는 그 자카란다를 본 것이 1987년이었다. 그동안 세월이 흐르긴 많이 흘렀다.

피천득 선생님 계산대로라면 벌써 김장 20번의 세월이 다 가 버렸다. 그 사이 피 선생님도 돌아가셨으니 세월을 계산해 줄 사람도 이제 없다.

* * *

이 글을 쓴 지도 10년이 넘었다. 이제 세월은 10년 단위로 뭉텅뭉텅 흘러간다.

물 위에 별이 … 물속에 뜬 한낮의 별을 본다. 태양을 감당할 수 없는 마음 약한 사람들에게 과자처럼 빛을 한 봉지씩 선사한다. 캘리포니아 토레이파인 바닷가.

돌아서 가는 길

돌아서 가는 길(迂廻, detour)에는 설렘이 있다. 뜯어 보지 않은 연애편지를 만지작거릴 때의 느낌, 아직 오지 않은 행복에 대한 기대감 같은 것이다. 돌아서 가는 길 그 길은 만나 보지 않은 사람들의 새로운 이야기를 준비하고 항상 나를 기다리고 있다.

주말(2010년 4월 3~4일)에 휑하니 애리조나를 다녀왔다. 연방국도 10번(Interstate 10)을 타고 로스앤젤레스에서 피닉스까지 왕복 800마일을 달린다. 일 때문에 가는 길이다. 재미로 하는 짓은 아니다. 돌아오는 길에 200마일을 더 달린다. 우회. 그게 재미다. 그게 행복이다.

레이크하바수 시(Lake Havasu City), 이번 여행에서 돌아서 가는 길에 만난 도시다. 연방국도 10번 북쪽, 연방국도 40번 남쪽, 지방도로 95번 선상에 있다. 이 도시가 살아가는 법, 참 미국적이다. 없는 것은 통째로 사 오라. 그리고 조금씩 오랫동안 우려먹자. 또 하나, 돈이 되는 것은 모두 돈으로 만들자.

이런 어린아이들 노래를 들어 본 적이 있을 것이다.

다리가 무너진다네,
무너진다, 무너진다.
런던대교가 무너진다.

나무와 흙으로

지은 다리는 장마에
떠내려갔네.

벽돌과 석회로
만든 다리도
오래가지 못하고,
쇠로 만든 다리는
구부러져 버리고.

은과 금으로 만들었더니
훔쳐가 버렸네.
밤새 다리를 지키라고
야경꾼을 두었더니
잠들어 버리고 마네.

결국 사람이 하는 일이 영원한 게 없다는 이야기다. 사람이 만드는 일이 다 무너질 수밖에 없다는 이야기다. 템스강을 가로지르는 런던대교(London Bridge). 그 다리는 우리가 알 수 없는 먼 옛날부터 있었다. 처음에는 나무와 진흙, 이어서 벽돌과 석회, 다음은 쇠다리, 그 다음은 금과 은 — 그렇게 만들어 보아도 결국은 무너지더라는 것.

이렇게 끝내는 무너질 수밖에 없는 다리 '런던 브리지'의 마지막 돌다리가 엉뚱하게 애리조나 사막에 있다. 미국의 장삿속 — 1971년 런던에서 해체한 런던대교가 대서양 너머 레이크하바수 시에 옮겨져 다시 조립된다. 당시 돈으로 약 7백만 달러가 들었다. 그리고 이 이름 없는 하바수 호수 시가 세계인의 관심거리가 된다. 오늘 이 도시를 찾는 관광객들은 그때 들인 돈에 이자까지 내면서 런던의 명물 런던 브리지를 애리조나 사막에서 경험한다.

레이크하바수 시의 런던대교 개통식에는 당시 런던 시장과 애리조나 주지사가 참석한다. 과거의 짐이 주렁주렁 달린 영국과 가볍게 새로 시작하는 미국, 그 차이가 동판에 새겨진 두 사람의 타이틀에서 보인다.

런던 시장: THE RIGHT HONORABLE THE LORD MAYOR OF LONDON ALDERMAN SIR PETER STUDD G.B.E. M.A. D.Sc.

애리조나 주지사: THE HONORABLE JACK WILLIAMS GOVERNOR OF ARIZONA

레이크하바수 시의 한 갤러리에서 만난 그림이다. 빈센트 반 고흐의 습작이라나. 사월 초순 애리조나 사막에 지천으로 깔려 있는 노란 꽃을 보고 온 터라 그림이 더 정겹다.

'사막' – 'Desert' : 같은 사물을 보고 부르는 이름에서 오는 느낌의 차이를 생각한다. '사막'이라고 부르는 우리 한국인들은 먼저 모래를 생각한다. 애리조나, 캘리포니아의 'Desert'는 대부분 모래밭이 아니다. 억센 풀들 그리고 작은 관목들의 밭이다. 'Desert'는 꼭 모래와 상관없는 '버려진 땅' 또는 '쓸모없는 땅'이라는 뜻이기도 하다. 고호의 그림을 보고 쓸데없는 연상이 황야로 달린다.

오늘을 사는 사람들은 그림이 아니라 글을 남긴다. 하바수 호수를 돌아가는 산책로 양쪽 가로수 그리고 곳곳에 있는 벤치에 추념 동판이 있다. 대부분 "In Loving Memory of …(사랑스런 그 누구를 추념하며)"로 시작하는 무덤덤한 내용이다. 가끔씩 나 같은 과객의 호기심을 자극하는 글도 있다.

" Wife, Mom & Friend. Life is Uncertain, So Eat Dessert First."

("인생이란 불확실한 것, 우선 디저트부터 드시지요.")

맛있는 것 너무 아끼지 말고 먼저 먹으라는 충고다. 남아 있는 남편, 자식 그리고 친구가 남긴 글이다.

"It matters not how straight is the gate, how charged with the punishment the scroll, I am the master of my fate; I am the captain of my soul."

("천국의 문이 얼마나 엄격하든, 내 죄가 얼마나 무겁든 나는 내 운명의 주인이다. 나는 내 영혼의 선장이다.")

이 생에서 91년을 지내고 떠나간 어떤 남자의 고별사다. 신본(神本)이 아닌 인본(人本)주의의 과감한 선언을 하고 간 그 사람이 누구였을까?

"In Memory of …. Husband, Lover and Friend."

굳이 'Lover'라는 말을 따로 넣은 걸 보면 정신과 육체를 다 만족시켰다는 이야기다. 어느 마눌님인지 참 행복한 인생을 보냈군. 'Lover'란 육체 관계를 하는 애인이라는 뜻이다.

하바수, 그 동네 인디언 말로 '초록빛 물' 또는 '물과 공기'라는 뜻이라고 한다. 물과 공기와 햇볕 그리고 황야 이런 곳에 남의 과거를 돈으로 사다 걸어 놓고 사는 동네. 그리고 떠나간 자에 대한 기억을 문패처럼 땅에 심어 주는 이 동네. 이 동네가 살아가는 법이 재미있다. 돌아서 가는 길에서 주워 듣는 정겨운 사람 사는 이야기이다.

런던 브리지 밑에서 소쩍새 소리를 듣는다. 아침에 우는 소쩍새도 있네. 어릴 적 엄마 품에서 초저녁에 듣던 뒷동산 소쩍새 소리와 다르지 않네.

호수에서 별을 딴다. 또 하나의 돌아서 오는 길(detour)에서 얻은 행복이다.

이번에는 샌디에이고 근처 토레이파인(Torrey Pine) 해변이다. 2010년 4월 1일 샌디에이고 법정에 갔다 오는 길에 뻥 뚫린 연방국도 5번(Interstate 5)을 마다하고 바닷가 샛길로 빠졌다. Leucadia, Encinitas, Del Mar, Cardif-by-the-Sea 등 예쁜 이름의 자그만 도시들을 지난다.

언제 어디서 이렇게 들꽃, 물, 별, 햇볕을 함께 볼 수 있을까? 변호사 — 몇백만 달러짜리 남의 욕심에다 몇천 달러짜리 자신의 욕심을 얹어 피 흘리고 눈물 흘리는 다툼의 현장에서 대신 싸워야 하는 직업이다. 사람이 황량해질 수도 있다. 때때로 가던 길을 멈춰도 보고, 곧은 길을 두고 돌아서 가는 그런 마음의 작은 틈새가 필요하다.

돌아서 가는 길에서 만나는 짜릿한 행복. 그래서 인생은 즐겁다.

* * *

고흐 이야기는 내 머릿속 상상의 찌꺼기(pigment of my imagination)이다.

사실은 애리조나 황야에 한창 핀 '초콜릿브러시(Chocolate Brush)'라는 들꽃이다. 노란 꽃잎 한가운데 초콜릿 색깔의 꽃술이 있는 야생화다. 꽃이 바람을 먹으면 고흐의 그림이 되기도 한다.

pigment of imagination? 원래 일반적인 표현은 a figment of imagination, 상상의 산물이다. 여기서는 사진의 색감을 변조하여 상상력을 불러일으킨다는 뜻으로 pigment(물감)라는 단어를 썼다.

죽음의 계곡 … 바람결에 산이 무너진다. 그리고 바람 소리에 산이 생긴다. 죽음의 계곡에는 모래도 살아 있다. 캘리포니아 데스밸리.

'물벅지'의 55마일

Water, water, everywhere

Nor a drop to drink….

물, 물, 물, 사방이 물이지만

마실 물은 한 방울도 없구나….

– From the Rime of Ancient Mariner, Samuel T. Coleridge (1772–1834)

"55마일 죽음의 자전차 경주, Tour de Palm Springs 2011", 이 대회에 참가하면서 비장한 결의를 한다. 타는 목마름으로 나 자신을 달구어 보리라. 낯선 바다, 모진 시련을 이겨 내리라. 사무엘 콜리지의 시에 나오는 늙은 선원의 까칠하게 마른 외침을 듣는다.

2011년 2월 12일 야자샘(Palm Springs) 시내 한복판. 아침 8시, 앞도 뒤도 옆도 자전거꾼들이다. 서울대 남가주 동창회 철벅지회팀 11명도 금세 그 군중 속으로 사라진다. 자전거도 사람도 총천연색이다. 자전거 타는 일을 심각한 취미로 하는 사람들은 두 가지로 버틴다. 철벅지와 근육끈이 훤히 드러나는 쫑아리. 그리고 헬멧부터 신발까지 코디가 잘된 패션 덩어리 몸체.

그럼 나는?

'80년대 아줌마 패션'이라는 '칭찬'을 듣는다. 헬멧 밑에 차양이 있는 모자를 받쳐 쓰고, 국방색 티셔츠에 바지. 코디와는 좀 거리가 있다. 다리는 아직 '허벅지' 수준. 뱃살은 지는 달인지 뜨는 달인지 둥그런 달덩이 모양 — 전체적으로 몸치 수준이다. 그래도 "밟아라, 삼천리!" 외치다 보면 좋은 날이 있겠지.

그래서 힘차게, 기차게, 희망차게 출발.

오후 3시, 피니시 라인이 보인다. 풍선으로 만든 개선문 아래, 다리가 미끈한 여고생 치어리더들이 환호를 한다. 마지막 발질(pedaling), 발악에 가깝다. 55마일 일곱 시간. 아스돌트(아스팔트 도로에 부드러운 아스팔트는 다 없어지고 돌만 남은 상태)에 튕긴 충격으로 엉덩이는 변사또 곤장에 작살난 춘향이 궁둥이 신세. 팔다리 허리는 남의 것을 빌려온 것 같다. 그래도 미소 하나만은 남아서 환호에 답한다.

백정현 선배님, 이분은 천사다. 근육질 천사. Incredible Hulk 그리고 나이팅게일. 이번 행사에도 칠칠치 못한 참가자들을 위해 자전거를 준비해 주시고, 팜스프링스까지 자전거 운반도 해 주신다. 타이어 펌프질, 자전거 안장 낮추기 이런 잡일까지도. 자전거 천사가 아니면 누가 이렇게 자상하게 해 줄 수 있을까? 그러고 나서 사모님과 둘이 타는 자전거 탠덤(tandem)으로 유유자적하게 완주하신다.

탠덤 라이딩, 참 부럽다. 이번 행사에서 본 아름다운 장면: 부부가 탠덤을 탄다. 똑같은 색깔과 디자인의 옷을 다정히 입었다. 오르막길에서 뒤에 탄 아내(애인?)가 물병을 꺼내 다정히 앞에 탄 남편에게 준다. 남편이 물병을 받으며 다정하게 손을 잡는다.

나도 그렇게 하고 싶다. 그런데 세 가지가 모자란다. 탠덤 자전거가 없고, 뒤에 태울 만한 그 사람이 없고, 누군가를 태우고 55마일을 갈 체력이 없다. 앞에 두 가지(money to buy a tandem bike, a significant other to ride with)는 어떻게 해 보겠는데, 세 번째 체력(physical prowess) 그게 좀 문제다. 혼자 55마일? 기력도 떨어지는데….

첫 40마일은 잘 버틴다. 완만하게 올라가는 길도 헉헉거리며 올라가고, 가파른 내리막길도 브레이크 잡으며 잘 내려온다. 아쉬운 것은 같이 간 동문 철벅지들이 하나도 안 보이는 것이다. 모두 나보다 발질을 잘하나 보다.

마지막 15마일 지옥이다. 팜스프링스 시내에서 출발 서쪽 끝 도로로, 팜스프링스 북쪽으로 10번 프리웨이를 넘어서 동쪽으로, 팜스프링스의 동쪽 끝 코첼라밸리(Coachella Valley)까지 가서 남쪽으로, 그리고 다시 10번 프리웨이를 넘어서 오는 길이다. 코첼라밸리까지는 그럭저럭 신나게 달린다. 여기가 유명한 뮤직 페스티벌이 열리는 곳이구나 하고 생각하면서도, 얼마를 더 가야 하나 하는 걱정이 생기기 시작한다.

10번 프리웨이가 보인다. 이제 마지막 구간(home stretch)이구나, 안도의 한숨. 그러나 웬걸, 시내에 들어섰는데도 가도 가도 끝이 없다. 우리가 팜스프링스라고 알고 있는 곳에 그렇게 많은 다른 도시가 있을 줄이야. Sun City, Rancho Mirage…. Palm Springs는 왜 안 나오는 거야. "가도 가도 끝이 없는 인생길은 몇 구비냐…." 「유정천리」라는 노래가 생각난다.

드디어 City of Palm Springs. 그런데 왜 그렇게 길이 많은 거야. 가도 가도 우리가 출발했던 Indian Canyon Drive가 왜 나오지 않지? 엉덩이가 더 이상 자전거 안장을 거부한다. 빨간 불에 설 때마다 자전거에서 내린다. 그러나 파란 불이 들어오면 다시 자전거를 탈 수밖에. 그렇게 반 시간쯤 더 달려서 원점으로 돌아온다.

마지막 내가 들어올 때쯤은 파장 분위기다. 같이 출발했던 만여 명은 다 어디로 가고 100여 명 낙오병(straggler)들의 잔치다. 그래도 즐겁다. 마지막 피니시 라인에 서 있는 정다운 얼굴들…. Thank You.

55마일 우습게 보지 마라. 한반도 허리를 가르는 휴전선이 155마일이다. 내가 100마일 더 달리면 휴전선이 없어지려나.

앞으로 55마일 이상 자전거를 타려는 사람들 말리지는 않겠다. 그러나 이 말은 해 주고 싶다. “Abandon All Hope, Ye Who Enter Here(여기로 들어오는 자들, 모든 희망을 버려라).” 지옥문에 이런 글귀가 새겨져 있다고 한다. 단테의 『신곡(Divine Comedy)』에 나오는 말이다.

수레의 기억 … 미국 서부를 여행하다 보면 이런 수레바퀴를 자주 본다. 100년 전에는 쓸모가 있던 물건인데 이제는 아득한 기억으로만 남아 있다. 캘리포니아 데스밸리.

코코펠리처럼 달강을 건너

– 나바호 동네에서 호피족의 꿈을 꾸다

1. 꿈 – 방랑자의 귀환

달밤에 달강을 건넌다. 빛바랜 욕심 망태 내려놓고, 닳아빠진 몸둥아리 하나가 달강을 건넌다. 달강 너머 달강마을 '무요토비(Muyawtovi)'로 돌아간다. 달빛 속의 안개, 안개 속의 달빛, 그 속에 외줄 출렁다리가 걸려 있다. 두어 자 길이 나무 판때기로 얽어맨 상판 위로 한 발을 내디딘다. 철렁, 다리가 가라앉는다. 겨드랑이 높이 난간 역할을 하는 보조 줄을 잡는다. 흰죽처럼 걸죽한 안개가 몸통을 잡아 준다.

다시 한 발을 내디딘다. 구름 위를 걷는 듯 사뿐하다. 길이란 길 — 별 따라 걷는 길, 뜨거운 햇길, 요란한 빗길, 미끄런 눈길, 포근한 꿈길 — 은 어떤 길에도 이골 난 사람 그게 나다. 달강 위의 안갯길, 이건 차라리 비단 길이다. 평생 지고 온 등짐을 갓 벗어 버린 홀가분한 느낌이 박하향이다. 시원한 기운이 등에서 목을 타고 머리로, 허리를 건너 두 다리로 퍼져 간다.

달강은 깊고 좁다. 안개 다리 길도 잠시, 바람골 후쿠바캐니언(Hukuba Canyon)에 이른다. 후쿠바, 달강마을 말로 '바람'이라는 뜻이다. 잿빛 바위, 깊은 계곡, 가파른 산, 메마른 황토 — 거기에 바람이 산다. 잠을 자지 않는 큰 바람이 사는 나라, 거기가 바람골이다. 모든 살아 있는 것과 무관해 보인다. 희미하나마 삶의 기운이 있는 곳은 바위산 천 길 아래 달강(Muyaw River)뿐이다.

달강, 바위산 밑자락을 말발굽처럼 휘감아 돈다. 어느 쪽으로 흐르는지 종잡을 수 없는 호수 같은 강이다. 달강은 세상의 끝이다. 세상 사람들에게는 달강 너머 바람골은 저 세상까지는 아니지만 이 세상도 아니다. 그들에게는 바람골의 바람과 바위만 보인다.

달강 너머 달강가에 달강마을이 있다. 바람골 쪽에 있는 외딴 터, 유일하게 인적이 있는 곳이다. 상처 받은 사람들이 숨어 사는 마을. 300여 년 전 아와토비(Awatovi) 마을의 변고 뒤끝에 고향 마을을 등진 아와토비 촌장의 후손들이 산다. 그들의 세계는 달강 안쪽 바람골이 전부다. 그래서 달강은 안팎으로 세상의 끝인 셈이다.

강 속에 달이 뜬다. 바람골 달강다리 끝머리에서 달강마을까지 실 같은 길이 있다. 50년 만에 가는 길이지만 50년 방랑자의 발끝은 정확하다. 길가 바위 틈에 가끔씩 피어 있는 하얀 박꽃 같은 들꽃들이 반긴다. 달강이 보인다. 그리고 강 속에 달빛이 어른거린다. 안개 때문에 달보다 달빛이 보인다.

달강마을 사람들은 달을 물속에서 본다. 보름달은 강물 표면에서 뜬다. 그리고 서서히 물속으로 잠긴다. 달이 물속으로 잠길수록 달강마을 뒤쪽 늑대바위가 살아난다. 늑대 형상의 두 눈이 또렷해진다. 그리고 달이 달강 가장 깊숙히 잠기면 강물에 비친 늑대바위 정수리까지 내려간다. 그때가 되면 늑대가 바위를 차고 나올 듯한 모습이다.

열다섯 나이에 봇짐장수를 따라 달강마을을 떠날 때도 강 속의 달을 뒤돌아보고, 또 돌아보고 떠났다. 50년 후 다시 달강가에서 달을 보며 모롱이를 돈다. 무요토비, 달강마을이 눈에 들어온다. 돌아온 것이다. 때마침 강물 속의 보름달이 강물 속 늑대바위 그림자를 친다. 지상에서도 안개의 벽이 갈라진다. 절벽 아래 늑대바위가 처연하게 선명하다. 달빛 때문인가. 바위 얼굴이 거대한 늑대가 되어 다가온다. 어릴 때 보던 반가운 얼굴. 순한 웃음을 띤 늑대.

고향은 떠나는 곳이다. 피리 부는 봇짐장수 코코펠리는 고향을 떠나 세상으로 가고, 또 세상을 떠나 고향으로 간다. 코코펠리가 코코펠리로 일할 때는 고향을 찾지 않는다. 고향으로 떠나는 코코펠리는 더 이상 방랑자가 아니다. 고향에서 세상으로, 세상에서 고향으로 그렇게 두 번의 떠남을 누리는 코코펠리는 축복을 받은 자이다. 햇님 '타와(Taawa)' 그리고 달님 '무요(Muyaw)'가 함께 축복하는 자, 귀한 사람이다.

나는 코코펠리. 50년 간격으로 두 번의 떠남을 완성한다. 머리칼은 달강가의 갈대꽃처럼 희고 부드럽고, 얼굴은 마을 초입 붉은 바위처럼 깊은 주름결 투성이, 뒤꿈치는 밤길, 눈길, 빗길, 바윗길, 황톳길의 추억을 기록한 말발굽. 그래도 손끝 하나 다친 데 없이 온전한 몸뚱이로 달강마을에 다시 선다.

2. 꿈에서 깨어 보니

꿈이었구나. 긴 꿈이었다. 나바호 동네에서 호피의 꿈을 꾸다니…. 여기는 체비엔지스가이(Tse'Bii'Ndzisgaii), 미국이다. 애리조나와 유타 접경, 분명히 이런 데가 있다. 더뷰호텔(the View Hotel), 이곳 9만 1,696에이커 넓은 땅에 유일한 호텔이다. 정동으로 난 창으로 일출의 장관이 벌어진다. 떠오르는 태양 앞쪽의 세 바위 — 왼손 벙어리 장갑(West Mitten), 오른손 벙어리 장갑(East Mitten), 그리고 메릭(Merrick) — 검은 실루엣, 하늘은 아직 초록빛이다.

꼬끼오~ 새벽 닭 우는 소리가 들리는 듯. 아직도 꿈속인가? 밤새 뒤척이며 코코펠리 이야기를 읽다가 얼핏 잠이 들었다. 그 사이 그렇게 생생한 꿈을 꾸었다. 꿈속에선 내가 코코펠리. 빛바랜 등짐을 벗어 던지는 황홀한 꿈.

코코펠리는 미국 서남부(Southwest) 쪽 인디언 문화에서는 널리 알려진 인물이다. 꾸부정한 등, 산발한 머리, 피리를 불거나 가지고 다니는 모습. 방물장수, 재인, 배우, 리포터, 카사노바, 참 여러 역할을 한다. 애리조나, 유타, 뉴멕시코의 인디언 마을에 가 보면 코코펠리의 존재 이유를 알 것도 같다.

마을이 띄엄띄엄, 외지고 험한 곳에 있다. 한마을에 형제자매, 사촌, 팔촌, 모두 같은 씨족들이 산다. 그래서 이곳저곳 방랑하는 외지인 코코펠리는 반가운 존재일 수밖에. 우생학적으로 씨의 다변화가 마을의 생존에도 직결되는 문제다. 그래서 코코펠리는 카사노바가 될 수밖에 없었으리라. 그리고 통신 수단이 별로 없던 옛날에는 여기저기 쏘다니는 사람의 이야기보따리도 인기가 있었을 거고.

3. 호피족 – 평화를 사랑한 적

코코펠리는 호피(Hopi)족의 이야기에 많이 나온다. 호피와 혈연적·문화적으로 가까운 아코마(Acoma), 쥬니(Zuni) 등 푸에블로(Pueblo) 인디언 지역에 가면 코코펠리 심벌을 자주 본다. 술집 이름, 보석 상표, 호텔 이름 등등.

호피족, 인구는 이만 명 정도밖에 되지 않지만 널리 알려진 부족이다. 애리조나 그랜드캐니언 북동쪽에 보호구역이 있다. 인터스테이트 40번과 89번, 그리고 유타 160번으로 들어서며 튜바(Tuba)시를 지난다. 튜바에서 호피 보호구로 들어가는 지방도로 264번이 나온다. 호피 보호구는 나바호(Navajo) 보호구 속에 섬처럼 동동 떠 있는 꼴이다. 나바호 보호구는 호피 보호구보다 11배나 더 넓다. 나바호, 머릿수도 호피보다 열 배는 더 많다.

나바호 인디언 구역 곳곳에 옛날 사람들 '아나사지(Anasazi)'의 주거 유적들이 많다. 천 길 바위 절벽 틈에 아파트식 주거지가 있다. '아나사지'라는 말은 나바호말로 '옛 사람들(Old Ones)' 또는 '옛날의 적들(Old Enemies)'라는 뜻이다. 나바호족은 1400년대에 이곳으로 이주해 왔다. 그전부터 살던 사람들, 즉 아나사지는 지금의 호피족, 주니족, 아코마족이라고 여겨진다. 아나사지는 '절벽에 사는 사람들(Cliff Dwellers)'로도 알려졌다.

이들 푸에블로 인디언 중에 호피족이 가장 전통을 잘 보존하고 있다. 호피 보호구 한가운데 있는 오레비(Oraibi) 마을은 천 년 동안 사람이 계속 거주한 동네다. 아직도 외부인에게 노출을 지극히 꺼려, 잠시 구경은 하지만 사진은 못 찍게 한다.

호피족은 지금의 세계가 제4세계라고 생각한다. 앞선 세 번의 세계는 지하에 있다. 제3세계가 혼탁해져서 천장 구멍을 뚫고 속이 빈 갈대 대롱을 따라 기어 나온 곳이 현세라고 한다. 그들이 나온 구멍이 '시빠뿌(Sipapu)', 그랜드 캐니언에 있다고 믿는다. 마을마다 '키바(Kiva)'라는 성스러운 건물이 있다. 원형으로 된 키바의 한가운데 시빠뿌 구멍을 만들어 놓는다.

호피란 말은 '평화스런 사람들(Peaceful Ones)'라는 뜻이라고. 시빠뿌를 통해 현세로 기어 나온 사람들은 호피뿐만 아니라 다른 종족들도 있다. 신이 이들의 심성을 시험하기 위해 옥수수 자루를 죽 늘어놓고 고르게 했다. 다른 종족들은 서로 크고 잘생긴 옥수수를 집어 가느라고 쌈박질을 했단다. 그런데 호피족은 남들이 다 가져가고 남은 가장 작고 못생긴 옥수수 자루를 택했다. 그래서 이들에게 '평화스러운 작은 이'라는 이름을 주었다고.

이름이 평화라고 평화로울 수만은 없다. 강압적 외세의 출현은 항상 내부 분열로 이어진다. 1500년대 말 스페인 사람들이 호피 마을에 들어온다. 공식대로 한 손에는 성경, 다른 한 손에는 총을 들고. 1600년대 호피족과 가까운 다른 종족들이 스페인 사람을 몰아낸다. 그러나 그들은 다시 몰려온다.

1700년 호피 마을 중 아와토비라는 마을에서 사단이 난다. 그 마을은 유난히 기독교로 개종한 사람들이 많았다. 그런데 아와토비 촌장은 호피족의 전통을 강조하는 사람이었다. 이 촌장이 오레비의 전통주의자들을 불러들여 아와토비의 남자들을 모두 죽여 버리고 마을을 아예 다 부셔 버린다.

이 아와토비 촌장이 어떻게 되었는지는 모른다. 내 상상으로는 아예 호피 마을을 떠나 더 깊은 산속으로 들어갔을 것 같다. 그래서 그런 꿈을 꾸었을 터이다. 지금도 호피족들 사이에서는 전통 고수주의자들과 외부 변화 수용론자들 사이에 갈등과 반목이 계속된다고.

아나사지. 전생의 인연인지 나는 그들의 이야기에 관심이 많다. 뉴멕시코의 차코캐니언(Chaco Canyon)에 있는 푸에블로보니토(Pueblo Bonito), 애리조나의 캐니언드셰이(Canyon de Chelley), 그랜드캐니언 그리고 호피 보호구 등 여러 군데를 쏘다녔다. 아마 나도 한때는 호피족 출신 코코펠리였나 보다.

4. 모뉴먼트밸리

이번 여행은 체비엔지스가이가 목적지라서 아나사지 유적지를 그냥 지나쳤다. 체비엔지스가이, 나바호 말로 '바위 정원' 또는 '바위 속의 하얀 띠'라는 뜻이라고. 여기에 더뷰(the View)라는 기가 막힌 호텔이 있다. 붉은 바위 언덕에 정남북으로 건물을 지었다. 모든 호텔 방은 정동쪽에 창문이 나 있다. 창문 밖에는 테라스가 있어 사진 장비를 설치할 수 있게 되어 있다. 창문 밖으로는 이 바위 공원의 상징적 바위탑들이 보인다. 로스앤젤레스에서 자동차로 쉬지 않고 열두 시간쯤 걸리는 곳이다.

영어로는 모뉴먼트밸리(Monument Valley). 꼭 한번 가 보라고 하고 싶은 곳이다. 그리고 꼭 더뷰 호텔에서 머무르기를…. 정확하게는 the Monument

Valley Navajo Tribal Park. 나바호족이 운영하는 거대한 관광지. 존 포드 감독의 서부영화 배경으로 유명하다. 여름밤에는 더뷰 호텔 외벽에 존 웨인이 나오는 영화를 상영한다.

꿈 바깥의 나도 꿈속의 코코펠리처럼 돌아가고 싶다. 아직도 지고 있는 바랑망태에 깨어진 약속, 버리지 못한 욕심, 갚아야 할 빚들이 서걱거려서, 꿈속의 나처럼 달강을 건너지 못한다. 달강마을의 성소 키바로 돌아가면 태어날 때의 평화를 찾을 수 있겠지. 생명의 기원 시빠뿌로 돌아가고 싶다.

코코펠리. 우리 모두가 조금씩은 다 코코펠리이다. 고향을 떠나 여기저기 이러저러한 인연, 사연을 만들고 일생 동안 뭔가 한 보따리씩 지고 다니며 발품 파는 노마드의 인생. 때가 되면 내려놓고 어디론가 돌아가고 싶다. 그 돌아가야 할 '어디'가 얼른 떠오르지 않는 뿌리 없는 세대. 우리의 달강마을은 어드메인지, 언제 어떻게 괴나리봇짐을 벗어던질 건지 생각해 보며 살자.

그러고 보니 나바호 동네에 다녀와서 호피 이야기만 했네. 아무래도 호피와 인연이 더 깊은 듯.

* * *

'무요토비', '후쿠바캐니언', '무요 리버(달강)'… 모두 필자가 만들어 낸 지명이다. 호피족 말로 '무요'는 달, '토비'는 마을, '후쿠바'는 바람이라는 뜻이다.

세월의 문 … 문에는 문이 있어야 하나? 우리는 문에는 여닫는 문이 으레 있는 것으로 생각한다. 문 없는 문을 사이에 두고 여러 사람들이 살았던 흔적, 푸에블로보니토 마을. 이곳은 10세기에서 13세기 초까지 지금의 유타, 애리조나, 뉴멕시코 지방 인디언들에게 수도와 같은 역할을 했던 도시이다. 멀리 캘리포니아 해안과 멕시코시티까지 교류를 했던 흔적이 있다. 이 지역 차코캐니언의 유적지는 유네스코 유산으로 등재되어 있다. 뉴멕시코 푸에블로보니토.

나바호 논개

1. 나바호의 논개는 이름도 없더라

사과만큼 붉은 바위다. 낭떠러지, 깎아지른 절벽이다. 절벽 아래 말 한 필, 위에서 보면 성냥골만 하게 보인다. 거기서 뛰어내린 여인이 있다. 그 바위 절벽을 기어오르는 스페인군 병사를 부여안고. 1805년의 일이다.

'아다 아호 두 닐리(Adah Aho' doo' nili)', 나바호 말로 '두 사람이 떨어진 곳'이라는 뜻이다. 여기는 두 사람이 떨어진 곳 전망대(Two Fell Off Overlook)다. 애리조나주의 북동쪽 모서리 캐니언드셰이(Canyon de Chelley) 북쪽 절벽 위의 길(North Rim)에 있다. 절벽 중간에는 '떼죽음 동굴(Massacre Cave)'이 있다.

'기' 뭐 이런 거 잘 믿는 사람이 아닌데, 이곳에 서면 무언가 초자연적 기운을 느낀다. 300미터가 넘어 보이는 절벽 끝에 선 어지러움인가? 회청색 사막 소나무숲에서 불어오는 물기 없는 바람이 계곡으로 흘러간다. 알 수 없는 웅얼거림으로 들린다.

떠난 사람들(anasazi), 남은 사람들(dineh), 침입자들(bilagaana), 그들의 영혼이 아직도 구천에 떠도는 듯하다. 나처럼 지나가는 사람은 그저 망연할 수밖에. 아나사지, 나바호 말로 '옛사람들' 또는 '옛날의 적들'이다. 빌라가나, 나바호 말로 백인을 가리킨다. 디네, 나바호가 자신들을 부르는 말이다. '사람'이라는 뜻이라고.

미국 원주민들 사이에서는 서로 자기 부족만 '사람'이고 다른 부족은 사람과는 다른 것으로 여기는 것은 흔한 일이었다. 그래서 우리가 알고 있는 종족 이름은 그 종족을 부르는 다른 종족 말인 경우가 많다. '나바호'라는 말도 테와족의 말로 '잘 가꿔진 밭'이라는 뜻이란다. 나바호족이 여기서 아득히 보이는 계곡 바닥에 잘 가꿔 놓은 농지를 가지고 있었기 때문에 생긴 이름이다.

인디언의 땅에 떼죽음은 다반사였다. 그 날 '두 사람이 떨어진 곳'에서 그 여인이 지키려 했던 가족, 친지가 모두 죽었다. 100여 명의 나바호 노인, 여인, 어린이 들. 스페인 군인들의 전과 보고 내용이다. 실제 희생자는 훨씬 더 많았을 것으로 생각한다. 그래서 캐니언드셰이의 북쪽 계곡은 캐니언델무에르토(Canyon del Muerto), 즉 '죽음의 계곡'으로 불린다.

60여 년 후 나바호족은 같은 계곡에서 또 한 번 당한다. 그들이 친구로 여겼던 키트 카슨(Kit Carson)이 미합중국 군대를 몰고 캐니언드셰이에 들어온 것이다. 나바호족 모두를 잡아서 소위 보호구역으로 보내기 위해서다. 카슨은 나바호족의 삶의 터전을 초토화시킨다. 양 떼를 잡아 죽이고, 복숭아 과수원을 다 태우고, 집을 부숴 버린다.

키트 카슨에게 잡힌 8천여 명의 나바호는 애리조나-유타 접경 지역의 고향에서 500킬로미터 떨어진 뉴멕시코의 보호구역으로 이동하게 된다. 소위 '대장정(Long Walk)'. 한겨울에 걸어서 간다. 가는 길에 200여 명이 죽고, 보호구역에서 4년 사는 동안 2,300명이 죽는다. 그래도 키트 카슨은 아직도 미국 보이스카웃의 초기 지도자로 추앙받는다.

1864년 나바호는 귀향 허가를 받고 다시 고향으로 돌아온다. 캐니언드셰이는 다시 나바호의 땅이 된다. 오늘의 나바호족은 미국 원주민 중에서 가장 넓은 자치구역을 가지고 있다. 남한 면적의 약 2/3. 애리조나, 유타, 뉴멕시코 세 개 주에 걸쳐 있다. 그랜드캐니언 바로 서쪽부터 나바호 자치구가 시작된다. 인구도 50만 명 정도로 늘어났다. 인구수로도 최대 인디언 부족이다. 나바호족의 자치구(Navajo Nation)에는 나바호 정부, 법원, 경찰이 따로 있다. 물론 나바호족에만 적용되는 법규들이 있다. 나바호 말로 방송도 한다.

캐니언드셰이 계곡 바닥에는 아직도 나바호족이 농사를 짓고, 양 떼를 몰며 살고 있다. 기묘한 바위와 웅장한 산세 덕에 외부 관광객들이 많이 오는 곳이다. 나바호족에게는 성스러운 곳이고, 기가 열린 나그네에게는 강한 초자연의 기를 느낄 수 있는 곳이다.

2. 아나사지 – 그들은 어디로 갔나?

캐니언드셰이를 성스럽게 하는 것은 나바호족보다 먼저 그곳에 살던 사람들의 자취이다. 아나사지(anasazi), 그들이 살던 절벽 집터가 나바호 자치구와 그 주변 애리조나, 유타, 콜로라도, 뉴멕시코 지역에서 많이 발견된다.

아나사지들은 절벽 밑이나 중간에 층이 여러 개 있는 아파트 형태로 주거 공간을 마련했다. 캐니언드셰이에도 여러 곳에 아나사지의 주거지 유적이 남아 있다. 돌벽이 무너지기는 했지만 수백 명이 한군데서 살았던 아파트의 뼈대가 생생하게 유지되고 있다. 이 주거지들은 서기 1300년경까지 사람이 살다가 버려졌다.

나바호족은 1400년경에 이 지역에 온다. 서부 개척 시대의 싸움꾼으로 알려진 아파치도 비슷한 시기 이 지역으로 내려온다. 두 종족은 같은 계통의 언어를 쓴다. 그리고 이들 언어는 알래스카 내륙, 캐나다 북쪽의 인디언 말과 같은 아바스칸어족에 속한다.

아나사지들이 왜 이 지역을 떠났을까? 그리고 그들은 어디로 갔을까? 아직

정답이 없는 의문이다. 가뭄이나 전쟁 때문에 갑자기 그들이 살던 절벽집을 떠났다는 설명이 그럴 듯하다.

호피족들이 아나사지의 후손으로 여겨지고 있다. 호피족들은 나바호 자치구 가운데 따로 보호구역이 있다. 애리조나나 뉴멕시코에 사는 아코마, 주니 등 소위 푸에블로 인디언들도 아나사지 후손으로 알려졌다. 그들은 아직도 절벽집과 비슷한 형태의 집을 짓고 산다.

캐니언드셰이 남쪽 절벽길을 따라가다 보면 '하얀집(White House)'이라는 아나사지 유적지가 보인다. 절벽을 내려가서 바로 앞에까지 가 볼 수 있다. 바위 절벽 틈새에 지은 아파트, 한때는 600여 명의 주민이 살았다고 한다. 절벽 아래 다른 유적지를 보려면 나바호 안내인의 안내를 받아야 한다. 물론 이는 그 동네 나바호들의 중요한 수입원이다.

2012년 5월 말, 캐니언드셰이를 찾았다. 벌써 한여름이다. 절벽 위에서 하얀집까지 왕복 2.5마일 거리. 땡볕 속에 걷기가 버겁다. 가까이서 보니 규모가 꽤 크다. 바위 앞에 나바호 여인들이 좌판을 벌여 놓고 기념품을 팔고 있다. 그리고 고등학생으로 보이는 나바호 젊은이들이 어슬렁거린다. 젊은 나바호들은 영어가 주 언어이고, 나바호 말은 알아듣는 정도라고. 그나마 고등학교를 졸업하면 대부분 외지로 나간다.

나바호는 그래도 행복한 원주민이다. 자신들의 고향에 보호구역을 갖게 되었기 때문이다. 미국 연방정부는 566 인디언 부족을 공식적으로 인정한다. 많은 종족들이 조상들의 옛 땅을 백인에게 뺏기고 엉뚱한 동네에 만든 보호구역에 산다. 그나마 부족이 몇백 명 이하로 줄어드는 부족도 많다. 부족마다 다르지만 인디언 피가 1/4 또는 1/8만 섞여도 같은 부족으로 계산을 해서도 그렇다. 그에 비해 나바호는 종족이 없어질 염려는 없다.

그리고 나바호 자치구 안에는 비경의 관광 자원이 많이 있다. 애리조나-유타-콜로라도-뉴멕시코 주가 십자가 형태로 만나는 포코너스(Four Corners) 근처에 있는 아나사지 유적지(차코캐니언, 메사버디 등), 서부영화로 유명한 모뉴먼트밸리, 사진 찍는 사람들의 성지 앤틸로프캐니언 등 볼 곳이 참 많은 곳이다.

3. 토니 힐러먼 – 인디언이 아닌 인디언 작가

캐니언드셰이 입구 친리(Chinle)에서 커피 한잔을 한다. 내가 좋아하는 작가 토니 힐러먼(Tony Hillerman)을 생각한다. 그의 인디언 탐정 소설 시리즈의 배경이 여기다. 나바호 명탐정 죠 리프혼과 그의 후임 짐 치가 애리조나 경찰, 미 연방경찰 등과 경쟁하면서 사건을 풀어 가는 이야기이다. 그 이야기 때문에 캐니언드셰이를 다시 찾았다.

힐러먼은 오클라호마 출신 독일계 미국인이다. 제2차 세계대전 때 유럽 전선에서 부상을 당해 미국으로 후송되어 오는 길에 나바호 출신 미군과 같은 배를 타고 온 인연으로 인디언 문화에 관심을 갖게 되었다. 언론인으로 24년 일한 후에 뉴멕시코 대학의 언론학 교수가 되었다. 45세에 첫 소설을 출간, 그 후 나바호 인디언을 주인공으로 18권의 소설을 썼다. 소설마다 히트, 한때는 뉴멕시코에서 22번째 부자가 되기도 했다.

힐러먼 소설에 나오는 나바호족은 자신들을 디네, 즉 사람이라고 부르며 남들도 그렇게 불러 주고 대해 주기를 바라지만, 세상은 그들을 나바호, 밭을 잘 가꾸는 존재로 규정지어 버렸다. 떠난 자 아나사지의 유적을 팔며 침략자 빌라가나의 세상에서 오늘을 살아가는 디네. 그들은 그들의 역사를 크게 슬퍼할 틈도 없는 것 같다. 200여 년 전 스페인군을 안고 뛰어내린 여인은 끝내 이름이 없다. '아다 아호 두 닐리' — 그저 메마른 설명적 지명의 일부로 남아 있다.

캐니언드셰이에서 두 시간 정도 북쪽으로 달리면 모뉴먼트밸리. 존 웨인이 서부영화 찍은 곳으로 유명하다.

자치구 서쪽 끝부분에 앤털로프캐니언이 있다. 사진을 찍는 사람에게는 환상적인 장소. 두 개의 거대한 바위산이 거의 붙어 있고, 그 사이가 아주 좁은 바위 계곡이다. 좁은 곳은 사람 둘 정도 비켜 갈 만하고 넓은 곳은 50여 명의 사람이 들어갈 만한 여유가 있다. 바위 터널 위쪽에서 들어오는 빛의 반사로 바위가 주홍, 보라, 검정 여러 색깔로 보인다.

모뉴먼트밸리에서 돌아오는 길, 페이지 근처에 말발굽 바위산(Horseshoe Bend)이 있다. 그랜드캐니언 동쪽 입구에서 멀지 않다. 그랜드캐니언 상류, 밑에는 콜로라도 강물이 말발굽처럼 굽이쳐 흐른다. 말발굽 모양 전체를 담기 위해서는 절벽 끝까지 가야 한다. 아래를 보면 오금이 저린다.

콜로라도 강물은 아나사지, 디네의 사연을 담고 흘러간다.

세상의 소리를 본다 … 관세음. 사진 속의 물결은 소리입니다. 잦아드는 파도 소리, 저녁노을 황금빛 입힌 소리. 바다 건너 금문교가 고요합니다. 캘리포니아 버클리 방파제.

제비 고향에서의 한나절

제비의 전설을 듣는다. 난쟁이 정원도 걸어 보고, 동백꽃 샐러드를 곁들여 차 한 잔을 마시며, 보슬비를 맞는다. 호랑이가 장가를 가나? 여우가 시집을 가나? 서쪽 바다로 내려앉는 햇님. 햇살 받은 빗방울 커튼 속에 무지개다리 하나. 나른한 오후, 평온한 마음.

이렇게 한나절의 여유를 한가롭게 즐길 수 있는 곳이 어디일까? 로스앤젤레스 주위에서 그런 곳을 꼽는다면 바로 여기다. 샌후안카피스트라노(San Juan Capistrano). 로스앤젤레스 한인타운에서 5번 국도를 따라 남쪽으로 한 시간 이십 분 정도 운전하면 오른편 바닷가 쪽으로 나오는 그 동네.

헝클어진 세상사 잠깐 접어 두고 한나절의 여유를 찾아 나선다.

인평불어(人平不語), 사람이 평온함에 말이 없고

수평불류(水平不流), 물이 평평함에 흐르지 않도다.

서울 도심의 어느 절 문 앞에서 본 "인평불어, 수평불류"를 화두 삼고 캘리포니아를 달린다.

지금 여기는 흐름을 멈춘 물, 시간이 고운 비단 같다. 기찻길 옆 찻집. 갓 구운 과자 같은 빵 스콘, 뜨거운 과일차 한 잔, 시원한 석류 미모사 한 글라스. 미모사는 샴페인과 과일 주스를 섞은 칵테일이다. 도란도란 이야기할 사람이 있으면 더욱 좋겠다. 동화 속 그림 같은 샌후안카피스트라노의 미니 관광 골목이다.

1939년 전 미국 최대의 히트곡이 「카피스트라노에 제비가 돌아올 때(When the Swallows Come Back to Capistrano)」였다. 그 노래 가사는 이렇게 시작한다.

카피스트라노에 제비가 돌아오는 날
그날이 당신이 돌아온다고 약속한 날이죠.
당신이 '안녕'이라고 속삭이던 날,
카피스트라노에서는 제비가 바다로 날아가던 날.

제비가 돌아오는 봄, 여기는 희망의 동네가 된다. 제비는 해마다 3월 19일 성 요셉 일(St. Joseph's Day)에 샌후안카피스트라노 미션(Mission)으로 돌아온단다. 남미 아르헨티나 고야(Goya)를 떠나 만이천 킬로미터를 날아서 여기까지 온단다. 경주에서 이스탄불까지 가는 실크로드 거리와 맞먹는다. 그 사이에 먹지도 않고 태양이 있는 동안 북으로 북으로 날아온다고. 그렇게 30일 걸리는 여정이다.

제비는 왜 미션으로 돌아올까? 아르헨티나에서 오는 제비는 절벽제비(cliff swallow)이다. 주로 절벽 틈에 집을 짓고 산다. 미션에 있는 큰 돌집 성당은 제비에게 가장 절벽에 가까운 건물이다. 그래서 제비 집터가 된다. 샌후안카피스트라노의 제비들은 성당 벽 그리고 주거지 처마 밑에 호리병 모양의 집을 짓는다. 한국에서 보는 제비들이 송편 모양 집을 짓는 것과 차이가 있다. 여기 제비는 한국에서는 맹맹이 또는 귀제비라고 한다. 한국의 제비와 달리 배 쪽이 황갈색이다.

미션은 캘리포니아가 아직도 스페인 땅이었을 때 인디언 동네에 군대와 성직자들을 주둔시키던 곳이다. 스페인 정복자들은 우선 큰 성당을 세우고 그 주위에 네모 형태의 주거지를 지었다. 세례를 받은 인디언들도 미션 안에 살면서 미션 커뮤니티를 형성했다. 때로는 인디언들을 강제로 수용하기도 했다.

샌후안카피스트라노 미션은 1775년에 건설, 한 30년간 번성하다가 쇠락했다. 1812년 돌로 지은 대성당이 지진으로 무너졌다. 그 성당의 벽 일부와 성당에 있던 종루가 아직 남아 있다. 제비는 무너진 성당 벽에서도 알을 품고 새끼를 키운다.

오래전부터 여기서 살던 사람들도 제비를 닮았었나 보다. 주어진 자연을 거역하지 않고, 조금씩만 가꾸며 살던 사람들. 샌후안카피스트라노 미션 안에는 인디언들이 가꾸던 텃밭도 있고, 스페인 사람들과 함께 일군 포도원의 자취도 남아 있다.

미션 주위로는 인디언들이 모여 살았다. 지금 그 동네의 관광 거리 로스리오 거리(Los Rio Street)는 원래 원주민 인디언들이 살던 곳이다. 인디언이 처음으로 스페인풍 벽돌집을 지었던 곳이라고. 흙으로 빚어서 태양에 말린 벽돌, 아도비(adobe)라고 한다. 그 아도비로 지은 집이 남가주의 대표적인 건축 양식이 되었다.

그 거리에 기차역을 중심으로 열 집 정도의 꽃 가게, 와인 가게, 식당, 기념품 가게, 찻집과 개인 집들이 들어서 있다. 미니 관광 골목이다. 소박, 신기, 아기자기. 참 걷는 맛이 나는 길이다. 가끔씩 기적 소리도 들리고 기차 건널목 차단기 경보음도 들린다. 시선이 온화해지고 청각이 부드러워진다.

그리고 미각이 예민해진다. 골목 초입의 찻집에 앉는다. 베란다에 앉아 보슬비 속 오후의 태양을 마주 본다. 골목 건너 하얀 피켓 울타리에 빨간 동백이 아는 체한다. 샐러드가 나온다. 한가운데 동백꽃 한 송이, 그리고 라벤더꽃을 주위로 깔았다. 웨이트리스가 강조한다. "꽃도 먹는 것이랍니다. 우리 집 뒤뜰에서 딴 꽃이에요."

동백꽃, 라벤더꽃을 먹어 보기는 처음이다. 빨간 동백, 꽃잎 부분은 아무 맛을 못 느끼겠다. 꽃술 부분은 약간 달작지근하다. 라벤더, 어릴 때 시골에서 본 보라색 들깨꽃을 작게 만들어 놓은 모양이다. 향긋한 냄새와는 달리 강하게 쓴 맛이다. 샐러드 한 접시에서 인생의 달고 쓴 맛을 같이 경험하라는 이야기인가? 뜨거운 모과차 한 잔, 시원한 석류 미모사 한 글라스를 같이 마신다.

기찻길 옆 골목길, 거기 정원용품 파는 데가 세 군데나 있다. 목장 전체를 화분 위에 앙증맞게 만들어 놓은 실내 장식품. 애기 엄지손가락만 한 소, 돼지, 말, 개, 고양이가 살아 있는 것처럼 실감 난다. 개인 집 정원을 예쁘게 가꾸어 놓고 지나가는 사람들에게 개방하는 집도 있다.

여기서는 장사하는 일, 살아가는 일이 두루두루 한가하다. '적당히 행복해 보이는' 사람들이 동네 기찻길 옆 골목을 서두름 없이 걷는다. '적당히 행복해 보이는' 것이란, 그 순간 거기 있는 사람들보다 훨씬 더 행복해 보이지는 않는다는 뜻이다. 남들이 다 나보다 훨씬 더 행복해 보일 때에도 '인평(人平)'의 경지를 유지할 사람은 깨달은 사람, 부처가 된 사람뿐이다.

샌후안카피스트라노의 제비 떼는 같이 사는 법을 어릴 때부터 배운단다. 새끼들이 각자의 둥지를 떠날 만큼 자라면 새끼들이 같은 곳에 모인다. 같이 자라면서 가을에 떠나야 할 먼 여행을 준비한다. 10월 29일 성 후안 일(Day of St. Juan)에 다시 고야를 향해 일만이천 킬로미터의 여행을 시작한다. 이렇게 이삼 년 하다 보면 수명이 다한다. 이들은 자연스레 '연평(燕平)' — 제비끼리 편한 경지를 깨닫게 된다. 제비들은 서로에게 '적당하게 행복해' 보일 줄을 알 테지. 제비 세계에는 1%의 잘난 놈도 따로 없다.

이제 제비는 더 이상 샌후안카피스트라노로 오지 않는다. 개발로 인한 환경 파괴 탓이다. 제비가 돌아오는 것은 여름 한철 먹을 게 많은 습지가 있기 때문이었다. 그러나 이 동네 땅 대부분이 아스팔트로 덮이고 동네를 흐르는 강마저 인공 수로로 바뀌면서 제비는 더 높은 산동네로 갔다. 제비는 자연을 통째로 바꾸는 인간들에게 행동으로 경고한다.

제비가 없어도 제비 축제는 있다. 해마다 3월 19일 제비 축제 퍼레이드가 벌어지고 관광객들이 모여든다. 이 날을 피해서 가야 남가주 한촌의 넉넉한 한가로움을 즐길 수 있다.

사바 세계의 진흙 싸움 때문에 한 달에 두 번씩 샌디에이고에 가야 했던 적이 있다. 아침 8시에 샌디에이고 법정에 출두하려면 집에서 5시쯤 나온다. 샌후안카피스트라노를 지날 때쯤이면 6시, 꼭 들러서 커피 한 잔을 하던 곳이 있다. 무너진 미션의 종루를 보며 마시던 진한 커피, 바쁜 속에서도 즐거운 틈새 여유였다.

그에 비하면 오늘처럼 한나절의 여유는 대단하게 호화로운 선물이다. 일터를 떠나 이런 동화 속 골목에서 꽃을 먹는 즐거움. 나도 남들에게 '적당하게 행복한' 모습을 보여 주자. 돌아오지 않는 제비를 아쉬워하기도 해 보고, 이 동네 원주민과 스페인 사람들의 첫 대면의 어색함을 상상도 해 보고, 꽃잎 샐러드의 신기함을 즐기기도 하고….

미션에 종이 울리고
성당에 합창이 울리고
당신은 행복을 가져오고
나는 그런 추억 속에 살지요.

「샌후안카피스트라노에 제비가 돌아올 때」 그 노래 가사는 이렇게 끝난다.

그 동네에서 보낸 어느 봄날 오후 반나절, 참 좋은 추억이다. 제비 떼 속의 '연평(燕平)'을 부러워하며, 한나절만이라도 '인평(人平)'의 감을 즐긴다.

사족: “인평불어, 수평불류.” 서울 경복궁 동쪽, 삼청동길(삼청로) 옆에 있는 법련사에서 본 글이다. 돌아가신 지관 스님이 이명박 정부에 일갈하신 말씀으로 유명하다. ‘모든 일을 공평하게 하라’는 뜻으로 하셨다고. 원전은 당나라 문장가 한유의 글이라고.

어느 숲속의 이야기 … 사연들이 낙엽이 되어 떨어진다. 아픈 이야기는 빨간 단풍이 되고, 좋은 이야기는 노란 단풍. 여기는 왕릉, 신라시대부터 쌓인 낙엽들이 해마다 새로운 잎사귀를 키운다. 경주 천마총.

모감주나무 이민 오다

모감주나무가 미국에 산다. 로스앤젤레스 가로수 중에 우리 눈높이에서 가장 눈에 잘 띄는 나무이다.

모감주나무? 나무에 관심이 있는 사람이면 어떻게 생겼는지는 몰라도 우리나라 안면도에 모감주나무 자생 군락지가 있다는 이야기를 들었을 것이다. 안면도뿐만 아니라 남해안에도 작은 숲을 이루고 있다고 한다. 중국에서 왔다는 설도 있지만 원래부터 한국에 있었다는 설도 있다.

이 나무는 사시사철 눈길을 끈다. 봄에 새잎이 돋아날 때, 황금빛에 초록을 섞어 놓은 듯한 황홀한 잎새가 있다. 여름에는 노란 꽃이 진초록 잎새를 배경으로 튀어 오른다. 가을이면 꽈리 주머니 같은 붉은색 열매가 흐드러진다. 그리고 그 주머니 속에는 새까만 염주알이 세 개씩 있다. 진짜 염주로 쓰인다.

로스앤젤레스에서 만 20년 넘게 이 나무를 보아 왔지만 그것이 모감주나무라는 것은 올해(2009) 처음 알았다. 미국에 있는 서울대 동문 카페(cafe.daum.net/snua10)에서 농대를 나오신 나무 박사님께서 미국에 왔다 가면서 남기신 글을 보고서야 '모감주'라는 이름과 내 눈을 끈 나무를 연결시킬 수 있었다.

영어로는 'golden rain tree'. 나무 전체에서 흘러내리듯 피는 노란 꽃 때문에 생긴 이름이다. 일명 'Chinese flame tree'라고도 한다. 가을에 붉은색 꽈리 주머니가 불꽃처럼 보이기도 한다.

한국에서 온 구상나무도 미국에서 인기가 있다. '한국 전나무(Korean fir)'로 알려진 이 나무는 크리스마스트리나 정원수로 많이 팔린다. 솔방울처럼 생긴 열매가 아주 예쁘다. 잎새는 솔잎보다 굵고 짧다.

일본이 미국에 바친 워싱턴의 벚나무도 한국에서 왔다고 한다. 1910년 도쿄 시장이 당시 태프트 대통령 부인에게 보낸 벚나무 2,000그루는 검역 과정에서 벌레 먹은 것으로 밝혀졌다. 그래서 모두 불태워졌다. 1912년 다시 보낸 벚나무는 제주도산이라고 한다. 현재 워싱턴의 명물 벚나무들은 그 후손이다.

당시 일본이 보낸 벚나무는 슬픈 한국의 역사를 안고 있다. 태프트 대통령은 그 전에 필리핀 총독이었고 전쟁성 장관을 지냈다. 1905년 러일 전쟁 후에 당시 일본 총리였던 가쓰라와 밀약을 맺은 장본인이다. 그 밀약에 의하여 미국은 일본의 한국 지배를 눈감아 주게 되었다. 그 가쓰라가 그 태프트에게 보낸 선물이 한국산 일본 벚나무인 것이다.

비록 비애를 안고 미국에 왔지만, 이 나무들이 한국에서 왔다는 사실이 반갑다. 우리가 이민 와서 자리 잡고 살듯이 고향의 나무들도 새 터에서 자라고 번성했다. 나무라고 사연이 없겠는가. 이러저러한 연유로 미국에서 살고 있는 우리 나무들, 대견하고 자랑스럽다.

등대 … 등대의 불빛은 어서 오라는 환영의 손짓이 아니다. 지나가는 길의 좌표일 따름이다. 살다 보면 등대 같은 인연이 있다. 등대는 다가가면 아파한다. 가까이 오면 바닷가 모난 바위에 다칠 수도 있다. 캘리포니아 포인트레이예스 등대.

바다, 당신은 무엇을 접속하려 하는가

바다, 바다를 찾아가는 사람들은 무언가 사연이 있다. 그렇다고 바다가 무엇인가 특별한 일이 있어서만 가는 곳이 아니다. 그저 가서 바라보고만 오는 사람들이 훨씬 많다.

바다는 끝이 없는 접속의 장이다. 샌타모니카 해변의 바닷물은 머나먼 내 고향 깊은 산골의 작은 옹달샘 물과도 이어져 있다. 알래스카 베링해협 끝점에서 에스키모 여인이 사냥 나간 남편을 기다리며 바라보는 바닷물은 남아프리카 희망봉 끝에서 한판 목숨을 건 싸움 끝에 뜨거운 발을 적시는 줄루 전사의 바닷물과도 한 몸이다.

그래서 바닷가에서 망연히 먼 바다를 보고 있는 사람들은 무엇인가 이야기를 하고 있다. 당장 갈 수 없는 그곳, 다시는 만날 수 없는 그 사람에게 기약 없는 사연을 보내고 있다. 끊어짐이 없는 저 바다를 통해서 그 이야기가 전달되리라. 꼭 전달되기를 믿으며.

사랑과 그리움과 후회 그리고 아픔…. 이런 사연들이 거대한 바다에 떠다니고 있다. 세상의 시작부터 거기 있었던 바다는 서두르지 않는다. 세상이 끝날 그 순간까지도 거기에 있을 바다는 그 많은 사연을 부드럽게 추스르면서 언젠가 그 안타까운 사연들을 꼭 전해 주리라고 약속한다.

니콜라스 스파크스(Nicholas Sparks)라는 소설가가 있다. 그가 쓴 작품 중에 『병 속에 넣은 편지(Message in a Bottle)』라는 제목의 소설이 있다. 같은 제목의 영화도 있다. 신문에 칼럼을 쓰는 중년 여인이 우연히 바닷가에서 주은 병 속의 메시지를 보고 감동을 받는다. 그 메시지는 떠나간 여인을 그리는 글이었다. 너무 절실한 사랑의 사연에 끌려 그 메시지를 추적한다. 그러다가 메시지를 쓴 바닷사람과 사랑에 빠지고, 다시 그 사람을 잃어버리는 슬픈 로맨스 이야기다.

병 속의 메시지는 소설 속에서만 나오는 것이 아니다. 1784년 마츠야마 츠노스케라는 일본인이 탄 배가 태평양 산호초에 부딪쳐 좌초되었다. 먹을 것이 없어서 같이 갔던 동료 선원 44명이 차례로 죽어 갔다. 마츠야마는 나뭇조각에 그 사연을 조각하여 병 속에 넣어 바다에 던졌다. 그 병이 150년 후 그가 태어났던 바닷가 마을에서 발견되었다. 그 마을에는 아직도 그의 이야기가 전설처럼 어슬렁거리고 있다.

1914년 영국 해병 토머스 휴즈는 영국해협을 건너며 자기 부인에게 편지를 써서 병 속에 넣어 바다에 던졌다. 이틀 후 그는 전사했다. 1999년 3월 그 병이 템스강 하구에서 발견되었다. 그리고 그 편지는 뉴질랜드에 살고 있는 그의 여든여섯 된 딸에게 전달되었다.

실제로 병 속의 메시지 때문에 결혼한 부부가 있다. 1958년 아케 바이킹이라는 스웨덴 사람이 파올리나라는 시실리 처녀와 결혼했다. 선원이었던 아케는 너무 심심해서 병 속에 편지를 넣어서 바다에 던졌다. 이 편지를 보는 어여쁜 아가씨가 있으면 연락하라는 편지였다. 그 병을 시실리의 어느 어부가 건졌고 딸에게 주면서 농담으로 연락해 보라고 했다. 그 처녀도 농담으로 편지를 썼고 그렇게 인연이 되어 결혼하게 되었다.

요즈음은 이메일 문자 메시지, 인스턴트 메시지, 스마트폰 등 기다릴 틈도 주지 않는 의사 전달 수단이 우리네 살아가는 표준 방식이 되었다. 기약 없는 병 속의 메시지는 딴 세상의 이야기처럼 들린다. 메신저로서 바다의 할 일도 줄어든 듯하다.

그래도 바다는 인류가 공동으로 접속할 수 있는 가장 넓고 넉넉한 교감의 장이다. 공간적으로 떨어진 사람, 시간적으로 지나간 사람, 이 자리에서 볼 수 없고 지금은 만날 수 없는 사람, 그렇게 사무치게 그리운 사람이 있으면 바닷가에 가 보라. 수평선 저 너머 큰 파도를 넘어서 망망대해를 지나면 다시 어느 바닷가에 이르고 거기서 강을 거슬러 실개천 따라가다 보면 그리운 사람이 거기 바위에 앉아 발을 담그고 있을 수도 있다.

병 속에 담은 메시지는 가없는 바다에서도 제 길을 찾아간다. 그리움이 하늘에 닿으면 하늘이 그 병을 인도한다. 갈 데가 없으면 바닷가에 가라. 거기 서두르지 않는 메신저가 있다. 마음의 길은 넓고 환하게 열려 있다.

Ⅳ

고향에서 나그네 되어

절집 추녀 밑 … 벌거벗은 여인 400년의 사연. 강화도 전등사 대웅전.

모진 말 속에도 짙은 그리움

_ 강화도 전등사 나부상을 보고 오달 선생 悟達하다

400년을 이러고 있다. 벌거벗고, 쪼그리고 앉아, 큰 절집 지붕을 받치고 있다. 처음 100년은 부끄럽기도, 억울하기도 했다. 두 번째 100년은 내 몸이 바짝바짝 마르는 아픔으로 세월을 보냈다. 그다음 100년 동안은 새벽녘 목탁 소리, 스님들 독경 소리에 귀가 뚫렸다. 네 번째 100년, 비로소 봄날 흐드러진 진달래도 보이고 가을밤 달빛에 숨죽인 빨간 단풍도 눈에 들어왔다. 이제는 나를 보는 중생들의 조롱과 연민의 눈길들이 뜬금없이 울어 대는 처마 밑 인경 소리와 다를 바 없다는 것을 안다.

여기는 강화도 정족산 전등사 대웅보전이다. 절집 네 귀퉁이 큰 기둥 위에서 지붕을 받치고 앉아 있다. 사람들은 나를 나부상, 벌거벗은 여인상이라고 부른다. 조선 땅 강화섬에서 술을 팔고, 밤을 팔며 이생에서 한 삶을 마감한 내게 무슨 대단한 이름이 필요할까. 이제 나무에 새겨진 조각으로 다시 태어났으니 '벌거벗은 여인상' 그 이름으로 충분하다.

내가 왜 여기 이러고 있는가? 그 이야기를 하자면 이 큰 절집을 고쳐 지을 때로 돌아가야 한다. 조선 시대 광해군 때라나. 그때 절 공사의 최고 기술 책임자 도목수로 나이 지긋한 총각이 왔다. 당시 나는 절 아래 마을 주막집 주모. 어찌어찌 눈이 맞고 배가 맞았다. 뜨내기 도목수와 동네 주모가 바람처럼 만나는 게 뭐 특별한 일도 아니다.

문제는 내가 갑자기 강화를 떠나게 되면서 일어났다. 그 전에 도목수는 그

동안 받은 삯을 내게 맡겼다. 내가 좋았고, 나를 믿었던 때문이다. 따로 피붙이도 없고 친구도 없는 터에 타향에서 정분난 여인에게 번 돈을 맡기는 게 이상할 것도 없었다. 그런데 말 못 할 사연으로 내가 갑자기 동네를 떠났다. 도목수에게 귀띔이라도 할 처지가 아니었다.

도목수 번개 맞은 황소처럼 길길이 뛰다가, 자식 잃은 여인네처럼 꺼이꺼이 울다가, 독한 술로 배를 채우고 잠들곤 했단다. 정든 여인에다가 묻어 놓았던 돈까지 사라졌으니, 당연한 반응이지. 나도 안쓰럽지만 예상했던 일이고.

세월이 약이지. 얼마 후 도목수는 기력을 차리고 마음을 다잡아 공사를 잘 끝냈다고. 그런데 이상한 일은 대웅보전 네 귀퉁이 처마 밑에 벌거벗은 여인상이 끼워져 있는 것이라네. 그게 내 모습이지. 도목수는 훌륭하게 대웅보전을 중수해 놓고 단청하는 이에게 이 여인상을 온몸은 붉은색, 두 눈은 파란색으로 단장해 달라는 부탁을 하고 사라졌다네. 아침 햇살에 스러지는 바다 안개처럼.

사람들이 수근대기 시작했지. 저 여인은 말없이 사라진 술집 주모가 틀림없다. 그 도목수가 실연과 배신에 대한 앙갚음으로 그 여자를 발가벗겨 절집 지붕 밑에 놓아 둔 거라고. 전등사 대웅보전 나부상, 정을 준 남자, 돈을 바란 여자의 이야기라고. 그래서 나는 지난 400년 동안 나쁜 년의 표상으로 여기 큰 절집 지붕 밑에 쳐박혀 있는 것이다.

과연 나는 나쁜 여인인가?

살아 생전에는 누구에게도 내 속 깊은 이야기를 할 수가 없었다. 이생의 육신으로는 강화에 돌아올 수도 없었다. 몸의 껍데기를 벗어 버리고 전등사로 날아와서 내 육신의 형상을 껴안고 흐를 수 없는 눈물을 흘렸다. 그리고 400년, 이제는 담담하다. 뭇 사내의 음탕한 눈길, 조롱 섞인 표정, 뭇 여편네의 '고

것 봐라.' 하는 듯한 질시, 다 받아 내고 있다. 변명 따위는 하고 싶지 않다. 무색, 무명, 무정의 내 영혼은 자유롭다. 이제는 내 이야기를 할 수 있다.

내가 강화를 떠난 것은 당시 큰스님의 부탁이 있어서였다. 40대 중반의 도목수는 30대 초엽의 내 몸에 빠져 있었다. 신업(身業), 몸으로 짓는 카르마에 꼭 붙잡힌 집착 그 고리를 끊을 길은 오직 내가 떠나는 수밖에 없었다.

큰 스님은 내게 말했다.

"예서 배를 타고 충청도 땅으로 가거라."

"여기서 공사가 끝나면 넌지시 도목수에게 알려 줌세."

그걸로 도목수와의 인연은 끝이었다. 충청도 당진 갯가에 자리잡고 3년을 기다렸다. 세월이 더 지나간 다음 지나가던 한 스님이 큰스님 말씀을 전했다.

"그 도목수 인연이 아닐세."

"공사 끝나고 인사할 틈도 없이 사라졌다네. 마지막 받을 돈은 다 절에 시주하고."

"그가 자네 모습을 새겨 절집 처마 밑에 얹어 놓은 것은 꼭 미움 때문만은 아니리니."

나도 그가 그립다.

전등사에서 연인으로 맺었던 그 인연, 언제 어디서 무엇이 되어 다시 만나리오.

오달, 2011년 사월 초파일 전등사에 간다. 봄비를 맞으며 대웅보전 처마 끝 나부상을 본다. 나무가 된 여인의 하소연을 듣는다. 흉흉한 소문 다발도 그 고갱이를 찾아가면 이런 아릿한 진실이 있을 수도 있다. 떠나 버린 사람에게 모든 흉허물을 다 던지지 말자. 당신도 나도 언젠가 누구에겐가 떠나 버린 사람이 될 수도 있다. 남겨진 사람들의 말을 다 모질게 듣지도 말자. 그 모진 말 속에 짙은 그리움이 배어 있다. 도목수가 남긴 나부상, 미운 사람에 대한 징벌이 아니라 보고픈 사람에 대한 그리움이리라.

대웅보전 네 귀퉁이를 벌거벗은 여인에게 내줄 줄 아는 큰스님의 너그러움에 고개를 숙인다. 속세의 하찮은 인연을 기릴 줄 아는 큰스님의 큰 깨달음을 전해 주는 말 없는 법문, 참 고맙다. 절집의 사람 냄새, 참 구수하다.

신묘년에 태어난 오달이
다시 돌아온 신묘년 석가탄신일
두 손바닥을 그러모으며,
잠시 서 있던 그 자리를 떠난다.
목욕 보시를 받고 있는 동자상
그 눈망울이 참 서늘하다.
세상일이 다 그렇게 똘망똘망했으면….

한마디 덧붙이는 말, 나부 여인의 하소연은 글쓴이 오달의 상상이다.

＊ ＊ ＊

이 글은 『현대수필』 2013년 겨울호에 실려 있다.

오달(悟達)은 필자의 호다. 깨달아서 무언가 달성한 것 같은 이름인데 사실은 '오타의 달인'의 약자이다. 동문끼리 하는 인터넷 신문에 글을 쓰고 댓글을 다는 과정에서 오타가 분명한데 신묘한 문장을 만든다고 편집자가 붙여 준 별명이다.

선승 … 선방의 스님. 말의 길이 끊어진 곳을 찾는다. 캘리포니아 테하차피 태고사.

춥다고 피지도 않은 채 갈 수는 없지

_ 수덕사 견성암의 겨울 장미

겨울 절집 추녀 밑에 장미 한 송이. 춥다고 피지도 않은 채 갈 수는 없지. 앙다문 꽃봉오리, 그 붉은색이 처연하다. 까맣게 마른 가시 대궁 속에 아릿한 생명이 조는 듯 깨어 있는 듯 숨줄을 잡고 있을 터. 계절을 아파하는 사내 나그네의 시린 가슴과 궁합이 맞을 듯.

나이 지긋한 비구니 스님이 묻는다. "암것두 없는디 거기서 뭘 찍어유?" 대답 대신 사내가 사진기를 보여 준다. 명함만 한 액정 화면에 그림이 나타난다. 스님의 눈에는 꽃보다 자신의 허연 머리 뿌리가 크게 보인다. "더 이상 '파르라니 깎은 머리'가 나오지 않네." 잠시 장미 사진의 붉은 꽃잎이 그녀의 메마른 입술과 겹쳐 보인다.

사내는 김일엽 스님의 이야기를 읽다가 휑하고 여기까지 온 길이다. 덕숭산 수덕사 견성암, 여승들만 공부하는 곳이다. 남향으로 큰 절집이 세 개. 가운데는 이층에 법당, 일층은 비구니 스님들이 기거하는 곳인 듯. 양쪽으로는 스님들의 공부방.

그 겨울 장미는 가운데 절집 동쪽 끝 화단에 있다. 등걸만 남은 장미 두어 그루 사이에 유령처럼 서 있다. 거길 스쳐 간 많은 비구니들의 아직 다하지 못한 이야기를 똘똘 말아 마른 나뭇가지에 걸어 놓은 듯, 꽃봉오리조차 묵언 의지가 결연해 보인다.

일엽스님, 그녀는 1928년 서른세 살의 나이로 출가한다. 당시 수덕사의 큰스님 만공스님이 그녀를 받아 주며, 30년 동안 글도 쓰지 말라는 충고를 한다. 이미 시인이며 여성 운동가로 이름이 나 있던 일엽에게 그동안 이루었다고 생각하는 모든 걸 다 버리라는 말씀이었겠지.

일엽스님은 만공스님의 말씀을 따라 1960대 초까지 절필을 한다. 그리고 비로소 낸 책이 『청춘을 불사르고』라는 제목의 자서전이다. 자신의 애틋한 사랑 이야기. 사랑하던 사람이 어느 날 '이제 당신과 인연이 다했습니다.'라는 편지 하나 놓고 금강산에 들어가 스님이 되었단다. 그래서 일엽도 속세의 인연 다 버리고 수덕사 견성암으로 갔다고. 경허스님, 만공스님의 법맥을 잇는 선승이 되었지만 속가의 마지막 사랑의 기억은 죽을 때까지 가슴에 묻혀 있었던 듯.

일엽과 동갑내기 신여성 나혜석. 첫사랑이 요절하자 돈 많은 두 번째 남자와 결혼한다. 그리고 신혼여행을 첫사랑의 묘지로 갔다던가. 마지막 사랑은 친일 종교인. 나혜석에게는 친일이 문제가 아니라 배신이 문제였다. 그 남자가 떠나자 그녀도 수덕사 만공스님을 찾아간다. 그러나 만공스님은 그녀를 받아들이지 않았다고.

일엽은 문필가로, 혜석은 화가로 시대를 앞서 살아가는 사람들이었다. 일엽은 '신 정조론'을 이야기했고, 혜석은 '정조 취미론'을 썼다네. 두 사람 모두 마지막 사랑하는 사람이 떠나자 속세를 떠나고자 했다. 남자가 하나일 필요는 없지만, 꼭 있어야만 하는 한 남자의 부재는 속계에서 자신의 존재 이유 실종으로 받아들였겠지.

덕숭총림 수덕사는 아직도 여일하게 서 있다. 거기 일엽의 자취는 없다. 절 안의 조그만 기념품점에는 경허스님, 만공스님에 관한 책은 있지만, 일엽스님 책은 없다. 더구나 그 절에서 받아주지도 않았던 혜석의 이야기는 바람결에도 없다.

사내는 일주문을 나오면서 생각한다. '왜 만공스님은 일엽은 받아주고, 혜석은 거부했을까?'

일엽에게는 일본인 남자 사이에 낳은 아들이 있다. 어린 아들이 수덕사를 찾아왔을 때 일엽은 받아주지 않는다. 마침 혜석이 수덕사 아래 수덕여관에 있을 때라고. 혜석은 일엽의 아이를 양자로 삼아 보살폈단다.

자신의 아들을 물리치는 차가운 의지, 남의 아이도 받아 주는 따스한 인정. 만공스님은 일엽의 얼음 같은 단호한 마음을 미리 보신 것인가? 금강 벼락처럼 단번에 자르는 지혜에 이르는 길에는 그런 근기가 필요한 것이겠지.

'나는 언젠가 한 번이라도 무슨 일인가에 그런 근기가 있었던가?' 사내가 스스로에게 묻는다.

일엽스님은 제자들의 시봉을 받으며 75세에 천수를 다한다. 혜석은 52세에 행려병자로 객사를 한다. 마음이 따스한 것도 이생에서는 혹독한 업보인가? 일엽의 친아들이자 혜석의 양아들은 먼 후일 절에서 그림을 그리는 스님이 되었다. 그리고 혜석을 그리워했다.

피지도 못하고 질 수도 없는 겨울 장미 한 송이, 그 꽃술에 겹겹이 싸인 이야기 끝이 없다.

비단강의 겨울 … 왕궁터가 보인다. 아직도 성벽이 남아 있다. 아주 추운 겨울 아침 그래도 햇볕은 따사롭다. 비단강은 나의 작은 이야기를 싣고 흘러간다. 공주 금강과 공산성.

『공주말 사전』 너무 자랑스러운데

『공주말 사전』, 이번 고향 방문길(2013)에 받은 아주 소중한 선물이다. 충청도 공주 지방의 사투리, 민속, 속담, 생활용어를 4천여 항목 사전 형태로 만든 책이다. 우선 놀랍다. 신선하다. 그리고 자랑스럽다. 인구 10만 내외의 지방 도시에서 이런 책을 만들 수 있는 곳이 몇이나 될까?

이 좋은 책을 받으며 또 다른 기록물이 퍼뜩 떠올랐다.

금강변 산성공원 서쪽 입구에 일렬로 늘어서 있는 비석들. 40여 개의 '영세불망비'. 공주 여기저기 세워져 있던 이런 비석을 한군데 모아 놓은 것이라고. 떵떵거리고 살다 간 관찰사, 현감, 순찰사 등 관리들의 '공덕을 영원히 잊지 말자'는 비석들이다. 전국에 비슷한 비석들이 많이 있다.

책으로 남긴 기록이나 돌에 새긴 기록이나 후세를 위한 것이다. 100년 후의 사람들은 이 두 기록을 어떻게 볼까? 사람들 발길이 끊이지 않는 공원 앞길에 서 있는 비석보다 어느 한적한 도서관 서가에 정갈하게 꽂혀 있을 책이 더 소중하리라.

『공주말 사전』은 이걸재라는 향토 문화인이 발로 쓴 책이다. 공주군의 현장 공무원으로 20여 년 동안 동네방네 돌아다니며 모은 자료를 기초로 집필했다. 어렵고 자랑스런 일이지만 '이걸재를 알아 달라'고 쓴 책은 아니다. 사라져 가는 것을 후대를 위하여 붙잡아 두고자 하는 마음이 배어 있는 기록이다.

산성공원 비석들의 메시지는 명령이고, 결론이고, 아부다. "관찰사 ○○○ 영세불망비" — 충청도에서 제일 높은 벼슬을 했던 자신을 영원토록 잊지 말라는 말이다. "도순찰사 ○○○ 청덕선정비" — 그 사람이 맑은 덕을 가지고 선정을 베풀었다는 결론이다. "목사 ○○○ 송덕비" — 덕이 높은 그 사람을 노래한다. 다 그 말이 그 말인 칭찬과 명령은 죽은 말일 뿐이다.

장꽝 밑에 앵두낭구, 그 옆으론 복상낭구, 그 앞에 딸구밭, 뼉에는 아궁지, 살강 위에 지랑 종지. 60년 전 우리 외갓집의 기억이다. 호맹이, 삼태미가 걸려 있던 잿간, 올초망태를 맹글던 할아버지…. 이걸재의 『공주말 사전』은 이런 오래된 말들을 기억 속에서 꺼내 놓는다. '장독대, 앵두나무, 복숭아나무, 딸기밭, 부엌, 찬장대, 간장, 호미, 삼태기', 옛 공주 사람이 아니더라도 알아들을 수 있는 말이다. 그러나 '살강', '지랑'은 공주말 사전을 찾아야 하는 말들.

공산성 입구에 거만스럽게 서 있는 비석군 그걸 보고 "참말로 이 고장에는 덕이 많고 훌륭한 고위 관리들이 많았군." 하고 감탄하는 사람은 없다. "영세불망 좋아하네." 하고 코웃음 치는 사람이 더러 있을 터. 조금 더 생각하는 사람은 관찰사 따위가 바뀔 때마다 마음에 없는 송덕비를 세우느라 허리가 휘였을 그 시절 민초들에게 참말로 욕보셨다고 위로를 할 것이다.

역사 시대만 따져도 1,700년, 공주는 오래된 도시다. 백제 시대부터 남겨진 눈에 보이는 또는 보이지 않는 문화 유산, 유적들이 많다. 남자에게 버림받은 곰여인의 슬픈 전설이 있는 곰나루, 흙으로 쌓은 성곽이 아직도 남아 있는 공산성, 백제의 국제 교류 상황을 영화 세트처럼 남겨 놓은 무령왕릉, 동학혁명 좌절의 현장 우금치…. 오래전 사람들의 삶의 흔적이 뜬구름 같은 이야기로 남아 있는 곳들이다.

이런 고향을 가지고 있다는 것은 행복한 일이다. 『공주말 사전』을 만나는 것은 즐거운 놀라움이다. '고향'이란 말은 '옛것'이라는 의미와 '사라진다'는 의미를 담고 있다. 그리고 '사라지는 옛것'에 대한 아쉬움이 배어 있다. 옛 고을의 옛것에 대한 그리움은 떠난 자들에게 더 절실하다. 떠난 자들이 가끔씩 고향에 돌아오면 옛날의 자취를 찾게 된다. 고향을 지키는 사람들의 애틋한 갈무리 덕분에 고향이 더욱 고향스럽다.

영세불망 비석들, 눈에 거슬리지만 그것 또한 공주가 물려받은 유산이다. 기껏 100년을 살면서 '영세'를 탐하고, 게다가 후손들에게 '불망'까지 요구하는 어리석음을 기록한 돌덩이들도 지나온 역사의 소품들이다. 다만 소품은 소품으로 남겨 두었으면 한다. 무슨 대단한 자랑거리로 생각하고 선전하는 것은 남우세스럽다.

역사가 어찌 기분 좋은 기록만으로 이루어질 수 있을까? 다만 내 사랑하는 고향 공주에서는 『공주말 사전』 같은 소박하지만 자랑스런 기록들이 더욱 많이 나오기를 기대한다.

왕의 무덤, 사람의 길 … 땅 밑에 묻힌 왕보다는 땅 위를 걷는 사람이 더 낫지. 그럴까? 경주 왕릉.

마곡사 해탈문을 지나며

2009년 5월 24일, 하루 동안 나그네가 된다. 고향 길이 나그네 길. 세월이 지나면 그렇게 된다.

인천공항에서 서울고속터미널, 그리고 공주로 직행. 미국 면허로는 안 된다는 렌트카 직원을 구슬려 겨우 기아 프라이드를 빌린다. 시간은 오전 9시.

엄마 집에 간다. 엄마에게 서프라이즈(surprise) — 미국에 있어야 할 아들이 아침에 불쑥 들이닥치니 놀랄 수밖에.

마곡사로 향한다. 공주 시내에서 약 30리. 지도를 힐끗 보고 자신 있게 출발했는데 그 길이 쉽지 않다. 구 도로, 고속도로, 새 길. 옛 기억만 가지고는 헤맬 수밖에. 한 시간쯤 걸려서 마곡사 주차장에 도착한다. 팔십 노인을 태운 덕에 절앞까지 차를 몰고 간다.

산문에 들어서기 전 "노무현 전 대통령의 극락 왕생을 기원합니다"라는 글귀의 현수막이 눈에 띈다. 세상의 파도가 참 빨리도 몰려온다. 대중이 빈다고 극락에 갈 수 있나? 다 자신의 업인 것을.

마곡사의 첫 관문은 '해탈문'이다. 해탈문을 지나도 달라진 것이 없다. 몽매한 중생에게는 해탈문이 아니라 '허탈문'이지.

허탈꾼들을 위해 또 하나의 문이 있다. 천왕문. 사천왕상이 있다. 천왕문에서는 사천왕을 보지 말고 바닥을 보아라. 거기 사천왕에게 밟힌 불쌍한 인간의 놀란 표정을 읽어라. 어릴 때 우리 외할머니의 말씀: "저 인간은 생전에 술장사였는데, 술에 물을 타서 판 죄로 사천왕에게 밟히는 벌을 받고 있다." 거짓말쟁이, 특히 먹는 음식 가지고 장난치는 놈들은 그렇게 당해도 싸지. 사천왕 발 오른쪽에 길게 늘어진 것, 무엇일까? 옷자락은 아니다. 시골말로 창아리가 터진 것이다.

그리고 극락교를 지나야 본전이 나타난다. 극락교 밑에는 잉어가 있다. 큰 놈은 어린애 몸통만 하다. 옆에 있던 경상도 아줌마: "사람 얼굴을 한 잉어가 있대예. 한번 찍어 보소." 내 눈엔 보이지 않는다.

마곡사 종루에 있는 북은 사람 키만 하다. 해가 질 때쯤 북을 치는 의식을 한다. 청년 스님이 북에 몸을 바짝 붙이고 온몸으로 북을 친다. 몇 년 전 본 광경이다. 장엄하기도 하고 처연하기도 하고. 하여튼 강렬한 기억이다. 그때 같이 왔던 친구의 애인은 눈물을 흘렸다. 지금은 그 여인도 친구를 떠나 버렸다.

태화산 산자락은 분명히 몽골의 초원과 거리가 멀다. 이 산골에 라마교 풍의 탑이 있다는 게 마냥 신기하다. 마곡사 석탑의 꼭대기, 원나라의 영향을 받은 것이라고 한다.

마곡사, 신라 시대부터 있던 절이다. 그런 역사적 사실보다 더 절실한 기억은 이곳이 내가 최초로 외박을 한 곳이라는 사실이다. 초등학교 5학년 때 30리 고갯길을 걸어서 수학여행을 왔다. 숙박료로 쌀 한 되를 지고 온 기억이 있다. 처음으로 여관에서 잠을 잤다.

마곡사는 본전이 두 개다. 대광보전과 대웅보전. 대광보전은 비로나자불을 모시고, 대웅보전에는 석가모니 부처님이 있다. 우리 어머니는 두 부처님께 열심히 절을 하신다. 엄마의 염원, 물어보지 않아도 안다.

점심 공양. 공짜다. 밥, 콩나물김칫국, 파김치 그게 전부다. 그래도 맛있다. 오는 이에게 누구냐 묻지 않고 모든 사람에게 나눠 주는 보시, 참 감사하다.

극락교를 건너 천왕문, 해탈문을 지나 절을 빠져나온다.

노무현 전 대통령 근조 현수막의 글자가 거꾸로 보인다. 다시 한 번 여기까지 밀려드는 세상의 파도를 생각한다. 몽골 초원의 라마교, 천 년 전 세계사의 한 조각이 여기까지 왔다. 백여 년 전에는 김구 선생이 잠시 이곳에 머물렀다. 명성왕후 시해에 가담한 일본인을 죽이고 수감되었다가 탈옥하여 이곳에 피신을 했었다. 곧 한반도를 덮친 역사의 격랑, 그 물방울이 여기까지 튀었구나. 결국은 이곳도 사바세계의 한 모퉁이일 뿐.

오는 길에 엄마가 시집오기 전까지 열여섯 해를 살았다는 지름재를 돌아보기로 했다. 그런데 길을 잘못 들어 그냥 공주 시내로 나오고 말았다. 고향 동네에서도 낯선 나그네가 되어 버렸다. 지름재, 충청도 말로는 기름을 지름이라고 한다. 지금은 유룡리라는 딱딱한 이름의 동네가 되어 버렸다.

혼자 걷는 길 … 넓어서 좋다. 멀어서 좋다. 외로움을 덮어 버릴 만큼 넓고 긴 길을 간다. 로스앤젤레스 그리피스 공원.

이런 역사 자랑 정말 싫다

비문은 이렇게 시작한다. "고려 제8대 임금 현종은 외침의 위기를 잘 극복하고 고려 문화를 발전시키는 데 크게 기여한 백제의 무령왕에 비견되는 임금입니다. 거란족의 침입으로 개경이 함락되자 나주까지 피난하는 과정에서 1011년 1월 7일 그리고 상경 중 2월 4일부터 6일간을 공주에서 머물게 됩니다."

충청남도 공주시, 새로 한옥마을이라는 관광단지를 만들었다. 한옥에 살아본 경험이 없는 대부분의 한국 사람과 한국 구경 온 외국 사람들에게 한옥 체험 관광을 시키자는 좋은 취지의 사업이다. 그런데 그 입구에 어른 키보다 더 큰 이런 비석을 세워 놓았다.

왜? 1천 년 전 왕의 비참한 행차가 돌에 새겨 길이 보존하고 후세에 두루 알릴 만한 가치가 있나? 그가 공주에 6일간 머물렀다는 사실이 지금 공주에서 살아가는 사람들에게 그렇게 자랑거리인가?

현종이 공주에서 했다는 짓은 가관이다. "이때의 인연으로 공주절도사였던 김은부의 딸 3인이 현종의 왕비가 되어…" 비문은 이렇게 계속된다. 나라를 제대로 지키지 못해 도망가는 초라한 왕 주제에 공주 땅에 와서 무슨 짓을 하고 있었단 말인가? 요샛말로 왕의 권위를 앞세운 갑질이다.

비문의 논리와 문장은 황당하고 어설프다. 앞에 인용한 문장이 이렇게 이어진다. "… 고려 왕조의 왕통을 계승함으로써 안정된 국가 발전을 이룩하였습니다." 공주에 이레 머무는 동안 세 자매를 취해서 고려 왕조의 왕통을 계승했다는 이야기? 대단한 논리의 비약이다. 자세히 읽어 보면 문법적으로도 틀린 말이다. 문장의 주어가 누구인가? 김은부의 딸 3인이 고려의 왕통을 계승하고 국가 발전을 이룩했다?

비문의 마지막 문장은 엽기적이다. "내우외환의 위기에서 나라의 역사가 다시 일어나는 계기를 마련한 공주와의 인연을 기억하며 현종 임금의 공주 방문 1천 년이 되는 해에 공주시의 보조금과 시민 성금으로 이 비를 세웁니다." 외적과 싸울 생각도 하지 못하고 도망가는 주제에 엽색 행각이나 하던 임금이 무슨 역사 중흥의 계기를 마련할 겨를이 있었나? 그리고 공주시에서 왜 보조금을 주나? 시민 성금? 누구를 위하여? 무엇을 위하여?

현종을 위한 비석 곁에는 같은 크기의 비석이 하나 더 있다. 조선 제16대 임금 인조가 이괄의 난을 피해 공주로 피난 왔었다는 이야기. 다행히 엿새 동안 공주에 머물며 공주 여자와 어쩌구하는 이야기는 없다.

2011년 3월 11일, 이 두 비석 제막식이 거창하게 열렸단다. 공주시장을 비롯한 유지들이 충청도 양반답게 근엄한 표정으로 이런 역사 이야기를 만방에 고했다고. '공주의 자랑은 지난 1천 년 동안 임금이 두 명이나 피란을 왔었다는 것입니다.' 이런 메시지를 전하고 싶었나?

내 고향 공주 이야기라 씁쓸하다. 역사, 히스토리(history)는 이야기, 스토리(story)와 같은 말이다. 다만 우리가 듣는 옛날 이야기는 당시의 모든 이야기일 수는 없다. 누군가가 후세에 전해질 이야기를 고르는 것이다. 내가 사랑하는 고향에 후세에 전해 줄 옛날 이야기를 제대로 고를 줄 아는 사람들은 다 숨어 있는가? 아직도 역사를 왕조사로만 이해하는 무개념의 공주 유지들, 안타깝다.

와사등 … "피부의 바깥에 스미는 어둠/ 낯설은 거리의 아우성 소리/ 까닭도 없이 눈물겹구나." 김광균의 시「와사등」. 이제는 가로등으로서 소임을 다하고 박물관의 전시품이 된 개스 램프. 로스앤젤레스 카운티 뮤지엄.

광장에서 사라지는 것을 생각한다

광장은 구체적이다. 땅이 있고 건물이 있고 그리고 설명이 있다.

광장은 지금(now)이다. 광장은 화자가 그 자리에 서서 보고 있을 때만 실재한다. 그가 그 자리를 떠나거나 한눈을 팔면 광장의 땅은 현재 시제를 벗어난다. 화자의 옛날과 그 땅의 과거가 맞물리면 광장은 보이는 곳과는 전혀 다른 공간이 된다.

서울에 광화문광장이 새로 생겼단다. 2009년 9월 8일 아침. 화자가 거기 서 있다. 이순신 장군은 그대로 계신다. 장군의 발 밑으로 분수가 춤을 춘다. '지금은 시원하시겠지만 겨울에는 물이 얼 텐데 장군님 발이 시리지 않을까?' 화자의 걱정이다.

화자는 아직 거기 계신 이순신 장군을 보면서 그 땅에서 없어진 것들을 생각한다.

중앙청이 그 자리에 없다. 김영삼 대통령 때 헐었다는 소식을 들은 적이 있지만 1970년대를 산 서울 사람들에게는 아직도 중앙청이 거기 있었다는 메모리 조각이 있다. 경복궁은 중앙청 뒷자리에 있지만 경복궁 짓느라고 죽을 똥 싸던 우리 할아버지의 할아버지는 거기 없다. '조선 팔도 유명한 돌들'을 경복궁 주춧돌로 만들기 위해 허리가 부러진 민초의 이야기가 없다. 중앙청 안 어느 우중충한 골방에서 조선 팔도를 넘어 대륙까지 집어먹으려는 차가운 계산자들의 냉혹한 눈꼬리도 사라졌다.

금란다방이 없다. 1970년도 초에 대학생들이 미팅하던 곳인데. 지금 그 자리에는 교보빌딩이 서 있다. 1977년인가 새로 지은 교보 15층에서 일한 적이 있다. 당시 한국아이비엠의 250번째 직원이었다. 금란에서 만났던 이름도 얼굴도 생각나지 않는 미팅 파트너, 아이비엠의 똑똑하고 패기 넘치던 젊은 동료들, 그들은 모두 어디로 갔을까?

대추가 저절로 붉어질 리는 없다
저 안에 태풍 몇 개
천둥 몇 개, 벼락 몇 개

금란다방 자리에 걸려 있는 교보문고 글판의 가을 이야기이다. 장석주 시인의 「대추 한 알」이라는 시에서 따왔다고. 그날 화자가 광화문 광장에서 본 두 번째로 산뜻한 모습이다.

태평로를 따라 시청 쪽으로 걷는다. 느닷없이 말 탄 무사가 나타난다. 조선시대 포도청의 순라꾼들인가? 오늘로 치면 경찰 오토바이 경호대쯤 되는 것 같다. 생뚱맞은 말 탄 무사 뒤로 초록색 버스가 지나간다. 버스에 그려진 '쾌변' 광고가 말 탄 무사와 어색한 어울림을 연출한다.

그 뒤로 "서울특별시의회"라는 간판이 걸린 건물이 보인다. 국회가 지금의 여의도로 이사가기 전에 거기가 대한민국의 국회의사당이었다. 박정희 대통령을 위한 삼선 개헌, 유신헌법… 뭐 그런 역사가 거기서 이루어졌다. 화자의 대학 생활은 삼선 개헌 반대 데모로 시작해서 유신으로 끝났다. 대학을 졸업하고 기자로 국회 출입을 했다. 그때 거기서 만났던 김영삼 의원은 지금의 화자보다 훨씬 젊었다. 김대중 선생은 당시 일본에서 납치되어 가택 연금 상태였다. 그 역사의 주인공들도, 그 기억들도 사라지고 있다.

서울시청은 새로 짓고 기존 건물은 다른 용도로 쓸 거라고 한다. 건물 가림

막 공사가 한창이다. 중앙청, 서울시청 둘 다 일제 강점기의 건물이다. 하늘에서 보면 한자로 '일본(日本)'이라고 보였다나. 이제는 두 개 다 역사 속으로 사라지려 한다. 하나는 해체되었고, 하나는 도서관으로 바뀐다. 서울시청 건물 앞에는 큰 분수대가 없어지고 잔디밭 광장이 생겼다. 서울광장. 붉은 악마의 함성과 감동도 촛불 시위의 열기와 갈등도 지금은 사라졌다.

광장에 서서 사라지는 것을 생각한다. 13세기 페르시아 시인 루미(Rumi)의 말을 되새기며 사라지는 것들 사이에서 지금을 살아가는 길을 다시 생각한다.

come on sweetheart
let's adore one another
before there is no more
of you and me

사랑하는 이여
우리 서로를 어여삐 여기자
당신도 나도
사라지기 전에

「Let's Adore One Another」라는 시에서,
루미, 『FOUNTAIN OF FIRE』(1994)

떠나가는 것 중에 남는 것이 있다. 서울의 가을 하늘이다. 화자가 떠돌다가 돌아가야 할 곳, 그 하늘은 거기 남아 있다. 파란 가을 하늘, 눈에 가득한 솜털 구름. 광장에서 본 가장 산뜻한 모습이다.

잎사귀 셋 … 세상을 처음 보는 장미 잎사귀. 아침 이슬이 렌즈를 만들어 준다. 초여름 하늘이 푸르다. 로스앤젤레스 근교 데스칸소 가든.

때밀이를 때밀이라 부르지 못하고…

_ 오달 서생 세신기(悟達 書生 洗身記)

세신 13,000원,

보디 클린 16,000원

24시간 불가마 사우나에서 잔 듯 만 듯 하룻밤을 보낸다. 새벽 다섯시 반 다시 탕에 들어간다. 비로소 이런 문구의 요금표가 눈에 들어온다.

세신?

때밀이, 이렇게 분명하고 확실하고 그림 같은 말을 두고 '세신'이라니? 알아는 듣겠는데 뭔가 찜찜하다. 잠시 원더랜드에 온 앨리스의 기분이다.

보디 클린?

한국 사람이 한국에서 때를 미는데 왜 영어가 튀어나오나? 그리고 왜 영어가 한자 말보다 더 비싼 레벨인가? 때밀이를 때밀이라 하지 못하고…. "아버지를 아버지라 부르지 못하고." 홍길동의 탄식을 따라할 만큼 오달 서생의 심사가 거창하게 뒤틀린 까닭은?

한국에서 한 달 가까이 머문 터이다. 미국 생활 30년 만에 고국에서 가장 오래 있는 셈이다. 낙향 서생이 서울을 딱 이틀만 방문하는 계제다. 세낸 자동차를 몰고 강남으로 강북으로 사람 만나고, 점심 먹고, 저녁 먹고. 육십 평생 처음 해 보는 짓이다. 서울에서의 운전이 그렇다는 말이다. 오래전 한국을 떠날 때까지는 자가용을 부릴 만한 여유가 없었고, 그 뒤에 여러 번 한국에 왔지만 서울에서 운전할 일은 없었다.

그날은 2013년 8월 11일. hot, hot, hot 한국식 왕찜통 날. 긴장 또 긴장해서 차를 몰고 하루를 보낸 다음, 마포 어디 숙소로 간다. 밤 11시 50분, 아파트 지하 차고 주차. 걱정한 대로 어렵다. 나가는 공간이 적어서 모두 꽁무니로 박아 넣는 주차다. 그 시간까지 남아 있는 공간, 하나같이 고약하다. 반 시간은 낑낑댄 끝에 공포의 꽁무니 주차 성공. 야호!

그런데 웬걸, 주차장 엘리베이터로 들어가는 문이 잠겨 있네. 주민 카드를 센서에 대라는 친절한 안내만 보인다. 오달 서생, 여기 주민이 아니잖어. 오달이 달달이 된다. 풀빵처럼 흐늘흐늘해진 머리로 짐 하나 달달 끌고 지하 4층에서 차도를 따라 지상으로 기어오른다. 열대야, 지하차고, 오르막길, 거기다가 서생답지 못한 신경질까지. 말땀을 흘린 끝에 지상 1층 엘리베이터 진입에 성공했다.

휴, 한숨 한 번 쉬고 이십몇 층까지 엘리베이터로 고속 이동. 드디어 숙소 문 앞. 비밀번호가 뭐더라? 몇 달 전 전화 메시지로 받았는데 그사이 전화기를 바꿔 버렸네. 네 자리, 사각형 번호 배열판에서 네 귀퉁이. 차례로 거기까지 생각난다. 그런데 어느 모서리부터 시작하더라? 그리고 좌로 돌던가, 우로 돌던가? 뭐 다 해 보지. 네 귀퉁이 숫자에서 좌로, 우로, 다 해 봐도 문이 안 열린다.

땀은 삐질삐질, 속은 부글부글, 눈물까지 글썽글썽. 다시 내려갈 수밖에. 다행이 엘리베이터는 직통으로 지하 4층 주차장까지 간다. 어렵게 주차한 차를 다시 뽑아 나온다.

밤 1시 50분. 어디로 가나? 모텔이라도 찾자. 신촌, 홍대 앞 러브 모텔이라도. 근데 모텔로 가는 길도 만만치 않다. 합정동, 이대 앞, 신촌, 마포세무서 이런 데를 돌다 보니 모텔이 보이기는 한다. 그런데 그게 모두 내가 가는 쪽이 아니고 유턴을 해서 돌아가야 하는 쪽이다. 뒤차들이 쌩쌩 달려서 머뭇머뭇하다 보니 고가도로. 어찌어찌하다 보니 또 고가도로. 내린 곳은 을지로쯤이다. 거기서 여관이라도 찾을까 했으나, 다음날 첫 약속이 마포에서 아침 7시. 새벽에 차를 끌고 거기 갈 생각을 하니 아득하다. 결국은 다시 마포 쪽으로. 내비(내비게이션)를 맞춰 놓았는데도 가는 길이 어렵구나. 퇴계로 동물병원, 중구청, 정동교회 등 엉뚱한 곳을 거쳐 마포–신촌 쪽으로 온다.

밤 2시 20분. 또 헤매다 보니 24시간 불가마 간판이 보이는 한적한 골목이 나온다. 주차도 도로 주차가 널널하다.

입장료 8천 원, 거기다 실내에서 입을 고쟁이와 환자복같이 생긴 웃도리 2천 원. 그렇게 해서 오달 서생은 난생 처음 남녀 혼숙 찜질방에서 하룻밤을 보낸 터다. 만 원짜리 잠자리 치고는 별로 흠 잡을 데가 없었다. 밤 세 시 반에 옆에서 뜬금없이 사랑싸움을 하는 중늙은이 빼고는.

아침 6시 탕에 들어가서 세신 안내를 보고 때밀이를 찾는다. 발가벗고 장화만 신은 연변족 아저씨(장화는 왜?). 세신, 보디 클린 다음 단계 서비스를 강추한다.

"전신 때밀이 26,000원."

와! 순 토종 한국말 '때밀이'가 한자 말, 영어 말보다 대접을 받는구나. 반가워서 하자는 대로 한다.

세신, 보디 클린, 전신 때밀이 — 뭐 그게 그거다. 세신은 기본으로 물과 비누질, 보디 클린은 샴푸 추가, 전신 때밀이는 머리 마사지 등 마사지 추가(혹시 담에 이런 기회가 있으면 그냥 싼 거 하세요).

'세신사' 아저씨는 오달 몸뚱이가 긴 직육면체로 보이나 보다. 몸통을 비닐 씌운 '세신대'에 척 눕히더니 배 위에다 물을 한 바가지 끼얹는다. 비누 거품 척척 뿌리고 이태리타월로 쫙 문질러 대더니 옆으로 누우란다. 오른쪽 옆면을 한 번에 쓱 내려 씼고, 왼쪽 옆면. 마지막으로 등을 위로 하고 누우란다. 등짝은 밀게 꽤 있는지 두세 번 타월이 오고 간다. 그리고 수박 꼭지 치듯 머리를 네댓 번 두드린다. 그리고 어깨를 힘센 손아귀로 두어 번 주무른다. 그리고 '전신 때밀이' 끝.

아침 여섯 시 반. 세신은 끝났고 보신 좀 하자. 찜질방 안에 식당이 문을 연다. 오랜만에 라면+공기밥 4천 원. 만 원짜리를 내니 여주인이 냉동고에서 하룻밤을 지낸 거스름돈을 내준다. 돈 맛이 이렇게 시원한 줄은 이제 알았네. 그 돈 옆에 있었을 대파 숭숭 썰어 넣은 라면 맛도 괜찮고.

그렇게 오달 서생 상경 첫날은 간다. 열대야 한밤중 황당한 방황 끝에 내린 결론 — 어제 떠난 것같이 눈에 선해도 서울은 역시 남의 도시이다. 지금 오달은 로스앤젤레스 출신 교포가 확실하다. 그래도 조국이 좋은 것은 그렇게 헤매면서도 신변 걱정은 한 번도 없었다는 것.

오달 서생은 이제 세신을 했으니, 세심을 할 차례이다.

나성의 부처님 … 로스앤젤레스에서는 부처님, 예수님, 크리시나 모두 사이 좋은 이웃이다. 말리부와 산타 모니카 경계에 호수 하나가 있고 그 호수 둘레에 부처님께서 호젓이 앉아 계신다. 레이크 쉬라인.

“아크황”하여 “봉막각” 들이키니

– 69학번 오달 서생 성지 순례 가다

아크황?

아크로가 황당하다는 말이다. 이 ‘아크로’(이 글이 원래 실렸던 인터넷 신문 『The Acropolis Times』)가 아니고 서울대 관악캠퍼스에 있다는 그 전설적인 아크로광장 말이다.

봉막각?

궁금하지만 좀 기다리시고….

1980년대 학생 데모 기사에서 맨날 나오던 ‘아크로광장’, 한국 현대사 민주화 운동의 성지로 생각해 왔다. 나날이 지평이 넓어지는 로스앤젤레스의 ‘아크로’에 때때로 글을 쓰는 사람으로서 모교의 진짜 아크로에 한번 가 보고 싶었다.

2010년 10월 12일, 성지 순례 기분으로 서울대를 찾는다. 아크로광장을 보기 위해. 아크로를 직접 경험하기 위해.

아침 9시 반, 택시에서 내린다. 본부 건물 앞 제법 널찍한 잔디밭이 있다. 서울대 여기저기를 둘러보아도 그만한 광장이 없다. 당연히 아크로광장이라고 생각할 수밖에.

그래도 만사는 불여튼튼이라고. 등나무 아래 벤치에 앉아 있는 여학생에게 묻는다.

"여기가 아크로 광장이지?"

"…." 침묵, 그리고 빤히 바라본다.

그제야 얼굴이 약간 검고 깡마른 체구라는 것을 알아본다.

"Oh, you are not a Korean."

69학번이지만 필자도 그 정도 국제 감각은 있다.

옆에 앉아 있는 다른 여학생에게 묻는다.

"여기가 아크로?"

"I'm not a Korean." 먼저 대답한다. 홍콩에서 온 학생이란다.

나의 아크로 순례는 이렇게 머리가 띵해서 출발한다.

다음에 만나는 학생에게 묻는다.

"여기가 아크로?"

"아뇨. 여기는 총장 잔디예요."

와, 또 한 번 뻥할 수밖에. '총장 잔디밭'도 아니고 '총장 잔디'라고?

"본부 총장실 앞에 있어 총장 잔디라고 해요. 아크로는 저쪽으로 올라가시면 나와요." 친절한 안내다.

사실은 그날 본부 건물에서 약속이 있었다. 총장은 바빠서 안 만나 주고, 총장실 옆방을 쓰는 사람을 만나기로 했었다. 그런데 그 사람도 국정감사 때문에 국회에 출석해야 한다고. 그래서 실무자를 만나 볼일을 보고, 다시 아크로를 찾아 나섰다.

분명 본부 건물 뒤쪽이라고 했는데, 한참 걸어도 광장 비스무리한 것도 안 보인다. 그래서 다시 내려오며 앳된 학생에게 물어본다. 분명히 한국 사람인 사람만 골라서.

"아크로 어디?"

"모르겠는데요."

이거 다시 머리가 띵하다. 서울대생이 아크로를 모르다니.

옆에서 이 대화를 듣던 약간 늙은 학생이 말해 준다.

"좀 더 내려가세요."

여기가 아크로광장이란다. 이거 아무리 광장처럼 찍으려 해도 영 아니다. 이게 무슨 아크로광장? 아마 아크로 계곡이 더 맞는 말이 아닐까?

아크로광장, 황당한 misnomer(잘못 지은 이름).

황당 그 다음은 경탄이다. 이 좁은 공간에서 광장을 느끼는 무한한 상상력. 이게 서울대생 그리고 대한민국의 저력이다. 하나의 작은 공간에서 세계로 향하는 호연지기이다. 원래 꿈이란 존재하는 현실에서 있을 수 없는 가상을 더하는 일이다. 서울대생이 보는 것은 있는 그대로가 아니다. 그 존재가 무한한 탈바꿈을 거쳐 이루어질 수 있는 가능성을 본다.

여기가 아크로 … 아크로폴리스를 찾다 여기까지 왔다. 여기를 광장이라고 부르는 서울대생의 상상력을 칭찬하자. 서울대학교.

마침 서울대 축제 주간이다. 올해의 주제는 '밥은 먹고 다니니?'.

진리 탐구의 첫 과제는 밥을 먹는 지극히 원초적인 명제다. 2010년 서울대인의 정확한 현실 인식이다. 그 밝은 눈들이 거기서 시작해서 더 멀리 더 넓게 열리기를.

서울대가 한국의 서울대만이 아니다. 외국 학생들이 많이 있다. 그날 서울대 축제 행사 중에 외국 학생들이 자기 나라 음식을 만들어 파는 것이 있었다. 총장 잔디, 거기가 임시 먹거리 장터로 변했다.

총장 잔디 한가운데 체력장 경연대회가 열린다. 그 옛날 입학시험용 체력장이 생각난다. 팔굽혀펴기, 제자리멀리뛰기, 윗몸일으키기… 팔씨름 대회까지 있네.

봉막칵? '봉지 막걸리 칵테일'의 준말이라고.

그날 아크로 성지 순례의 하이라이트다. 막칵(막걸리 칵테일)을 봉칵으로 한 잔 쭉 빨고 나니 절로 흥이 난다. '아크로가 이런들 어떠하리, 저런들 어떠하리….' 뭐, 이런 생각을 잠시 한다. 예쁜 한복이 정말 잘 어울리는 2010학번 후배 심○○. 심리학과라고 했던가? 미국서 집록(zip lock)이라고 부르는 비닐봉지에 막걸리를 붓고, 거기다 홍초+비밀 재료를 넣어서 마구 흔든다. 그리고 척하니 빨대를 꽂아 준다. 2,500냥.

아크로를 광장으로 생각했던 것은 나도 모르게 매스미디어의 용어에 길들여진 탓이다. '데모=아크로' 그런 등식이 성립되고, 아크로가 당연히 광장일 거라는 해석이 머릿속에 박힌 까닭이다.

그리스의 아크로폴리스(Acropolis)는 광장 그 이상이다. Acro(edge) + polis(city)의 합성어다. 언덕과 광장과 신전이 어우러진 곳이다. 서울대인들이 본관과 중앙도서관 사이 '협곡'을 아크로폴리스로 부르는 것도 깊이 생각해 보면 그럴듯한 말이다. 아크로폴리스의 물리적인 실체보다는 정신적인 민주

화의 유산을 보자는 뜻일 게다.

아 – 아크로, 이 신문 이야기다. 그리스의 아크로폴리스 – 서울대의 아크로 – 그리고 여기 아크로, 앞으로 1,500년 후에도 그 흔적이 남아 있기를 빈다.

V

더 멀리 걷고 싶다

마추픽추를 향하여 … 잉카 트레일 중 가장 높은 고개(4,200미터)를 오른 필자. 몰골은 패잔병 같지만 기분은 승리자. 코카 잎새를 씹으며 올랐다. 페루 잉카 트레일.

잉카 트레일

길을 만들게 명령한 자들은 걷지를 않았다. 그들은 다리 대신 입으로 살았다. 가야 할 일이 있으면 남의 다리를 빌릴 뿐이었다. 왕을 위하여, 신을 위하여 다리를 빌려줄 수밖에 없던 사람들은 자신의 다리가 디딜 자리를 만들기 위해 다리가 부러지고, 머리가 깨지고, 돌에 찢기고, 절벽에서 떨어지고, 그러다 죽고… 그렇게 고생하며 그 길을 만들었다.

마추픽추로 가는 잉카 트레일 — 이 길은 왕의 길이고 신의 길이었다. 잉카 왕국을 제국으로 키워 낸 잉카의 9대왕 파차쿠텍의 명령으로 만들었단다. 그 길을 나는 걸었다.

잉카 수도 쿠스코에서 버스를 타고 두 시간 가서, 거기서부터 120리, 47킬로미터, 29.3마일. 산 넘고 강 건너, 또 산 넘고, 거기 산 위에 되바라진 언덕 마을이다. 가파른 비탈에 계단식 석축을 쌓아 땅을 고르고, 다시 그 위에 돌집들을 지어 놓았다. 집이 약 200채, 계단식 테라스가 600여 개, 돌계단이 3,000여 개. 그게 마추픽추다.

왜 이렇게 대단한 걸 여기에다 지었을까? 신전 그리고 잉카 왕의 휴양지라는 설이 가장 그럴듯하다. 아뿌(Apu)는 잉카의 산신이다. 오늘의 페루인들도 뾰족한 봉우리마다 아뿌가 있다고 믿는다. 그리고 산꼭대기에는 아뿌를 위한 신단이 있다. 마추픽추는 최고의 신전이었다. 그곳에는 특별히 동정녀들을 키우는 곳이 있었다고. 이들 중 뽑힌 자는 신을 섬기는 신녀가 되고 나머지는 높은 사람들의 신부로서 "분양"되었단다. 왕과 그의 가족은 가끔씩 오고, 그 가끔씩 오는 왕을 위하여 언제나 모실 준비를 하는 사람들은 평생 이 비탈 마을에서 살았다.

잉카 제국. 먼 나라의 대단히 먼 옛날이야기처럼 들린다. 하지만 잉카가 남미 태평양 연안을 거의 다 지배하는 제국 노릇을 한 것은 1400년대 중반에서 1533년까지이다. 오래전이지도 않고 오래가지도 못했던 잉카의 역사가 아련하게 우리 의식 한구석에 자리 잡은 것은 그 비극적 종말 때문이리라. 아틸라 더 훈, 몽골, 잉카 — 들바람처럼 미친듯이 불어닥치다가 삭정이 불티처럼 시나브로 사그러진 사람, 나라의 흔적들. 사람들은 그런 뜬금없는 이야기들을 부질없이 기억한다.

태양의 문

하여튼 그런 잉카 왕이 가던 길을 우리도 걸었다. 우리 다섯 명 — 대학 선배, 친구, 후배. 2014년 3월 7일부터 걷기 시작해서 2014년 3월 10일 아침 9시쯤 마추픽추의 관문 '태양의 문(the Sun Gate)'에 다다랐다. 페루 여행의 꼭짓점에. 마치 우리가 태양이나 되는 듯 검은 돌집, 계단식 석축, 그 사이 파란 잔디, 황톳빛 우루밤바강, 마을을 둘러싼 뾰족 봉우리, 쪽빛 하늘 이런 것들을 한꺼번에 바라본다. 태양의 문에 이르는 마지막 수직 계단을 거의 기어서 올라온 터라 이런 장엄한 광경에 몸도 마음도 붕 뜬다.

마추픽추를 만든 9대 잉카 왕부터 마지막 잉카 왕 아타왈파까지는 겨우 4대. 아타왈파나 그의 아버지 왕은 내전에 휘말려서 마추픽추까지 가서 쉴 틈이 없었을 터이다. 나라가 망하고 나서 마추픽추는 유령 마을이 된다. 1911년 빙햄이라는 미국 예일대학 교수가 다시 발견, 내셔널지오그래픽을 통해서 세상에 소개할 때까지 그 산중에 사는 사람들만이 알고 있는 곳이었다.

그렇게 만든 마추픽추가 오늘날 페루를 먹여 살린다. 1년에 100만 명의 관광객이 페루에 온단다. 대부분은 마추픽추를 보기 위해서. 쿠스코에서 마추픽추까지 직선거리는 120킬로미터. 쿠스코 근교에서 마추픽추까지 5박 6일 걸어가는 길도 있다. 대부분은 쿠스코에서 두 시간쯤 버스를 타고 가서 시작하는 3박 4일 잉카 트레일을 따라 걸어 올라간다. 하루에 200명 제한. 그리고 2월에는 트레일을 닫는다. 따라서 1년에 이 길을 걸을 수 있는 관광객은 6만 3천 명 정도. 걷지 못하는 사람들은 기차를 타고 하루에 올라간다.

잉카 트레일은 마음대로 갈 수 있는 데가 아니다. 반드시 가이드를 동반해야 되고 관광객 한 명당 1.5명꼴로 포터를 데리고 가야 한다. 이 트레일을 일터로 삼는 가이드가 약 천 명, 포터가 7천 명. 이들은 일정한 자격을 갖추어야 하고 정부에 등록을 해야 한다. 포터 일당이 35달러 정도. 쿡은 그 두 배가량. 가이드는 그 팀의 주장이다. 따라서 능력대로 받는다. 잉카 트레일을 들어갈 때 그리고 마추픽추 마을을 들어갈 때 여권을 제시해야 한다. 잉카 제국의 숨겨진 심장이 아직도 주권을 행사하는 듯하다.

걷고 또 걷고

3박 4일, 그동안 큰 고개를 세 개 넘는다. 마추픽추라는 신성한 곳을 가기 위한 정화 의식이라고. 첫 고개 4,200미터. 산신 아빠에게 경의를 표하는 곳이란다. 마지막 세 시간은 돌계단을 올라간다. 웬만큼 높은 산에 단련이 된 사람들도 고산증 때문에 고생한다. 안개 그리고 구름 자욱한 산과 골을 뒤로하고 고갯마루에 다다랐을 때 허허로운 승리감에 눈물이 날 지경이다. '왜 이 고생을?' '그래도 해냈다.' 이런 생각이 뒤엉긴다.

둘째 고개 3,800미터 빠짜마마. 땅의 어머니에게 경배하는 곳이라고. 셋째 고개 3,600미터 말키. 미라, 즉 조상에게 인사하는 곳이다. 여기서 여행자는 자신의 삼층탑을 만든다. 돌 세 개를 바위 위에 올려놓는다. 그 밑에는 코카잎. 그리고 빈다. 나도 열심히 빌었는데 아직 효험은 없다. 정성이 부족해서 코카잎이 날아갔나? 코카잎은 잉카인들과 오늘날 페루인들에게 성스러운 것이고, 매일매일 마시는 차요 껌이다. 고산증에 특효라고 해서 50전을 주고 한 봉지 사서 씹어 보았지만 그저 마른 풀 냄새만 날 뿐.

잉카 왕처럼 걷지 않고 마추픽추를 오르는 호사는 없었어도, 3박 4일 여정은 호화로웠다. 포터들이 미리 가서 텐트 치고 밥해 놓고 기다린다. 아침에 일어나면 물을 데워서 텐트 앞에 놓고 간다. 세숫물이다. 비록 오르락내리락 다리는 아프고, 텐트에서 비가 새긴 해도 이런 호강을 언제 해 보나. '이렇게 사람을 부려도 되나?' 60여 년을 보통 사람으로만 살아온 나에겐 사람 부리는 게 버겁다.

포터들 그들은 멀리는 쿠스코에서 예닐곱 시간 걸리는 곳에 사는 농부들이라고 한다. 농사를 지으면서 흉년이 들면 가족을 먹여 살려야 하기 때문에 마추픽추 포터일을 한단다. 아무나 하는 것은 아니고 신체검사도 받고 인터뷰도 해서 합격을 해야 이 일도 할 수 있다. 이런 험한 길을 걸으면서도 어떤 포터는 폐타이어 조각으로 만든 슬리퍼를 신고 있다. 내가 신은 250달러짜리 등산화가 부끄러웠다.

포터들 이야기 중 더 기가 막힌 것 하나: 한 달에 두세 번씩 잉카 트레일을 오르내리는 이들 중에 절반은 마추픽추 마을을 본 적이 없단다. 3박 4일 또는 5박 6일 트레일 중 마지막 밤을 보내면 포터들은 한두 사람 빼고 모두 쿠스코로 돌아간다. 여행자들은 트레일의 마지막 부분 마추픽추로 가는 길로 가고, 포터들은 텐트, 취사도구 등을 지고 직선 코스로 내려간다. 그래서 그들은 마추픽추 턱밑까지는 가지만 실제 마추픽추 마을을 볼 기회가 없다고. 그들 중에는 그 길을 만들도록 명령한 잉카 왕의 피를 받은 사람도 있을 것이고, 그 길을 만들기 위해 죽을 고생한 사람들의 후손도 있을 것이다. 조상 덕분에 일자리, 먹을거리가 생기긴 하지만 조상이 만들어 놓은 세계 문화유산은 그들에게 먼 나라의 먼 이야기일 뿐.

잉카의 멸망

잉카의 마지막 왕 아타왈파, 그는 이복형제와의 싸움에서 이겨 잉카 황제가 된다. 지금의 에콰도르에서 쿠스코로 가는 길에 스페인 군인들과 조우한다. 피사로가 이끄는 스페인 군대는 168명. 당시 아타왈파는 근위병만 8천 명이고 주위에 8만 명의 병사가 있었다. 승리밖에 모르던 아타왈파는 피사로의 군인들을 장난감 병정으로 생각한다. 그는 스페인 군인들에게 다음날 자신의 성 광장으로 오라고 명령한다. 그러나 아타왈파가 광장에 들어왔을 때 스페인 군인들은 나타나지 않는다.

왕을 기다리게 한 다음, 스페인 신부가 나타난다. 그리고 성경책을 주며 하나님의 말씀이라고 한다. 스스로 태양의 아들이라고 생각하는 잉카 왕이 화가 나서 성경책을 던진다. 그 신부는 '신성 모독'이라고 외치며 피사로 군대가 숨어 있는 쪽으로 뛰어간다. 그것이 공격 신호. 대포 한 방 꽝! 그리고 스페인 군대의 총질. 그 자리에서 왕의 근위병 7천 명이 죽는다. 천 명은 도망가고, 아타왈파는 피사로의 포로가 된다.

피사로는 아타왈파와 협상을 한다. 자기가 있는 방을 금으로 가득 채우고 옆방을 은으로 가득 채우면 풀어 주기로 합의한다. 그래서 피사로가 받아 낸 금은이 약 5천만 달러어치. 그거 다 받고 8개월 만에 아타왈파를 죽인다.

죽임을 당하기 전 그에게 선택권이 주어졌다. 나무에 꿰매어 불태워 죽거나, 끈으로 목을 묶어 교살을 당하거나. 두 번째 선택에는 조건이 있다. 죽기 전에 세례를 받고 가톨릭이 되는 것이다. 아타왈파는 두 번째를 선택한다. 기독교인이 되는 것이 좋아서가 아니라 잉카인의 내세에 대한 믿음 때문. 그들은 다시 회생하는 것을 믿었다. 죽은 시체를 미라로 만들어 정성껏 모셨다. 아타왈파는 화형을 당하면 다시 이 세상에 올 수 없는 것으로 생각했다.

잉카 왕궁 자리에는 성당이

쿠스코를 점령한 스페인 군대는 가톨릭에 반하는 잉카 유적들을 유린한다. 잉카의 왕궁이 있던 자리에는 성당을 세운다. 쿠스코대성당은 당시 잉카 황제의 궁전 자리에 세워졌다. 스페인에서 온 건축가, 당시 스페인 남부 출신 무어인이 디자인하고 실제 일은 잉카인들이 했다. 잉카인들은 이교의 성전을 지으며 자신들의 우주관, 세계관을 담아 그려 넣었다.

이곳 성당의 성모 마리아는 서양의 호리호리한 마리아가 아니다. 얼굴은 서양인이지만 풍만한 여인. 치맛자락이 풍성하게 펴져 있다. 언뜻 보면 마추픽추 주변의 산 모습이다. 안데스산맥의 산봉우리는 거의 뾰족 삼각형. 페루 성당의 성모 마리아는 바로 그 모습이다. 잉카의 산신 아뿌의 모습이다.

대성당 안에 예수 최후의 만찬 그림이 걸려 있다. 예수가 열두 제자와 만찬을 하는 그림. 낯익은 그림이다. 그 만찬의 주 메뉴는? 그림 속에 그 답이 있다. 예수가 그날 드신 음식은 쿠이 구이. 쿠이(Cuy)는 잉카인들 그리고 오늘의 페루 사람들이 특별한 날에 꼭 먹어야 하는 특산 음식용 동물이다. 우리가 아는 기니피그다. 별로 맛은 없다. 예수님은 맛있게 드셨을까?

그 성당에서 가장 인기 있는 성상은 '검은 예수상'이다. 십자가에 달려 있는 예수, 검은 예수다. 1600년대에 쿠스코에 큰 지진이 일어났다. 그날이 마침 성스러운 날이어서 성당 안의 예수상을 메고 행진을 하고 있었다. 이 예수상이 지진을 멈추게 했다. 그 후로 해마다 그날이 오면 예수상이 쿠스코를 한 바퀴 돈다. 예수상이 지나갈 때 꽃잎을 뿌리고 가톨릭 예식에 따라 향불을 흔들다 보니 그 검댕이가 묻어서 예수상이 까맣게 되었다. 잉카 그리고 페루의 원주민들이 자신의 피부와 같은 예수를 보고 그가 진정한 예수라고 더 열심히 섬기게 되었다고 한다.

잉카의 십자가

차카나, 흔히 안데스의 십자가, 잉카의 십자가로 불리는 잉카의 심벌이다. 마추픽추 꼭대기에 차카나의 반쪽이 서 있다. 1년에 한 번 동짓날 정오 햇빛이 이 반쪽 돌 차카나를 비추면 그 그림자가 나머지 반쪽을 만들어 완전한 차카나를 이룬다. 차카나는 12면체의 십자가. 가로세로가 같은 십자이고 그 십자의 한쪽 면에 세 계단씩 총 12계단이 있는 형태다.

십자가 위 왼쪽 세 계단은 하늘, 땅, 지하를 나타내고, 위 오른쪽 세 계단은 하늘의 상징 콘도르, 땅의 상징 퓨마, 지하의 상징 뱀을 나타낸다. 아래 왼쪽 세 계단은 사람이 살아가는 길 '배우고, 사랑하고, 일한다'를 의미하고, 아래 오른쪽 세 계단은 세상을 사는 법 세 가지 — 훔치지 마라, 거짓말하지 마라, 게으르지 마라 — 를 나타낸다.

다른 건 몰라도 차카나 아래쪽 인생의 목표와 세상을 살아가는 데 필요한 법 이 부분은 100% 동감이다. 사랑하고, 배우고, 살아가고 — 인생 뭐 더 바랄 게 있나. 훔치지 마라, 거짓말하지 마라, 게으르지 마라 — 이 세 마디 이외 다른 설교는 다 사족이지.

잉카 제국은 망했지만 잉카는 아직도 페루인들을 하나로 묶는 인연의 끈이다. 정복자 스페인 군인들은 피정복자 원주민 남자들의 목을 베고 자신들의 씨를 뿌린다. 대규모 혼혈. 오늘날 페루인의 대부분은 메스티소이다. 원주민들 사이의 종족적 차이도 갈등도 사라진다. 거의 대부분 잉카족의 말인 케추아어를 쓴다. 지금 페루의 공식 언어. 모두 잉카의 후예다. 500년 전 정복자의 유전자도 새로운 잉카의 일부가 된다.

잉카 트레일. 가파른 산을 깎아 길을 내고, 돌계단을 만들고, 길이 없는 곳에는 석축을 쌓아 길을 만들고, 바위돌이 나오면 바위를 뚫고, 아마존 밀림 나무 숲을 가로지르고. 그 길을 만든 잉카인들을 생각하며 걸었다. 몸이 고단해서 대단한 명상을 하며 걸을 수 있는 길은 아니지만, 빠짜마마, 어머니 지구를 가까이 느끼는 신비한 경험을 얻은 길이다.

빠짜마마, 어머니 지구, 아뿌, 산의 신 — 이 말들이 몸으로 느껴진다. 마추픽추의 기를 받았나 보다.

＊ ＊ ＊

여행은 같이 간 사람이 즐거운 만큼 즐겁다. 이번 여행의 동행자: 김홍묵 선배님과 서치원, 이은남, 최경희, 이상실. 삼인행(三人行)이면 필유(必有) 아사언(我師焉). 셋이 같이 가면 그중에 선생님이 꼭 있는 법. 재미있고 많이 배웠다. 다시 태어나도 같이 여행을 하겠다는 사람 하나를 (억지로) 건졌다.

공원의 가을 … 계절에게 따로 무대는 필요 없다. 그래도 인간들은 가을을 공원에 갖다 놓는다. 로스앤젤레스 근교 데스칸소 가든.

무어인의 마지막 한숨

망국의 왕

한 사내를 생각한다. 그는 한때 왕이었다. 작지만 긴 역사를 지닌 나라. 그 나라는 망한다. 마지막 도성의 열쇠를 정복자에게 주고 그와 그의 추종자들은 성을 나와 남쪽으로 향한다. 700년 전 떠났던 조상의 땅 아프리카를 향하여.

붉은 도성의 성채와 왕궁이 마지막으로 보이는 고개 언덕, 그가 거기 멈춘다. 그의 왕궁 알람브라가 마지막으로 보이는 곳이다. 그는 긴 한숨을 쉬며 눈물을 흘린다.

스페인 남쪽 안달루시아 지방 그라나다에 가면 아직도 그 자리가 있다. '무어인의 마지막 한숨(the Moor's Last Sigh)' — 그 고개 이름이다.

그 사내는 보압딜로 알려져 있다. 그라나다 왕국의 마지막 술탄이다.

무어인은 북아프리카에서 온 아랍인과 버버족 중심의 무슬림이다. 그들은 서기 700년경부터 오늘날의 스페인과 포르투갈이 있는 이베리아반도를 침공한다. 그들 세력은 한때 이베리아반도 전체를 위협한다. 그러나 유럽의 기독교 세력의 거센 저항으로 스페인 남부 안달루시아 지방에 자리를 잡는다. 15세기에 들어서 무어 세력이 쇠퇴하기 시작한다. 그라나다가 무어인의 마지막 왕국. 그 마지막 왕궁은 알람브라, 붉은 성이다.

보압딜은 1492년 이사벨라 여왕에게 마지막 무어인의 영지를 바치고 그라나다를 떠난다. 아침 일찍, 사람들 몰래, 고개 넘어 남쪽으로. 그리고 지중해 건너 조상들의 땅 북아프리카로. 알람브라가 마지막으로 보이는 고개턱에서 그는 잃어버린 왕국을 슬퍼한다.

그때 그의 어머니가 한마디 톡 쏜다.

"사내로서 지켜 내지 못한 왕국을 위해 계집애처럼 우는구나."

참으로 무정한 말이다.

보압딜을 부추겨서 부왕을 쫓아내게 한 것도 그의 어머니이다. 보압딜의 아버지는 주위 기독교 왕국과 화평을 유지하려 했다. 보압딜의 어머니는 옛날 무어인의 영화를 더 생각하는 사람이었다. 그녀는 보압딜을 왕으로 만들어 놓고 전쟁을 일으킨다. 보압딜은 스물네 살에 포로가 되어 4년 후에 풀려난다. 그리고 이사벨라 여왕의 도움으로 그라나다 왕으로 복귀한다. 그 후에 온갖 협박과 회유를 받다 나라를 포기하고 목숨을 연명한다.

나라까지 잃어버린 사내 보압딜. 이제 서른 갓 넘긴 그는 인생 실패자 중의 실패자. 그가 살아서는 다시 보지 못할 잃어버린 왕성을 보고 한숨짓고 눈물 흘리는 것조차 비아냥의 대상이 된 것이다. 그의 별명은 엘 조고이비(El Zogoybi). 불쌍한 놈, 재수 없는 놈이라는 뜻이다.

알람브라의 추억

그 후 500년. 지구 곳곳에서 사람들이 스페인 남쪽 안달루시아로 찾아온다. 무어인이 남겼을 법한 그 무엇인가를 찾아서. 붉은 성채 알람브라, 천장의 정교한 아라베스크, 헤네랄리페의 아랍풍 정원 — 무어인들이 만들어 놓은 구조물들이 거기 남아 있다. 여행자들에게 이국 속의 이국의 정취를 안겨 주기에 충분한 볼거리들이다.

살만 루슈디(Salman Rushdie)라는 여행자는 거기서 '무어인의 마지막 한숨'을 보았다. 그의 소설 『The Moor's Last Sigh(무어인의 마지막 한숨)』은 쫓겨 가는 보압딜의 왕관을 훔쳐 달아나는 하녀와 그 후손들의 이야기다. 보압

여몽환포영 … 꿈 같고, 허깨비 같고, 물보라 같고, 그림자 같고. 바르셀로나 그루엘공원에서 비눗방울을 만드는 이 사람, 금강경 한 구절을 외우게 한다. 스페인 바르셀로나.

딜 그가 망국의 아픔을 젊은 육체의 열락으로 위안받는다. 그러나 그 작은 위안마저 배신으로 끝난다. 엘 조고이비, 정말 재수 더럽게 없는 놈이다.

알람브라를 찾는 나그네들이여, 잠시 귀 기울여 보라. 500년 전 바람에 흩날려 간 마지막 무어 왕의 긴 한숨 소리가 들릴지도 모른다. 그라나다에서 남쪽 지중해로 넘어가는 고갯마루 그곳에는 알람브라궁전의 영화는 없다. 보압딜의 가슴 아픈 사연만 안개처럼 피어오를 것이다.

보압딜, 사실 그는 이름조차 제대로 남기지 못했다. 스페인 사람들이 그의 이름을 엉터리로 발음한 것이 보압딜이다. 알람브라를 보러 지구 반 바퀴를 돌아 찾아온 나그네에게 이름조차 엉터리로 알려진 보압딜의 사연만이 애잔하다.

그라나다 구시가 뒷골목, 포도주 한 잔에 묻어 뒷다리. 아부 압둘라 무하마드 12세(Abu Abdullah Muhamad XII)에게 한 잔을 바친다. 보압딜의 진짜 이름이다.

패자의 눈물

실패한 사람의 눈물에 관대하자. 함민복 시인의 「눈물은 왜 짠가」라는 시가 떠오른다. 그 시는 이렇게 시작한다.

지난 여름이었습니다 가세가 기울어 갈 곳이 없어진 어머니를 고향 이모님 댁에 모셔다 드릴 때의 일입니다 어머니는 차 시간도 있고 하니까 요기를 하고 가자시며 고깃국을 먹자고 하셨습니다

그 상황에서도 어머니는 아들에게 고깃국물이라도 더 먹이려고 자신의 국물을 아들 설렁탕 투가리에 부어 준다. 아들은 땀인지 눈물인지 그 짠맛을 본다.

보압딜의 어미는 상상도 할 수 없는 한국 어머니의 마음이다.

보압딜, 죽어서 한국에서 태어났기를….

아픈 스핑크스 … 부다페스트 오페라하우스 앞에 있는 스핑크스 상. 자세히 보면 여기저기 반창고를 붙이고 있다. 세월 탓인가? 돈 탓인가? 헝가리 부다페스트.

부다페스트에서 마포 돼지껍데기를 먹다

낯설지 않은 헝가리 음식

마포 돼지껍데기, 육개장, 물만두 — 내가 먹은 음식이다. 헝가리 부다페스트에서.

훈족의 아틸라(Attila the Hun)를 만나러 온 터이다. 1,600여 년 전 유럽을 호령하던 아틸라 할아버지, 그의 족적은 찾을 길이 없다.

그래도 먹거리 하나만은 낯설지 않다. 헝가리 음식에서 빠질 수 없는 굴라시(gulash), 이건 우리가 먹는 육개장이다. 쇠고기도 넣고 양고기도 있지만 얼큰한 국물이 꼭 육개장 맛이다. 집시돼지고기스테이크, 여기에 딸려 나오는것이 돼지 껍데기다. 마포 돼지껍데기에다가 돼지 비계를 붙여 놓았다. 또 하나, 펌킨라비올리를 시켰더니 물만두가 나온다. 물 대신 크림소스. 호박과 호박씨를 갈아 넣은 만두가 참말 고소하다.

부다페스트 시내는 우중충하다. 오래된 건물들이 새까맣다. 세월의 때, 역사의 자취다. 에이 그래도 청소 좀 하지. 여기저기 덧칠이 떨어져 나간 건물들, 그래도 웅장은 하다. 그 속에서 헝가리 사람들이 산다. 웃음을 상당히 아끼는 사람들이다. 호텔 여직원조차 꼭 필요한 말만 한다. 아직도 오랫동안의 움츠림에서 벗어나지 못하는 듯하다.

헝가리 사람들은 스스로를 마자르(Magyar)라고 부른다. 주변 사람들과는 인종이 다르다. 언어도 주변의 슬라브어, 게르만어, 로맨스어 등과는 계통부터 다르다. 우리말과 마찬가지로 교착어이다. 오늘의 헝가리 사람들, 대부분

유럽의 백인처럼 보인다. 그래도 자세히 보면 가끔씩 우리네하고 닮은 구석이 있다. 까만 머리, 구리빛 얼굴. 몽골고원에서 중앙아시아 스텝을 거쳐 유럽에 입성한 기마 민족의 자취가 있다.

아틸라, 우리 조상의 먼 사촌

아틸라, 서기 450년경에 로마에 쳐들어갈 만큼 강력한 훈족의 왕이다. '눈이 작고, 코가 납작하고, 얼굴이 햇볕에 탄' 사람으로 묘사된다. 동로마와 서로마를 동시에 위협하고 오늘의 프랑스 지방까지 무자비하게 약탈한 사람으로 서양 역사에 기록된다. 서양 역사에 '신의 저주(Scourge of the God)'로 알려진 공포의 대상이다.

아틸라 다음에 'the Hun'이라는 말이 붙는다. 훈족의 아틸라. '훈족'이 혹시 동양 역사에 나오는 흉노족이 아닐까? Hungary라는 나라 이름은 '훈족의 나라'라는 뜻인가? 두 질문 다 "그럴걸." 하고 대답하는 사람이 많다. 그렇다면 '아틸라'는 당연히 헝가리의 영웅이어야 할 텐데….

오늘 내가 찾은 헝가리는 그렇지 않은 것 같다. 부다페스트 거리는 모퉁이마다 동상이 있다. 그 흔한 동상 중에 아틸라의 동상은 안 보인다. 여기저기 안내서를 뒤져 봐도 아틸라의 동상이 있다는 이야기는 없다.

그렇다고 아틸라가 완전히 잊혀진 인물은 아니다. 부다페스트 민속박물관에서 만난 헝가리 여대생은 아틸라를 알고 있다고 또렷이 대답한다. 헝가리 사람의 조상이라고 생각하느냐는 질문에는 소이부답(笑而不答), 웃으며 대답하지 않는다. 헝가리에서는 아직도 아틸라라는 이름이 흔하다고. 또 하나 부다페스트의 부다 쪽 구시가에 있는 부다왕궁 뒷길이 아틸라거리이다.

부다페스트는 다뉴브강을 중심으로 부다와 페스트로 나누어진다. 부다 쪽 다뉴브강변은 언덕이다. 이 언덕 위에 부다궁전이 있고 마티아스성당이 있다.

궁전 뒤쪽 언덕을 내려가면 아틸라거리이다. 화려한 대로는 아니지만 제법 큰 간선도로다. 아이들 놀이터, 작은 공원 그리고 평범한 아파트들이 있는 거리. 건물 사이로 부다궁전의 성벽과 망루가 보인다. 가로수는 밤나무. 씨알이 잘은 옛날 밤나무들이다. 아틸라는 그렇게 헝가리에 자리 잡고 있다.

아틸라가 흉노족의 후손이라면 그는 우리 먼 조상의 잃어버린 사촌일 수도 있다. 신라의 김알지 이후 경주 김씨 왕족이 흉노의 후손이라는 설이 상당히 설득력이 있다. 신라의 왕릉들은 적석묘, 돌무지무덤이다. 이런 무덤 형태는 흉노의 고향 알타이 쪽에서 발견되는 묘제이다. 신라 문무왕의 묘비에는 신라 왕족 경주 김씨의 조상이 흉노 왕의 아들 김일제로 표기되어 있기도 하다. 알지라는 이름도 알타이를 한자로 표기한 것이라는 주장도 있다.

또한 신라는 유독 금관과 금장식 유물이 많은 나라이다. 그 금관과 금세공품들은 중앙아시아 스키타이인들이 남긴 유물과 관련이 있다. 중앙아시아에서 유럽 쪽으로 진출한 스키타이인들, 뒤를 이은 훈족, 아바르족, 마자르족, 몽골족의 중앙아시아 유럽 정복의 선발대 격이다. 신라와 만주를 거쳐 중앙아시아 쪽 몽골-돌궐(튀르크)계 간에 지속적인 관계가 있었다는 것을 보여 주는 유물들이 있다. 금관, 금장식뿐만 아니라 유리, 철제 갑옷 등의 유물이 신라-가야-일본 규슈 지역에서 발견된다. 이런 것들이 중앙아시아 쪽에서 온 사람들과 함께 전래되었을 것이다.

흉노족은 기원전 3세기경에 중국 북부 지방을 장악하고 있었다. 기원전 140년경에 한무제에게 흉노족이 패한다. 그래서 흉노가 동서로 나뉘게 되고 동쪽으로 간 흉노의 일파는 만주를 거쳐 우리나라 동해안으로 내려와 5세기경 신라의 왕권을 거머쥔다. 서쪽으로 간 흉노 일파는 중앙아시아를 거치며 그쪽의 여러 종족과 혼합 그리고 연합을 하면서 5세기경에는 중앙유럽의 큰 세력을 형성한다. 아틸라는 그런 훈족의 왕이다. 로마까지 쳐들어갔으나 아틸라가 급사한다. 그 후 훈족은 아바르·마자르족으로 변신, 오늘의 터키인, 헝가리인의 조상이 된다. 이런 중앙아시아계 동양인들의 유럽 진출로 유럽의 인종 지도가 크게 바뀐다. 게르만족의 대이동이 일어나고 중앙 유럽에 살던 켈트족이 오늘의 영국 쪽으로 밀려간다.

이런 이야기를 읽은 터라 아틸라에 대한 관심이 많다. 헝가리도 막연히 아틸라의 나라일 거라는 생각을 해 본다. 내가 교육을 받고 자란 20세기는 서양인의 세기이다. 한국인을 비롯한 동양인들은 서양인이나 서양인 흉내를 내는 일본인의 침략 피해자가 된다. 어릴 때부터 수없이 들어서 머리에 박힌 고정관념이 우리 한국인은 남의 나라를 침입한 적이 없는 약소민족이라는 소리이다. 동양 사람이 유럽인들의 정복자의 위치에 있었다는 상상을 쉽게 할 수 없게 만드는 교육이었다. 21세기를 사는 한국인은 다르다. 우리도 세계 정상에 설 수 있다는 자부심을 가질 만하다.

그래서 아틸라가 아주 먼 우리 조상의 사촌이었을 것이라는 가능성에 큰 매력을 느끼는 터이다. 유럽인들을 크게 혼내 준 그를 우리 조상의 친척으로 갖고 싶은 마음, 헝가리에 간 김에 그 생각을 조금이라도 확인하고 싶었다. 별로 눈에 보이는 것은 없다.

헝가리에서 활을 쏘다

부다궁전을 보고 아틸라거리를 따라 다시 다뉴브강가로 나온다. 강가에 다른 산봉우리가 하나 있다. 부다왕궁을 지키는 요새가 있다. 한 아저씨가 그 요새 뒤에 활터를 만들어 놓고 관광객들에게 활쏘기를 시킨다. 동양인의 용모가 남아 있는 아저씨다. 아마도 아틸라의 훈족 피가 많이 흐르는 듯. 활 잘 쏘고 말 잘 타는 기마 민족의 후예, 반갑다. 그래서 나도 2유로를 내고 활시위를 당겨 본다. 나도 경주 김씨인데 1,600년 전의 활 솜씨가 안 나오네. 화살은 과녁 근처에도 못 가고 떨어진다.

헝가리는 1918년 오스트리아 왕정이 폐지되면서 독립한다. 2차대전 후에는 공산화가 된다. 1956년 공산주의에 항거하는 시민 혁명이 일어난다. 공산 정권을 잠시 무너뜨리지만 소련군의 탱크 앞에 다시 주저앉는다. 소련이 붕괴된 후에 다시 독립을 한다.

헝가리 최대 국경일은 1956년 혁명기념일이다. 헝가리 국회의사당 앞에는 영원히 꺼지지 않는 횃불탑이 있다. 비가 내리는 스산한 초겨울 부다페스트 어느 건물 앞에는 그때 희생된 혁명 투사들을 위한 촛불이 타오르고 있다.

이번 여행의 첫 기착지가 부다페스트였다. 공항에 내리자마자 낯선 알파벳 숲에 빠진 기분이다. 분명히 로마자 알파벳인데 발음도 못 하겠고 뜻을 짐작할 수도 없는 간판들. 프랑스나 멕시코를 여행할 때는 간판을 보고 대강 짐작할 수 있었는데, 여기는 아니다. 먼 조상의 친척, 이건 생각뿐이고 현실 속의 나는 어쩔 수 없는 미국 문화의 산물이다. 로스앤젤레스에 사는 흉노족 후예 한국인.

떠나고 싶을 때 떠나 보자

이생에서 막 60년을 보냈지만 아직도 내가 누구인지 애매하다. '이제사 내가 누군걸 알아서 뭐해.' 하는 생각도 든다. 이 일 저 일 다 제쳐 두고 비행기를 탄다.

'인생 뭐 별거 있나?', 오래전 인터넷 신문 『The Acropolis Times』에 누군가 댓글로 툭 던진 화두이다. 이 말을 어떻게 가장 영어스럽게 번역을 할까? 뉴욕에서 부다페스트까지 비행기 속에서 자다 깨다 이 궁리를 한다.

내가 찾은 답은 'What the heck? Life is good.'

'What the heck?' 부분은 '이거 저거 따져 봐야 그게 그거더라.'

'Life is good.' 부분은 '그래도 인생은 즐겁다.'

떠나고 싶을 때는 떠나라.

떠날 때 발목 잡는 일, 돌아오면 시비하는 놈은 언제나 틀림없이 있다.

그렇다고 주저앉지는 말자. 퍼질러 앉아 있다고 고민이 사라지는 건 아니다.

인생은 즐겁다. 즐거울 때 즐거운 줄 알아라. 오늘보다 더 즐거운 내일? 글쎄…. 지금 여기 있는 것조차 허상일진데, 내일 오는 것은 허상의 허망한 바람일 뿐.

무라카미 하루키

무라카미 하루키의 손바닥 소설 『100% 여자아이를 만나는 일에 관하여』를 생각한다.

열여덟 살 남자, 열여섯 살 여자 둘이서 마주 보고 걸어온다. 똑같은 순간에 서로 꿈속에 그리던 '100% 완전한' 사람이라는 것을 깨닫는다. 둘은 손잡고, 눈을 보고, 마음으로 맹세한다. 우리 같이 이생을 살자고. 더없이 행복한 일생이 기다리고 있다. 그런데 마음 한구석에서 '우리 아직 어리잖아?' 하는 의심의 씨앗이 눈을 틔운다. "우리가 정말로 서로에게 100% 완전한 상대라면, 당연히 또다시 만나겠지." 둘은 다시 만날 그때를 기약하고 헤어진다. 인생에 대한 시험이다. 남자는 동쪽으로 여자는 서쪽으로.

세월이 지난다. 그사이 남자도 여자도 심한 병에 걸려 죽다 살아난다. 그리고 그 후유증으로 과거의 기억들이 사라진다. '100% 완전한' 상대를 만난 기억도, 그 완전함을 시험하기 위해 헤어졌던 사연도.

다시 세월이 흐른다. 남자가 서른둘, 여자가 서른. 어느 화창한 봄날 그들은 복잡한 거리에서 다시 스쳐 지나간다. 그리고 서로 저 사람이야말로 '100% 완전한' 상대라는 것을 안다. 그러나… 그러나… 이제 어른이 된 그들은 14년 전 그때의 순진함, 솔직함, 무모함이 없다. 서로 말을 못 하고 스쳐 지나간다. 군중 속으로… 영원히 사라진다.

여행도 인연이다. 흐르는 시간, 변하는 공간, 떠도는 나, 이렇게 세 점이 언제 어디서 무엇이 되어 함께 있는 순간이다. 100% 완전한 시간, 공간 그리고 나의 조합은 없다. 내가 떠나고 싶을 때 떠나는 것이 100%의 꼭짓점에 가장 가까운 일이다.

사랑도 마찬가지다. 시간, 공간, 나 그리고 너 네 가지의 조합이다. 100% 꼭짓점을 찾기는 더 어렵다. 70%, 80% 그 사랑의 인연을 버리지 말자.

요지경 화장실 … 요지경 속에서 볼일을 보다. 오스트리아 비엔나.

비엔나 최고 절경은 '볼일' 보며 봐야

여황제 마리아 테레지아

비엔나에서 한 여인을 만난다. 감당하기 어려운 여자다. 이름은 마리아 테레지아, 영어로는 마리아 테레사. 그녀의 딸도 만난다.

마리아 테레지아의 정식 이름은 마리아 테레지아 월버가 아멜리아 크리스티나. 그녀가 가진 타이틀은 더욱 접수가 안 된다. Maria Theresa, by the Grace of God, Dowager Empress of the Romans, Queen of Hungary, of Bohemia, of Dalmatia, of Croatia, of Slovenia, of Galicia, of Lodomeria, etc.; Archduchess of Austria;…. 그 후로 35개쯤 뭐가 더 붙는다. 그녀가 다스린 영지를 말한다. 헝가리, 보헤미아(오늘의 체코), 크로아티아, 슬로베니아, 트란실바니아, 룩셈부르크, 토스카나까지.

로마제국의 여황제(Empress of the Romans)란 명칭 앞에 Dowager라는 말이 붙은 것은 그 직위를 죽은 남편으로부터 물려받았다는 뜻이다. 그녀의 아버지는 신성로마제국의 황제(Emperor)였다. 딸에게 여황제의 자리를 직접 물려주지 못한 한을 품고 죽었다.

그녀는 1740년 아버지가 죽은 다음부터 1780년 자신이 죽을 때까지 40년 동안 중부 유럽을 통치한다. 합스부르크 왕가의 역사상 여자로서 실제로 권력을 행사한 사람은 그녀가 최초이고 최후라고. 그녀는 그의 아들 요세프와 함께 당시로서는 상당한 개혁 정치를 했다고 한다. 그래서 오늘의 비엔나는 마리아 테레지아의 도시이다. 비엔나 중심, 도서관, 박물관 앞에 거대한 그녀의 동상이 서 있다.

합스부르크 왕가, 10세기부터 1918년 왕정이 폐지될 때까지 유럽 최대의 왕가다. 오스트리아를 중심으로 오늘날의 헝가리, 체코, 슬로바키아, 독일 남부, 프랑스 동부, 이탈리아 북부, 스페인 등을 다스렸다. 1803년 신성로마제국이 없어질 때까지 400년 동안 신성로마제국 황제 타이틀을 독점한 가계이다.

마리아 테레지아는 남자 형제가 없었다. 합스부르크 왕가에 남자 상속인이 없다는 것은 유럽 정치 지도에도 큰 영향을 미친다. 마리아 테레지아의 아버지는 딸에게 왕위를 물려주기 위한 외교에 국력을 쏟아붓는다. 유럽의 강국 프랑스와 프러시아 등은 마리아 테레지아의 지위를 인정해 주는 대신 많은 것을 챙긴다.

그때 프랑스에 양도한 땅이 독일과 프랑스 접경에 있던 로렌 지방. 그 대신 로렌 지방 영주에게는 이탈리아의 투스카니 지역을 준다. 그리고 그렇게 투스카니의 영주가 된 그를 데릴사위로 삼는다. 그래서 그 후 합스부르크 왕가는 합스부르크-로렌 왕가로도 불린다. 합스부르크 왕가의 데릴사위, 마리아 테레지아의 남편은 황제 칭호는 받았지만 권력 행사는 못한다.

비엔나 중심에서 약간 떨어진 곳에 있는 쇤브룬궁전, 그녀가 살던 곳이다. 남편에게 권력 대신 사랑을 듬뿍 주었다. 애를 16명이나 낳았다고. 그 16명의 왕자 공주 중에서 사랑 때문에 결혼한 사람은 단 한 사람, 나머지는 모두 정략결혼이란다.

마리 앙투와네트, 비운의 프랑스 왕후

같은 게르만족이지만 항상 경쟁 관계, 때로는 전쟁 관계에 있던 프러시아를 견제하기 위해 프랑스와 겹사돈을 맺는다. 큰아들 요제프와 끝에서 두 번째 딸을 프랑스 왕가와 결혼시킨다. 쇤브룬궁전의 한 방에는 요제프의 결혼식 장면을 그린 대형 벽걸이 그림이 있다. 그 그림 한 귀퉁이에 다섯 살짜리 볼이 빨간 소녀가 있다.

그 소녀가 마리 앙투아네트. 대부분 프랑스의 왕후로만 알고 있다. 프랑스 루이 16세의 왕비 맞다. 1789~1792년 프랑스 혁명 후 감옥에 있다가 단두대에서 목을 잃은 여인. 그녀가 오스트리아 마리아 테레지아의 끝에서 두 번째 딸이다. 쇤브룬궁전 그림에 있는 다섯 살짜리 소녀, 35년 후에 프랑스 혁명의 열기 속에 스러진다. "빵이 없으면 케이크를 먹지."라는 철없는 소리를 했다고만 기억되는 여인이다.

앙투와네트는 이빨이 못생겨서 프랑스 신랑이 못마땅해 하자, 마취도 하지 않고 이빨을 두드려 맞춰서 가지런히 했다고. 혁명 후 오스트리아로 돌아갈 길이 있어도 남편과 가겠다고 사양했었단다. 남편이 단두대에서 사형당한 후 오스트리아로 가려다 잡혀 오기도 했지만. 1793년 그녀도 사형당한다. 시신은 삼 년 동안 이름 없는 집단 무덤에 방치된다.

비가 추적추적 내리는 쌀쌀한 늦가을 쇤브룬궁전에서 듣는 마리 앙투아네트의 이야기가 처연하다. 어머니의 권력도 남편의 권력도 앙투와네트의 목을 지켜 주지 못했지.

구스타프 클림트의 「키스」

다음날 구스타프 클림트 그림을 보러 벨베디어궁전에 갔다. 벨베디어궁전은 17세기 말 오스트리아군의 총사령관이었던 유진 어브 사보이(Eugene of Savoy)의 사택으로 지어졌다. 그는 당시 헝가리의 일부를 지배하던 오스만 제국을 몰아낸 승리의 장군이었다. 언덕 위와 아래에 거대한 저택을 짓고 그 언덕을 정원으로 만들었다.

언덕 위의 하얀 집, 거기에 클림트의 그림 「키스」가 있다. 화려하고 황홀한 클림트 그림들, 그림을 제대로 볼 줄 모르는 나 같은 관광객에게도 작은 감동이다. 「키스」는 이 궁전 갤러리의 영구 소장품이다. 클림트 일생을 소개한 글에 이런 문구가 보인다. "2월 6일[1918년] 예기치 않게 죽는다. 히에칭 묘소에 명예의 묘소를 받다(Klimt receives an honorary grave in the Hietzing Cemetry)." 무슨 말인지 얼른 이해되지 않는다. 다른 데 묻고 명예 묘소만? (명예 학위를 생각하고 있다.) 아니면 가장 좋은 묏자리? 여하튼 죽어서도 호강한다는 이야기다.

마리 앙투아네트 생각이 난다. 죽어서 시신조차 갈 곳 없던 왕녀, 왕후. 죽어서 '명예의 묘소'에 묻힌 화가. 동양의 먼 나라에서 미국을 거쳐 여기까지 와서 그런 생각을 하는 나. 흐르는 시간과 떠도는 공간의 뻘쭘한 조우?

하긴 육영수 여사가 죽었을 때 박근혜가 불쌍하다는 생각을 열심히 한 주제넘은 동정심, 케네디 대통령 암살 소식을 듣고 그의 딸 캐롤라인도 아버지 없는 내 처지와 비슷하게 여겨져 펜팔이라도 할까 했던 엉뚱함 — 아직도 거기서 헤매고 있는 내가 더 불쌍하지. 프랑스 혁명 무렵은 한국도 시대의 변화를 무력으로 막아 보려는 권력 때문에 그 많은 사람들의 목이 뎅겅뎅겅하던 때다. 천주교도들이 변화의 선봉이었고, 박해의 칼날을 첫 줄에서 받는다. 사대부집 며느리가 하루 아침에 종이 되던 때. 그때 가 버린 이름 없는 사람들의 이야기는 얼마나 알고 있나? 나 자신이 조금 부끄러워지기도 하고.

링스트라세, 원형의 도로

비엔나의 중심은 링스트라세(Ring Straße)라는 원형의 대로 안에 다 있다. 19세기 중엽 당시 구 비엔나를 둘러싸고 있던 성곽을 철거하고 만든 도로다. 그래서 원형일 수밖에 없다. 그 도로 양쪽으로 당시 바로크풍의 건물들을 지었고 아직도 그 건물들이 남아 있다. 남아 있을 뿐만 아니라 아직도 사무실로,

주거지로 제 기능을 다하고 있다. 거리를 만들고 건물을 지을 때부터 파리의 샹젤리제보다 잘 만들려고 했다고.

비엔나의 역사가 링스트라세 그 안에 있다. 한가운데 스테판성당, 궁전, 왕립오페라하우스, 국립도서관, 성당 그리고 또 성당. 그 가운데 '포에버21(Forever 21)' 매장이 보인다. 한국인이 로스앤젤레스에서 시작한 옷가게 매장이다. 한국인의 손끝 돈끝이 유럽 역사의 심장을 쏜다. 내가 덩달아 좋아해야 할 계제는 아닌데 그래도 반갑다. 주제넘은 동정심, 주책없는 애족심(애국이라고 하려다 보니 포에버21은 미국회사). 그래도 어쩔 수 없네.

스테판성당은 그야말로 고색창연하다. 그러나 이런 성당도 여러 곳을 보다 보니 다 거기서 거기다. 비엔나, 프라하, 부다페스트에서 성당 입장은 대개 무료다. 이들의 관광 수입은 매일 저녁 성당에서 하는 유료 음악회다.

오스트리아의 역사가 모여 있는 이곳에 스페인승마학교(Spanish Riding School)가 있다. 왜? 설명에는 스페인에서 가져온 명마 종자의 말들을 조련시키는 곳이라고. 그렇다고 성당, 박물관 근처에 아직도 실제 마구간이 있는 게 신기하다. 틀림없이 스페인이 16세기에서 18세기 초까지 합스부르크 왕가의 지배를 받았던 역사와 관계가 있을 터이다. 합스부르크 왕가는 여러 대에 걸친 근친 간의 결혼으로 절손이 된다. 스페인 쪽이 먼저, 이어서 오스트리아 본가 쪽도.

신성로마제국

이렇게 얽히고설킨 유럽의 역사에는 신성로마제국이 있다.

유럽 역사에는 세 개의 다른 로마제국이 있다. 진짜 로마제국은 서기 5세기에 망한다. 훈족 아틸라의 공격을 받은 후 얼마 안 되어서. 그리고 동로마제국. 콘스탄티노플 — 오늘의 이스탄불에서 15세기까지 로마제국의 이름을 유지한다. 그러나 터키에서 몰려온 동양풍에 젖은 동로마는 서유럽에서 보면 진짜가 아니다. 누가 진짜냐? 누가 더 세냐? 이런 문제로 서유럽 세력의 보호를 받는 교황과 동로마 간에 알력이 생긴다.

그래서 서기 800년 교황이 당시의 유럽 실력자 샤를마뉴(Charlemagne)에게 신성로마제국 황제의 관을 씌워 준다. 샤를마뉴, 유럽의 아버지이다. 게르만족의 중 하나인 프랑크(Frank)족의 왕으로 출발한다. 재임 중 오늘의 프랑스, 이탈리아, 독일로 영지를 넓힌다. 프랑스(France)라는 말도 프랑크의 라틴어 표기 프란시아(Francia)에서 왔다. 그래서 그는 게르만이면서 프랑스 카롤링거 왕조의 조상이다. 로마에 있는 교황은 샤를마뉴의 지지가 필요했다. 그래서 만든 것이 신성로마제국. 샤를마뉴의 후손 게르만족들이 그 로마제국의 황제가 된다. 신성로마제국의 황제는 실질적 통치보다는 게르만족의 연합체의 황제라는 상징성이 강한 자리다.

프로이트와 요지경 화장실

비엔나는 이런 왕족의 역사만 있는 곳은 아니다. 프로이트가 활동한 곳이기도 하다. 베토벤, 모차르트가 살았던 곳이다. 나처럼 잠시 지나가는 길손에게는 너무 크고 깊은 도시이다. 이번에는 역사 이야기가 구미에 당기니 역사 기행으로 끝을 낼 수밖에.

비엔나에 이런 묘한 곳도 있다. 잘못 만든 거울을 통해 보는 세상. 별로 이름이 없는 화가가 스페인의 가우디 흉내를 내서 아파트도 짓고 그림도 그렸다. 그의 스타일로 만들어 놓은 화장실, 내가 가 본 화장실 중에서는 제일 화려하다. 미화로 약 75센트쯤 내야 볼일 보러 들어가는 데다. 색깔과 크기와 모양이 다른 타일, 그 볼일하고는 상관없이 눈으로 볼 일도 많다.

여행객은 어차피 장님이다. 코끼리 다리를 만져 보면 기둥만 보이고, 옆구리만 만지면 벽을 보는 것이다. 장님의 무딘 손끝으로 더듬어 깨닫기에는 비엔나의 역사는 길고 문화는 깊다. 내 맘대로 만져 보고, 내 맘대로 상상하고, 내 맘대로 쓰는 여행기. 아마추어 여행가의 재미이다.

그래서 내린 결론: 비엔나 최고 절경은 이 요지경 화장실이다.

삼삼칠 박수 … 이 나한님 신났다. 응원대장. 박자에 맞추어 박수 치는 소리가 들린다. 어느 절이었던가?

타이 마사지 홍등 아래 부처님을 만나다

절터와 장터

몰다우(Moldau)강가에서 부처님을 만난다. 타이 마사지집 유리창 너머에 가부좌하고 앉아 계신다. 찰즈다리(Charles Bridge, 카를교) 끝지점, 중세부터 유명한 저잣거리요 바쁜 길목이다. 옛 보헤미아(Bohemia) 왕국, 지금의 체코 공화국 최고의 성당 그리고 왕성 프라하캐슬(Praha Castle)로 올라가는 고개 밑이다. 다리 너머, 블타바(Vltava)강 건너 프라하 구시가가 빤히 보인다. 같은 강 이름이 독일어로는 몰다우, 체코 말로는 블타바.

부처님은 어디서나 넉넉하고 편안하시다. 끈적한 삶의 유혹이 흐르지 않는 강처럼 스멀거리는 마사지집 안방이면 어떠냐. 먼 땅 여러 곳에서 찾아온 그 많은 중생들의 말 못 할 사연을 보듬어 주기에는 이만한 곳도 없다. 살가운 손길로 나그네 구경꾼들의 아픈 맨다리 살을 달래 주는 동남아 출신 안마사의 노스탤지어(nostalgia), 그 또한 부처님이 보살펴 줘야 할 일이다. 그래서 부처님은 어느 돈 욕심에 꽉 잡힌 장사치의 싸구려 광고 모델이 된 자신의 형상도 개의치 않으신다.

절터보다는 장터, 여기가 인간 실존의 장소이다. "너는 누구냐?" 부처님도 묻고 나도 묻는다. 부처님은 앉아서 스쳐 가는 수많은 존재들에게 묻고, 나는 여기저기를 스쳐 가면서 거기 붙박이로 남아 있는 것들에게 묻는다.

카프카, 얼굴 없는 동상

프라하 — 프란츠 카프카와 밀란 쿤데라의 고향이다. 카프카는 41년 짧은 일생 동안 프라하에 살면서 독일어로 소설을 쓴다. 쿤데라는 카프카가 죽은 후에 태어난다. 마흔여섯에 프랑스로 망명한다. 파리에서 프랑스어로 소설을 쓴다. 그의 나이 여든둘, 이제는 프랑스 시민이다.

카프카도 쿤데라도 같은 화두를 던진다. "너는 누구냐?" "나는 육십갑자 세월을 한 바퀴 돌고, 주유천하의 꿈을 가진 나그네입니다." 내가 대답한다. 부처님, 카프카, 쿤데라, 이들의 깊은 질문에 대한 얄팍한 대답이다.

프라하 구시가지 옆에는 오래된 유대인 거주 지역이 있다. 거기 길거리 한 모퉁이에 카프카의 동상이 있다. 서 있는 사람 모습. 목이 없다. 팔이 없다. 빈 껍데기 양복이다. 텅 빈 양복 동상 어깨 위에 작은 사람이 앉아 있다. 서 있는 양복의 머리 부분에 머리 대신 온전한 사람 동상이 타고 앉은 꼴이다. 몸은 없어지고 머리만 사람으로 남았던 그레고르 잠자(Gregor Samsa)의 모습인가?

그레고르 잠자 — 카프카의 소설 『변신(Metamorphosis)』의 주인공이다. 여기저기 다니며 물건을 파는 세일즈맨으로 열심히 성실하게 가족을 위해 일을 하던 그가 어느 날 아침 큰 벌레로 변한다. 의식만은 말짱하게 사람이다. 몸이 변하니 모든 게 변한다. 엄마도, 아버지도, 여동생도. 결국은 그들이 살아가기 위해 벌레가 된 잠자를 버린다. 아버지가 던진 사과가 벌레 잠자의 등짝에 박힌다. 그 상처로 잠자는 죽는다. 가족들을 위해서 자신이 사라져야 한다는 게 그의 마지막 생각이다. 몸은 벌레지만 마지막 의식은 '모든 걸 다 비운 평화로운 명상 상태(state of empty and peaceful reflection)'이다. 종루에서 새벽 세 시를 알리는 종소리를 듣고, 서서히 다가오는 아침 빛을 느끼며 인간이며 벌레인 그레고르 잠자는 간다.

카프카 동상 근처에 얼굴 없는 동상이 또 하나 있다. 모차르트의 오페라 『돈

내 목은 어디에 … 카프카 그의 세계는 눈으로 보거나 말로 그리는 세상이 아니었다. 그래서 그의 동상에는 머리가 있어야 할 자리에 빈 공간이 있을 뿐. 프라하 카프카 생가 앞.

조반니』의 초연을 기리기 위해 만들어 놓은 동상이다. 이 또한 육신이 텅 빈 채 앉아 있는 사람 모양의 동상이다. 얼굴이 있어야 할 곳에 검은 구멍만 크게 뚫려 있다. 『돈 조반니』의 첫 공연은 1787년 10월 29일, 그리고 323년 뒤 같은 날 그 자리에 내가 서 있다.

인간의 존재를 실체 없는 구멍으로 본다. 부처님 말씀과 통한다. 카프카의 『변신』은 Transiency, 즉 무상(無常)의 이야기이다. 1960년대 미국에 선불교를 소개한 일본인 스즈키 슌류는 "불교의 기본적 가르침은 Transiency, 무상의 가르침이다."라고 말한다. 스즈키는 "무상은 곧 자아의 실체가 없음"이라고 말한다. 체코인들은 이미 그걸 깨달았나 보다. 뒤늦게 여기까지 오신 마사지 집 부처님은 그냥 앉아 계시기만 해도 되겠구나.

쿤데라의 향수

슬라브계 민족인 체코인들은 게르만족과 러시아인, 폴란드인 들의 틈새에서 이리저리 부대끼며 살아남았다. 보헤미아라는 이름으로 주변 국가와는 다른 정체성을 지켜 왔다. 1918년에 오스트로-헝가리제국에서 벗어나 독립 국가가 된다.

쿤데라의 말에 의하면 20세기 체코의 역사는 20년 단위로 뭔가 큰일이 터진다고 한다. 체코의 독립은 20년 만에 히틀러 독일의 침공으로 끝난다. 2차대전 후 1948년 체코는 공산 정권이 들어선다. 그 후 20년 만에 '프라하의 봄'으로 공산 정권이 잠시 무너진다. 1969년 소련군이 진주, 프라하의 봄은 갑자기 얼어붙는다. 그로부터 20년, 1989년에 공산주의가 몰락하고 체코슬로바키아는 독립 국가로 서구 유럽의 질서에 편입된다. 1993년 슬로바키아와 분리, 체코공화국이 된다.

쿤데라가 체코를 떠날 때는 떠난 자(emigree)는 다시 돌아가지 못하던 시절이었다. 그러다가 공산주의가 몰락하면서 마음먹으면 언제든지 돌아갈 수 있게 된다. 망명자의 입장에서 이주자의 입장으로 바뀐 것이다. 2000년에 출간된 그의 소설 『Ignorance』는 망명자의 입장에서 '다시 고국으로 돌아가야 하는가'의 문제를 다룬다.

망명자 또는 이민자에게 고국은 무엇인가?

향수(鄕愁) — 노스탤지어(nostalgia)의 대상이다. 한자 뜻으로 보면 '고향에 대한 근심'이다. 노스탤지어 — 돌아가지 못하는 아픔이다. 그리스어로 nostos(return, 돌아감)와 algos(suffering, 아픔)가 합쳐진 말이다. 쿤데라는 『Ignorance』 첫머리에서 nostalgia를 "돌아가고 싶은 간절한 바람이 이루어질 수 없어서 생기는 아픔"이라고 표현한다. 아무 때고 고국에 가 볼 수 있는 이민자의 nostalgia는 귀국이 허락되지 않는 망명자의 nostalgia보다 덜 아프다는 이야기이다. 체코의 경우처럼 갑자기 고국길이 열리게 되면 망명자의 고국에 대한 향수도 변한다는 말이다.

북한 출신 이민자들이 어느 날 갑자기 북한이 활짝 열리면 그런 느낌의 변화가 있을까?

부처님, 카프카, 쿤데라 덕분에 체코 프라하에서 생뚱맞게 이런 어려운 생각까지 한다. 나도 내 인생의 반 이상을 고국을 떠나 이민자로 살았다. 여행 중 어디서 왔느냐는 질문을 받으면 한 마디로 대답이 나오지 않는다. "한국인이고, 로스앤젤레스에 산다."라고 두 마디 대답이 나온다. 어정쩡하고 어설프다. 쿤데라의 말을 약간 바꾸면 '참을수 없는 존재의 어설픔' — 그런 느낌이다.

또 하나 슬픈 이야기. 체코에서는 공산 정권의 전체주의 체제하에서 희생된 사람들이 많다. 목숨을 잃은 사람도 있고, 신체적으로 견딜 수 없는 고문을 받은 사람들도 있고, 정신적으로 어려움을 겪은 사람도 많다. 하나하나 이름을 들 수 없는 그들을 위한 추모 조각들이 있다. 눈, 코, 입 온전한 얼굴의 사람으로 시작해서 얼굴이 서서히 없어지는 조각들, 마지막으로는 얼굴이 없는 동체만 있다. 인간으로서의 존재가 스러지는 과정의 형상화이다. 페트린 산정으로 올라가는 길목에 있는 동상군이다.

프라하캐슬

프라하, 이렇게 심각한 생각만 하는 곳은 아니다. 구시가, 프라하캐슬 주변은 즐겁게 볼 것도 많다. 오래된 성당이 있고, 궁전이 있고, 대통령 집무실이 있다. 그리고 아직도 중세의 거리를 걷는 듯한 분위기가 있다. 세계 여러 나라에서 오는 관광객이 북적거린다. 프라하 시내를 쏘다니는 사람 중 프라하에 사는 사람은 30명 중 한 명 꼴이라고.

프라하캐슬이 있는 언덕에서 시내로 내려가는 길에 어린이들을 위한 장난감 박물관이 있다. 그 한가운데 한 남자가 서 있다. 동상이다. 벌거벗은 남자, 몸 전체는 까만 구릿빛이다. 다만 남자 그것만은 황금색. 사람들이 하도 만진 탓이라고. 이 남자가 왜 여기 서 있지? 벌거벗은 상혼의 부끄러운 표지판. 그래도 안 보고 가는 사람은 없더라.

프라하 구시가의 명물은 시계탑이다. 그리고 광장 건너 있는 성당 건물이다. 오래된 성당, 이름을 알 수도 없고 알 필요도 없다. 유럽 도시들에서 보는 그저 오래된 성당이다. 프라하를 오는 모든 관광객들이 다 보는 건물이다. 그리고 체코 이름은 로마자로 써 있어도 읽기 힘들고 기억하는 일은 불가능하다.

성당 앞 광장에 초대형 동상이 있다. 그 동상의 중심 인물이 존 후스, 가톨릭 교리에 맞서 개혁을 주장한 인물이다. 마틴 루터보다 한 세기 앞선 사람이다. 당시 가톨릭 교회의 힘에 몰려 신성모독죄로 화형을 당한 사람이다. 그런 인물의 동상이 역사 광장에 모셔져 있다. 프라하는 역시 반골의 고장인가 보다. 기존 질서에 대항한 사람들, 역사적으로는 그런 사람들이 영웅이 된다.

돼지꼬리구이

여행의 즐거움 중 하나는 그 동네 먹거리이다. 프라하에 온 체면 치례로 찰즈다리(카를교) 밑 식당에서 오지게 비싼 양고기도 먹는다. 돈값에 걸맞게 맛있다.

프라하 음식 중에서 진짜 신기한 것은 돼지꼬리구이이다. 돼지머리는 많이 먹었어도 돼지꼬리구이는 처음이다. 진짜 맛있는 것은 새끼돼지넙적다리구이이다. 구시가 근처 이름도 외우기 어려운 식당에서 먹은 그 맛, 체코 맥주와 환상적인 궁합이다. 근데 그 식당 화장실 낙서판에는 한글로 이렇게 쓰여 있다. "이거 족발이네." 바로 그 맛이다.

다시 찰즈다리를 걷는다. 14세기에 지은 돌다리, 아직도 원형을 유지하고 있다. 차가 다니지 않는다. 마음놓고 걸어 다닐 수 있는 이런 역사가 부럽다. 빨리 걷기가 어려울 정도로 사람이 북적거린다. 다리 위의 사람 100명 중 99명은 관광객일 것이다. 다리 곳곳에서 즉석 연주회가 열린다. 바이올린 연주자, 물잔을 가지고 오케스트라 소리를 내는 사람, 춤을 추는 사람도 있다. 드물게 한국말도 들린다. 다리 건너 구시가 관광지에는 한글 식당 간판이 두 개나 보인다. 그중 하나 삼청옥 아줌마 사장 말씀에 의하면 지나가다 간판 보고 오는 사람 가지고도 장사가 된다고. 『프라하의 연인』이라는 연속극 때문일까?

찰즈(카를 4세)는 영명한 군주였다. 후손들이 그가 세운 다리 덕을 톡톡히 본다. 그는 찰즈대학(카를대학)도 세웠다. 중부 유럽에서 처음으로 문을 연 대학이다. 아직도 있다. 700년 된 대학. 시내 곳곳에 대학 건물이 보인다.

열흘간의 중부 유럽 여행. 부다페스트, 비엔나를 거쳐 프라하가 마지막 여정이다. 일 하나를 빙자해서 훌쩍 떠난 나 혼자 즐기는 환갑 여행이다. 사바 세계로 내려가기 전에 뭔가 기념품 하나 살까. 찰즈대학, 대학촌에 왔으니 책이

나 한 권 사자. 쿤데라의 『Identity』 한 권, 『Ignorance』 한 권, 대충 25달러 — 그게 이번 여행에서 산 기념품의 전부다. 미국에서 온라인으로 사면 10불이면 충분하겠지만, 프라하에서 쿤데라에 대한 경의로 좀 더 주고 사자. 카프카 책도 사고 싶었지만 사 놓고 안 읽을 게 뻔해 그냥 패스.

VI

남이 쓰고, 내가 읽고, 그리고 한마디

비 오는 날의 풍경 … 남캘리포니아는 겨울에나 비가 내린다. 잘 지은 박물관 건물 안에서는 빗소리를 들을 수 없다. 눈물마냥 그냥 흘러내릴 뿐이다. 로스앤젤레스 게티센터.

샤일록, 오셀로 그들이 남이가?

_ 오달의 셰익스피어 다시 읽기

I. 오셀로, 베니스의 성공한 이방인

"오셀로라는 인간으로 살아왔던 그 사람을 찾나요?"

"그 사람 [이제 오셀로가 아니지만] 여기 있어요."

"That's he that was Othello. Here I am."

셰익스피어의 희곡 『베니스의 무어인, 오셀로의 비극(The Tragedies of Othello, the Moor of Venice)』의 마지막 장, 5막 2장에 나오는 대사다. 베니스공화국의 명장 오셀로가 아내 데스데모나(Desdemona)를 죽이고 나서 비로소 다시 이방인이 된 자신의 정체성(identity)을 깨닫는 장면이다.

오셀로 그는 무어인이다. 무어인은 아프리카 북부 지역의 아랍인을 가리키는 말이지만 셰익스피어가 이 작품을 쓴 16세기 말에는 사하라사막 이남의 흑인을 지칭하기도 했다. 오셀로는 당시 베니스공화국의 영토였던 사이프러스(키프로스) 총독으로 발탁되어 오스만제국의 침공을 막아 내는 막중한 임무를 맡을 만큼 성공한 이민자이다. 무관으로서의 성공을 바탕으로 40대의 그는 아직 스물이 안 된 데스데모나의 사랑을 차지한다.

얼굴이 검은 오셀로와 하얀 대리석 같은(monumental alabaster) 데스데모나의 결혼, 그것은 이방인에게는 현실의 벽이었다. 베니스 원로원 의원이며 최상류 실력자이던 데스데모나의 아버지 브라반시오(Brabantio)가 반대할 것이 분명하기 때문에 데스데모나는 몰래 집을 떠나 오셀로에게 간다. 그리고 둘은 비밀 결혼을 한다.

오셀로와 데스데모나의 흑백 결혼은 베니스(베네치아)의 상류 시민으로 성공한 이방인의 몰락의 단초가 된다. 오셀로 자신이 꽉 잡고 있다고 확신하는 그의 수하에게서 배반의 씨앗이 자라기 시작한다. 베니스인 이아고(Iago), 그가 오셀로가 검은 무어인이라는 인종적 이질감을 간교하게 부각시킨다. 그리고 인종 문제, 신분 문제에 관해 자신감이 넘치던 오셀로의 에고(ego)를 집요하게 허물어 버린다.

연극은 이아고와 로드리고가 브라반시오를 한밤중에 깨우는 장면으로 시작한다. 이아고는 오셀로가 자신을 제치고 플로렌스(피렌체) 출신 캐시오(Casio)를 부관으로 임명하자 오셀로에 대한 평소의 반감을 표출한다. 로드리고는 그가 사랑하는 데스데모나가 오셀로와 결혼하자 오셀로를 미워하게 된다. 그들의 오셀로에 대한 미움의 구체적 모티브는 오셀로가 이민족 출신 흑인이라는 것이다.

이아고가 브라반시오에게 "당신 딸을 도둑맞았다."며 이렇게 말한다.

"지금 이 순간에 늙은 검둥이 숫염소가 순백의 어린양을 덮치고 있다(Even now, now, now, an old black ram is topping a white yew)."

"당신 딸 위에 바바리(Barbary, 아프리카를 가리키는 말)의 말이 올라탄다. 그래서 당신의 손자들은 사람 말(언어)을 못하고 말처럼 힝힝거릴 것이다(…you'll have your daughter covered with a Barbary horse. You'll have your nephews [=grandsons] neigh to you)."

오셀로는 공식적으로는 존경받는 베니스공화국의 장군이지만, 이아고에게는 백인 여자를 덮치는 짐승, 늙고 검은 숫염소이고 아프리카의 말일 뿐이다.

장군으로서의 오셀로를 여러 번 집에 초대했던 브라반시오도 딸 데스데모나가 오셀로와 정분이 나자 오셀로를 더러운 흑인으로 보게 된다. 브라반시오는 흑인 오셀로가 백인 데스데모나와 결혼한다는 것은 범죄라고 주장한다.

오셀로는 이때만 해도 자신에 차 있다. 베니스의 상류층으로서 그의 지위는 확고하다고 생각한다. 오셀로는 자신의 당당한 입장을 이렇게 말한다.

"내가 베니스공화국에 공헌한 일이 브라반시오의 불평을 뛰어넘는다. 나에게도 아프리카 왕족의 피가 흐른다. … 데스데모나에게 걸맞는 귀족이다." "나의 지위나 권리 그리고 완전한 영혼으로 보아 내가 이길 것이다(My parts, my title and my perfect soul shall manifest me rightly)."

오셀로 그는 영혼까지 완전하다고 생각한다. 여기서 완전한 영혼(perfect soul)이란 잘못이 없다(innocent)의 뜻이기도 하지만 베니스 사람으로서의 완전성, 즉 종교적으로 기독교인이 되었다는 뜻으로 볼 수도 있다. 이민족 출신 오셀로는 세례를 받고 기독교인이 되어 백인 베니스 시민과 똑같은 영혼의 소유자가 되었다. 오셀로는 철저한 베니스인이 되었다고 스스로 생각한다.

브라반시오는 베니스 원로원이 자신을 지지해 줄 것으로 믿는다. 그러나 데스데모나가 아버지 대신 남편 오셀로를 택한다는 증언을 듣고 오셀로의 손을 들어 준다. 당시 사이프러스가 공격을 받는 위기 상황에서 오셀로가 꼭 필요했던 실용적 이유가 고려되었을 것이다. 그래서 오셀로는 사이프러스 총독으로 가게 된다. 데스데모나도 따라간다.

무대가 사이프러스로 옮겨지면서 상황은 달라진다. 베니스의 상류 시민으로서 새로운 정체성이 확고했던 오셀로는 이아고의 계략에 말려들면서 자신에 대한 자신감을 서서히 잃어 간다. 데스데모나가 자신의 부장 캐시오와 정사를 하고 있다고 확신을 하게 된다. 오셀로는 처음으로 인종적 이질감을 느낀다.

연극 3막 3장에서 오셀로는 자신에게 이렇게 묻는다.

"내가 흑인이라서? 내가 베니스 궁정의 사람들과 같이 세련되지 못해서? 아니면 내가 늙어서?"

오셀로는 데스데모나가 자신을 버리고 캐시오와 '바람이 난' 이유를 찾고 있는 것이다.

이아고가 조금씩 지속적으로 집요하게 심어 주는 의심의 씨앗이 걷잡을 수 없는 질투의 올가미가 되어 오셀로의 인격을 말살한다. 오셀로는 이아고의 저주대로 짐승이 되어 데스데모나를 목 졸라 죽인다.

오셀로가 근거 없는 질투 때문에 이성을 잃었지만, 베니스인의 완전한 영혼을 갖기 위해 택한 기독교인으로서 형식적 윤리의 틀은 마지막까지 가지고 있었다.

데스데모나를 죽이기 전에 그는 데스데모나에게 묻는다. "오늘 밤 기도는 했나?" 그리고 말한다. "죄를 짓고 고해성사를 안 했다면 지금 당장 용서의 기도를 해라." "기도는 짧게 해라. 잠시 기다리겠다. 준비되지 않은 영혼을 죽이진 않겠다. 당신을 죽여서 당신을 지옥에 보내는 것을 원치 않는다." 오셀로는 기독교적인 영혼의 심판관으로서의 자신의 위치를 의심하지 않는다.

데스데모나를 죽인 다음에 데스데모나가 캐시오와 정사를 했다는 허구가 이아고의 계략이었다는 것을 알게 된다. 그리고 자신은 그 계략에 말려든 바보였다는 것을 깨닫는다. 그리고 그가 백인들과 똑같은 베니스인이라는 정체성 그 자체도 허구였다는 것을 깨닫는다. 베니스의 장군 오셀로로 살아왔던 그와, 이제 홀로된 이방인인 그는 다르다는 것을 알게 된다.

오셀로의 마지막 대사는 이렇다.

"내가 알레포에서 사악한 터키인과 싸울 때 그놈, 그 개 같은 놈의 목을 잡고 이렇게 죽였지(… I took by the throat the circumcised dog, and smote him, thus).”

그렇게 말하면서 당시 이방인 이교도 터키인을 죽일 때 하던 것과 똑같이 칼로 자신을 찌르고 자살한다. 오셀로는 베니스의 장군이 아니라 이교도 이방인으로 죽은 것이다.

II. 샤일록, 베니스의 박해받는 이방인

셰익스피어의 희곡 『베니스의 상인』에 나오는 샤일록의 비극은 오셀로의 비극과 대조적이다. 샤일록은 자신의 정체성을 당시 베니스인과 다른 유대인으로 인식한다. 연극 말미에 그는 기독교로 개종을 해야 한다는 형벌을 받는다. 그러나 그가 기독교인으로 개종을 했다는 후일담은 없다.

샤일록은 베니스에서 대부업을 하는 사람이다. 베니스의 상인 안토니오는 이자를 받고 돈을 꿔 주는 유대인을 멸시한다. 기회 있을 때마다 샤일록에게 욕하고 침을 뱉는다. 안토니오의 친구 바사니오는 포시아와 결혼하기 위해서 돈이 필요하다. 안토니오에게 어렵게 이야기했지만 당시 안토니오에게 현금이 없다. 그래서 샤일록에게 간다. 샤일록은 안토니오의 보증을 받고 바사니오에게 3,000두캇을 빌려준다. 보증의 조건은 90일 내에 돈을 갚지 않으면 안토니오의 살 한 파운드를 도려낸다는 것이다.

안토니오의 무역선이 제때에 돌아오지 못하자, 안토니오는 기한 내에 돈을 갚지 못한다. 안토니오는 감옥에 갇히고, 샤일록은 계약의 조건대로 이행하게 해 달라는 재판을 신청한다. 안토니오의 친구들이 샤일록에게 간청한다. 돈을 두 배로 갚을 테니 안토니오를 석방시켜 달라고.

연극 3막 1장, 안토니오의 살 한 파운드를 가지고 무엇을 하겠느냐는 질문에 샤일록은 이렇게 대답한다.

"낚싯밥으로 쓰지. 아무도 그 살을 먹지 않는다면 내 복수에게 그 살을 먹일 걸세. … 안토니오는 내가 유대인이라는 이유로 조롱했고, 유대족 전체를 욕했고, 내 사업을 방해했고, 나에게 침을 뱉었다. … 유대인에게는 눈이 없냐 손이 없냐. 유대인에게는 몸도 없고, 오감도 없고, 감정도 없고, 정열도 없다더냐. … 유대인도 찌르면 피가 나고, 간지럽히면 웃는다. 당신들이 우리들을 사악하게 대하면, 우리도 복수를 한다."

그래서 이 문제는 재판에 넘어간다. 바사니오와 이미 결혼한 포시아가 저명한 법률학자 행세를 하며 재판장이 된다. 포시아는 안토니오와의 보증 계약이 유효하다고 판결한다. 당시 베니스가 국제적 상업도시이기 때문에 계약이 유효하지 않다는 판결을 할 수 없는 상황이다. 따라서 샤일록이 계약대로 안토니오의 살 한 파운드를 베어 낼 권리가 있다고 결론을 내린다. 샤일록은 명판결이라고 칭찬을 한다.

그러나 상황은 반전. 계약에 명시되지 않은 피는 한 방울도 허용하지 않는다는 것이다. 그리고 한 파운드에서 조금이라도 모자라거나 넘치면 안 된다는 것이다. 샤일록은 이기고도 진 것이다. 샤일록이 포기를 하고 나가려는 순간, 또 하나의 형벌. 베니스 시민의 생명을 위협한 죄로 재산을 몰수하겠다는 것이다. 그의 재산 반은 안토니오에게, 반은 국가에게로 가게 되었다.

안토니오는 자신에게 돌아오는 몫을 안 받을 테니, 샤일록이 죽으면 그 몫을 샤일록을 버리고 기독교인에게 시집간 샤일록의 딸 제시카에게 주고, 샤일록 자신도 기독교로 개종해야 한다는 조건을 제시한다. 재판장은 그대로 판결, 샤일록은 졸지에 기독교로 개종해야 하는 형벌을 받게 된다.

샤일록은 끝까지 자신이 베니스에 사는 이방인, 유대인의 정체성을 유지한다. 베니스 사회는 유대인으로서의 정체성을 버리라는 형벌을 내린다. 그러나 샤일록이 실제로 개종을 하거나 베니스의 시민으로 살았다는 이야기는 없다.

III. 이방인으로 사는 법

샤일록은 베니스 시민으로서의 자격을 의심하지 않던 오셀로와는 다른 이방인의 삶이다. 오셀로는 확실한 동화를 위하여 자발적으로 기독교인이 된다. 데스데모나를 죽이면서도 그는 그의 살인이 기독교적 악에 대한 징벌이라고 생각한다.

오셀로의 방식도 샤일록의 방식도 모두 비극으로 끝난다. 이방인으로 살아가면서 그런 근본적인 불안에서 완전히 해방될 수 없다. 터키 치하의 아르메니아인, 독일의 유대인, 재일 한국인, 미국에 사는 소수민족들, 오늘 유럽에서 살고 있는 유대인, 이들 모두 정도는 다르지만 차별 또는 차별의 징후를 겪고 있다.

사회가 안정이 되어 있을 때는 오셀로의 방식이 안전하다. 오셀로도 베니스 시내에서는 그의 공헌과 능력을 인정받는다. 백인과의 결혼 문제로 원로원의 심판을 받지만 법에 따라 원로원은 오셀로의 손을 들어 준다. 그러나 혼돈 상태의 외곽 사이프러스에서는 달라진다. 사이프러스가 차라리 전쟁 상태였다면 오셀로는 그의 능력으로 상황을 휘어잡았겠지만, 오스만 침공군은 사이프러스에 오기 전에 폭풍으로 전멸한다. 제도권 바깥에서 오셀로는 외톨이가 되고, 이아고의 간교에 말려든다.

사회가 안정될수록 샤일록 방식으로 사는 이방인에게는 가혹한 시련이 있다. 안정된 사회는 이방인에게도 사회가 요구하는 규범을 따를 것을 강요한다. 샤일록은 안정된 사회에서 법률의 보호를 받지만, 또한 그 법률의 올가미에 걸린다. 마지막으로는 개종을 강요당한다.

오셀로도 샤일록도 이방인이다. 이방인으로서 살아가는 지혜, 가장 중요한 것은 무엇인가? 그것은 '나는 누구인가?'라는 질문에 확실하게 대답을 할 수 있는 자신감이다. 샤일록의 비극은 현실적인 비극이지 그의 내면적 갈등은 아니다. 그는 비록 기독교로 개종하라는 명령을 받았고 개종하는 척했을 수는 있지만, 끝까지 '나는 나다'라는 자각을 잃지 않았을 것이다. 그러나 오셀로는 베니스의 장군, 베니스의 시민이라는 정체성을 잃어버리고 나서 '나는 나다'라고 대답할 수 있었을까? 오셀로가 베니스 시민이 아닌 자신의 정체성을 아예 잃어버렸었다면 그건 오셀로에게 현실적이고 내면적인 비극이다.

이민자들이 타향에서 갖는 '나는 나다'라는 자각, 그것은 어디서 오는가? 그것은 이민자들의 모집단이 가지고 있는 문화의 힘이다. '나는 나다'라는 말에서 두 번째 '나'는 나의 선조들이 만들어서 물려준 문화와 역사이다. 유대인이나 중국인은 어느 땅에 가서 최하층민 생활을 해도 여러 대에 걸쳐 자신의 정체성을 유지한다. 반대로 여진족의 경우, 청나라의 왕족이나 지배 계급으로 중원에 진출하지만 몇 대 못 가서 중국인으로 동화되어 지금은 민족으로서의 존재감마저 잃어버린 상태이다.

지금 미국에 사는 우리 한국인들에게 '나는 나다'라고 붙들고 있을 그 무엇이 있을까? 그런 것이 있다면 우리가 가지고 있는 '나를 붙드는 나'는 무엇인가? 그것으로 충분한가? 미국에서 살아가야 할 우리 후손들에게 물려줄 그 '나'를 어떻게 살찌울 것인가?

오셀로와 샤일록의 비극. 이민자로서 타향에서 살고 있는 우리들은 그들의 비극을 그들 자신의 결함의 결과나 거스를 수 없는 힘의 탓으로만 돌릴 수는 없다. 샤일록을 피도 눈물도 없는 장사꾼이라고 욕만 할 게 아니라, 자신의 정체성을 지키는 그의 싸움에 격려를 보내야 한다. 오셀로를 죄 없는 마누라를 죽인 짐승 같은 놈이라고 비난하지 말고, 베니스 사회에 완전 동화할 수 있다는 허구를 확신한 이방인에게 연민이라도 보내자.

태양의 눈 … 나의 작은 눈으로 태양의 큰 눈에 맞서 본다. 캘리포니아 모하비사막의 일출.

사람을 만든 신, 사람이 만든 신

_ 가즈오 이시구로의 『Never Let Me Go』

"사람이 사람에게 신 노릇을 할 수 있을까?"

가즈오 이시구로(Kazuo Ishiguro)의 소설 『Never Let Me Go(절대로 날 보내지 마)』를 읽으며 이 질문을 생각한다. 대답은 "이미 하고 있다"이다. 어떤 사람 또는 한 떼의 사람들이 다른 사람 또는 다른 집단의 사람들의 삶을 철저하게 틀어쥐고 있다. 우리 현실에서 흔히 보는 구도다. 그런데 과연 하나님이나 가질 법한 힘을 가진 자들이 '신 노릇'을 제대로 하는 걸까?

『Never Let Me Go』, 이시구로의 여섯 번째 소설이다. 그는 인종적으로는 일본인이다. 그러나 영국의 대표적 작가다. 다섯 살 때 영국으로 가서 영국에서 컸다. 물론 그는 영어로 작품을 쓴다.

캐시, 서른한 살, 이 소설의 내레이터다. 어릴 적부터 같이 자란 루스와 타미 그리고 자신의 인생을 일인칭(first person)의 목소리로 담담하게 이야기한다. 그 담담한 목소리가 섬뜩한 소설 속의 현실을 더욱 싸늘하게 그려 낸다.

캐시, 루스, 타미는 같은 기숙학교(boarding school)에서 자란다. 호기심 많고 마냥 행복한 어린 시절, 사춘기, 청년기를 같은 공간에서 살아간다. 타미는 같은 또래의 남자아이들에게 가끔씩 왕따당하는 존재, 루스는 시기심 많고 공격적으로 자기 이익을 챙기는 여자, 캐시는 항상 차분하고 운명에 고분고분한 사람이다.

사춘기에 들어서며 캐시와 타미는 서로 좋아한다. 그러나 타미를 먼저 차지한 사람은 루스. 루스와 타미는 애인이 되고 캐시는 어정쩡한 제삼자로 남는다. 그래도 세 친구는 가장 가까운 사이로 지낸다. 그들은 기숙학교 할리샴(Halisham)을 졸업하고도 카티지(Cottages)라고 불리는 농장에서 한동안 같이 생활한다.

이쯤 이야기가 진행되면 이들이 뭔가 평범한 사람(ordinary people)이 아니라는 것을 깨닫게 된다. 캐시와 그의 친구들은 'donors'이다. 이들이 쓰는 용어, 같은 영어라도 설명이 필요하다. 'donors', 자신의 신체 장기 일부를 다른 사람에게 이식용으로 제공하는 사람이다. 그것도 한 번이 아니고 2차, 3차, 4차…. 그다음 단계는 'complete', 임무를 완수한다는 뜻. 쉽게 말하면 죽는다는 의미이다. 그리고 이들이 수술을 받은 후에 돌봐 주는 사람을 '돌봄이(carer)'라고 한다.

소설의 첫 대목은 이렇게 시작한다.

내 이름은 캐시 에이치. 서른한 살, 지난 11년 동안 돌봄이였지. 돌봄이로서는 긴 세월, 나도 알지. 올 연말까지 8개월 더 하라고 하네.

(My name is Kathy H. I'm thirty-one years old, and I've been a carer now for over eleven years. That sounds long enough, I know, but actually they want me to go on for another eight months, until the end of this year.)

캐시는 11년 동안 '돌봄이(carer)' 노릇을 했고 앞으로 8개월 후가 되면 '주는 이(donor)'가 되는 것이다.

이들은 복제, 클론(cloning)을 통해서 태어났다. 일반인들에게 이식할 장기를 수확(harvesting)하기 위해 사육되는 사람들이다. 한 가지 용도의 한시적 존재다. 그들은 부모가 없다. 복제용 세포를 제공한 원래 인간이 누군지도 모른다. 그들은 섹스는 하지만 생식 능력이 없다. 그래서 그들은 이름(first name)만 있지 성(last name)은 없다. 부모도 없고 후손도 없으니 성이 필요 없다. 주인공 Kathy H, 'H'는 성의 약자가 아니라 그냥 기호일 따름이다.

이들 복제 인간들 사이에서 할리샴 출신들은 특별한 존재다. 일반인들로 치면 최고의 명문 출신으로 대접받는다. 좋은 선생님들(guardian)에게서 최고의 교육을 받고 인간으로서의 교양과 지성을 개발할 기회를 갖는다. 그러나 때가 되면 그들의 장기도 수확되어야 한다.

캐시는 돌봄이로서 루스가 죽어 가는 것을 본다. 2차 장기 제공 수술이 끝나고 3차 장기 제공을 기다리면서 루스가 캐시와 타미를 다시 엮어 준다. 루스로서는 죽음의 준비다. 타미도 이미 1차 제공을 끝내고 2차, 3차 수술을 기다리는 상태.

할리샴 졸업생들 사이에는 진짜로 사랑하는 부부가 있으면 '연기(deferral)'의 기회가 주어진다는 전설 같은 이야기가 있다. 'deferral'? 장기 제공의 시간이 연기된다는 뜻이다. 루스는 마지막으로 그 유예 결정을 하는 사람의 주소를 찾아서 타미에게 준다. 타미와 캐시가 정말로 사랑하는 연인들이기 때문에 그 연기의 혜택을 받아야 한다고 말한다.

루스는 3차 수술 후 죽는다. 캐시와 타미는 긴가민가하면서도 루스가 준 주소를 찾아간다. 거기서 만난 사람이 할리샴 학교의 교장 선생님. 그 선생님이 실토하는 말이 기가 막히다. 'deferral' 그런 건 처음부터 없었다. 진정한 사랑도 구원의 언약이 아니었다는 말이다.

다만 인간들 중에서 장기 기증용 복제 인간들을 어떻게 키워야 하는가의 도덕적인 문제가 있었을 따름이다. 할리샴 기숙학교는 비록 인생다운 인생이 없는 복제 인간들에게도 최고의 교육을 시켜 인간으로서의 교양을 갖게 하자는 주장을 가진 사람들이 운영하는 시설일 뿐이다. 그런 주장을 반대하는 보통 사람들도 많다. 어차피 장기 이식용인데 그 복제 인간들에게 교육, 교양 그런 게 무슨 의미인가?

더 오래 사랑하며 살 수 있는 기회가 없다는 것을 알고 캐시와 타미는 실망한다. 그러나 담담히 자신들의 운명을 받아들인다.

타미가 죽기 전에 하는 말이다.

나는 물살이 빠르게 흐르는 이 강을 생각해. 그리고 물속에서 허우적거리는 두 사람, 서로를 놓치지 않기 위해 죽을 힘을 다해 꼭잡고 있지. 그러나 끝내 물살을 이기지 못해. 물살이 너무 강해서 서로를 놓칠 수밖에 없고 헤어지게 되지. 그게 우리 두 사람이야. 캐시. 참 슬퍼. 우리는 일생동안 서로 사랑하잖아. 그런데 우리는 영원히 같이 있을 수 없어.

(I keep thinking about this river somewhere, with the water moving really fast. And these two people in the water, trying to hold onto each other, holding on as hard as they can, but in the end it's just too much. The current's too strong. They've got to let go, drift apart. That's how it is with us. It's a shame, Kathy, because we've loved each other all our lives. But in the end, we can't stay together forever.)

캐시, 타미, 루스 그리고 다른 복제 인간들. 그들은 자신의 뜻대로 살 수가 없다. 무언가에 매달린다는 게 얼마나 속절없는 일인가.

신의 중요한 속성은 인간의 창조에 관여하는 것이다. 기독교에서처럼 분명하게 신이 인간을 창조했다는 점을 강조하는 종교도 있고, 한국화된 불교에서처럼 칠성님이나 삼신할머니가 생명을 점지했다고 가르치는 종교도 있다. 정도의 차이가 있지만 신이 사람을 만들었다는 믿음은 보편적이다.

신의 더 중요한 속성은 그렇게 만들어 놓은 사람의 간절한 바람을 들어주는 일이다. 영어 'God'이라는 말은 산스크리스트어의 'to call upon, invoke, implore'라는 뜻을 가진 말에서 나왔다. 인간에게 신은 어려운 일이 있을 때 하소연하고, 이름을 부르고, 빌어 대는 존재이다. 신이 신 노릇을 하려면 그 어려움을 풀어 주어야 한다.

『Never Let Me Go』에서 배경으로 나오는 보통 인간들, 그들은 그들이 만든 과학이라는 마술로 복제 인간들을 만들었다. 그래서 그 보통 인간들은 복제 인간들의 신이다. 그 복제 인간들이 그들의 창조주 보통 인간들에게 복제 인간의 생명을 연장해 달라고 빈다. 그러나 신 노릇을 하는 보통 인간들은 복제 인간들의 그 기원을 들어줄 능력이 없다.

인간의 기원을 들어주고 받아들이는 존재로서의 신, 아마도 그런 신의 개념은 인간이 만들어 냈을 것이다. 이시구로의 소설에서 타미가 말하듯이, 거센 물살에 휩쓸려 가는 인간은 누군가 자신을 붙잡아 줄 수 있는 능력이 있는 신 같은 존재가 필요하다. 비록 그런 존재가 허구일지라도….

보통 인간과 복제 인간의 관계, 신과 보통 인간의 관계, 결국은 같은 이야기로 들린다. '나를 버리고 가지 마라.' 인간이 인간에게 하는 아픈 고별사. '나로 하여금 떠나지 말게 해 주소서.' 인간이 신에게 하는 애달픈 애원.

『Never Let Me Go』, 2010년에 영화로도 나왔다.

* * *

이 글은 2011년에 썼다. 2017년 이시구로가 노벨문학상을 탔다. 그 뉴스를 보고 대학 후배가 문자를 보냈다. "선배님 선견지명에 경의를 표합니다." 그때 내 예언을 말로만 하지 말고 글로 남겼어야 하는데….

빛과 엉덩이 … 누군가가 앉아 있어야 할 자리에 늦은 오후 햇살이 내려앉는다. 점심인지 저녁인지, 혼밥을 하고 있는 어떤 사내에게 무지개 동무가 되어 준다. 로스앤젤레스 어느 식당의 의자.

뛴다. 살기 위해, 죽음을 향해서…

_ 이창래의 『The Surrendered』

뛴다. 살기 위해서.

뛴다. 죽음을 향해서.

전쟁의 기억은 참 깊고, 무겁다.

Julie Han의 인생이다.

그녀의 첫 번째 뜀박질: 그녀는 아직도 따뜻한 그의 손을 놓을 수밖에 없다. 아직도 따뜻한 뺨에 키스를 한다. 오랫동안 같이 있었다. 이제는 가야 한다. 기차의 마지막 꼬리가 지나간다. 그녀는 일어나서 몸의 중심을 잡는다. 그리고 뛴다. 살기 위해서. (She let go his still-warm hand, kissed his still-warm face. She stayed with him as long as she could. But when the last car of the train passed her she rose to her feet and steadied herself. And then she ran for her life.)

당시는 11살. 피난길이다. 아빠, 오빠는 끌려가고, 엄마는 죽고. 동생 둘을 데리고 기차 지붕에 앉아 남쪽으로 내려온다. 기차가 털커덩 급정거하는 바람에 동생 둘이 기차에 떨어진다. 여동생은 즉사. 남동생(이름이 지영)은 기차 바퀴에 치어 두 다리가 잘린다. 누나를 부르는 동생을 살릴 도리가 없다.

아직도 온기가 남아 있는 동생의 시체를 놓고 뛴다. 남쪽으로 가는 기차를 잡아야 산다.

장면이 바뀐다. 1986년 뉴욕.

줄리 한(Julie Han), 비로소 그녀의 이름이 나온다. 마흔일곱, 암 치료를 포기한다. 사업을 정리한다. 그리고 유럽으로 떠난다. 소식이 끊어진 아들을 찾아서…. 그것은 표면적인 이유다. 사실은 줄리 한의 인생에 드리운 깊고 무거운 전쟁의 기억 그 속으로 가는 길이다. 한국전쟁의 현장에서 뛰어나온 길, 그 길을 거꾸로 뛰어 들어가는 길이다.

이창래의 2011년 소설 『The Surrendered』의 첫 부분이다.

이창래, 그는 미국 사람이다. 그리고 한국의 아들이다. Chang-rae Lee, 지금 미국에서 가장 기대를 거는 젊은 작가이다. 프린스턴대학교에서 문예창작(Creative Writing)을 가르친다. 물론 영어로 글을 쓴다. 『The Surrendered』, 그의 네 번째 소설이다. 『Native Speaker』, 『A Gesture of Life』, 『Aloft』 — 그가 이미 발표한 소설들이다. 한국을 떠난 한국인들, 또는 그들의 아들딸이 그의 소설에 등장한다. 그들은 인간의 보편적 상처를 그린다.

『The Surrendered』. 세 사람, 세 개의 전쟁 이야기다. 줄리 한, 헥터 브레난(Hector Brennan), 실비 태너(Sylvie Tanner). 그리고 한국전쟁(1950), 일본의 만주 침략 전쟁(1934), 이탈리아 독립 전쟁의 마지막 솔페리노(Solferino) 전투(1859).

세 사람은 1953년 한국 용인에 있는 한 고아원에서 만난다. 줄리는 전쟁고아. 헥터는 미군 참전병, 군대를 그만두고 그 고아원에서 허드렛일을 한다. 실비는 고아원 원장의 부인. 줄리와 헥터는 한국전쟁의 아직 아물지 않은 상처를 안고 살아간다. 실비는 만주에서 엄마, 아빠 그리고 애인이 눈앞에서 일본군에게 참혹하게 죽임을 당하는 과거의 상처가 있다. 실비가 읽고 있던 책 『솔페리노의 기억(A Memory of Solferino)』이 셋을 연결하는 연결고리가 된다.

줄리는 전쟁, 고아원 그리고 한국에서 뛰쳐나온다. 헥터는 실비를 사이에 두고 줄리와 연적이 되기도 한다. 물론 헥터와 실비 사이는 성인 남자-여자의 비밀스런 육체적 결합, 줄리와 실비 사이는 성에 눈뜨기 시작한 아직 어린 여인과 성인 여자 사이의 애틋 이상의 실험적 사랑. 그 삼각관계는 비극으로 끝난다. 헥터는 줄리를 미국으로 데려오기 위해 결혼을 한다. 미국에 와서 곧 헤어진다.

그리고 30여 년이 지난 후, 줄리는 다시 뛴다. 이번에는 죽음을 향해서. 헥터는 내키지 않지만 충실한(reluctant but faithful) 동행자가 된다. 『The Surrendered』의 진짜 이야기는 그 동행 과정이다. 헥터와 줄리와의 관계, 실비의 과거, 고아원에서의 비극. 그 배경이 하나하나 독자에게 놀라움으로 전해진다. 이창래의 문장력과 상상력에 사로잡히게 된다.

한국인 독자들에게는 보너스 하나: 부대찌개의 원형이 밝혀진다.

PX 담당 상사와 특별히 얘기가 잘된 날은 그는 부대에서 가져온 모든 것을 다 넣고 '캠퍼스 죽'을 만들었다. 깡통에 든 옥수수, 깍지 채 있는 콩, 캠벨 토마토 수프, 얼린 햄버거용 간 소고기 아니면 핫도그 또는 스팸 그리고 타바스코. (… after a particularly successful trading session with PX sergeant, he'd make a "camper's stew" with everything he hauled back — canned corn, green beans, Cambell's tomato soup, frozen beef patties or hot dogs or Spam, and Tabasco …)

헥터가 용인 고아원에서 일할 때 가까운 미군 부대에서 얻어 온 여러 가지를 넣고 잡탕 스튜를 만들어 고아들에게 먹이는 이야기이다. '캠퍼스 스튜' 그게 부대찌개의 원류이다. 줄리의 죽음을 향한 여행 중 헥터가 어느 산골 빈 별장에서 그 집 부엌에 남아 있는 깡통 음식으로 다시 부대찌개를 만들어 줄리에게 먹이는 장면이 있다. 거기서 나오는 '캠퍼스 스튜'의 재료 모음이다.

그리고 헥터와 줄리는 마지막 행선지로 간다.

줄리의 마지막 뜀박질이다.

다리가 뛴다. 아프다. 미친 듯 피스톤처럼, 다리가 뛴다. 그녀는 일생 동안 단거리 경주를 뛰듯 뛰어왔다. 남아 있는 이 마지막 짧은 거리, 그녀가 아니라 다리가 뛴다. 그녀는 뒤돌아볼 수가 없다. 지나가는 것 그 모두를 사랑하지만 뒤돌아보면 그것으로 끝장이다. 돌아보면 더 이상 나가지 못한다. 멈추고 싶지 않다. 아직은 아니다. 지금은 아니다. 무엇인가 미치게 갖고 싶다면 그건 시간이다. 시간이 더 필요할 따름이다.

(Her legs were working, straining, madly pumping beneath her like pistons, pushing her to make this brief sprint she had been running the whole of her life. She could not look back. She loved them all but she knew if she looked back she was done. She would come to a stop. And she did not want to stop, not just yet. Not now. To crave anything, alas, is to crave time. She was simply hungry for more.)

이렇게 소설은 끝난다.

그녀가 무거운 인생의 끝에서 찾아간 곳은? 답은 책속에 있다. 돈을 내고 책을 보시길. 필자는 하드커버(hard cover)와 오디오북(audio book) 두 개를 다 샀다. 자랑스러운 한국계 미국인 이창래, 그에게 작은 인세로 감사드린다. 그가 또 좋은 책, 좋은 이야기, 좋은 감동을 전 세계인에게 선사할 수 있도록.

"The Surrendered", 번역하기 어려운 말이다. 모든 것을 다 돌려주고 하나도 남김없이 맡긴 사람들이라는 의미이다. 인생의 끝, 어떻게 어떤 삶을 살았든지, 있는 것 모두 다 내놓고 다음 단계는 절대자의 처분에 맡길 수밖에. 그게 일반 사람들의 마지막 항복(surrender)이다. 이생에서의 앞날을 남겨 놓은 채 그렇게 항복하는 사람들은 깨달은 자들이다. 다 내려놓고 남은 일을 다 맡긴다. 귀의(歸依). '내려놓고 맡긴 사람들' — 나는 "The Surrendered"를 이렇게 번역하겠다.

이 소설에서 나오는 책 속의 책『A Memory of Solferino』— 이야기 진행의 중요한 소도구이다. 장 앙리 뒤낭(Jean Henri Dunant)이라는 프랑스계 스위스 사람이 쓴 책이다. 솔페리노 전투의 참혹한 결과를 세상에 알린 책이다. 솔페리노 전투는 프랑스와 오스트리아가 이탈리아의 운명을 놓고 싸운 전투이다. 양국 군대가 30만 명, 그 중에 4만 명이 죽거나 다쳤다고 한다. 뒤낭은 그 후 국제적십자사를 만든다. 그는 1901년 첫 번째 노벨평화상을 받는다.

＊ ＊ ＊

이창래는 2014년 그의 다섯 번째 소설『On Such a Full Sea』를 출간했다.

말들의 천국 … 시에라네바다 동쪽 황량한 평원. 가끔씩 넓은 초원에 말들이 산다. 키워지기보다 그냥 사는 듯이 보인다. 시에라(Sierra), 스페인어로 톱날 같다는 뜻. 멀리 보이는 산봉우리들이 톱날 같기 때문에 붙인 이름이다. 네바다(Nevada), 눈이라는 뜻. 겨울에는 눈이 많이 온다. 캘리포니아 론파인(Lone Pine).

엄마와 하루만 더

_ 미치 앨봄의 『For One More Day』

“메아리는 왜 생기지?” 오래전에 엄마가 아들에게 물은 말이다.

“소리의 실체가 없어진 다음에도 떠나지 않는 소리의 끈질김 때문에.” 그게 엄마가 아들에게 가르쳐 준 정답이다.

(“What causes an echo?” she once quizzed me.

The persistence of sound after the source has stopped.)

“메아리는 언제 들을 수 있어?”

“조용하고 모든 다른 소리들이 흡수된 후에야 들리지.” 엄마의 대답이다.

(“When can you hear an echo?”

When it’s quiet and other sound are absorbed.)

찰리 베네토라는 사내가 있다. 한때 월드시리즈에 나갈 만큼 잘나가던 프로페셔널 야구 선수. 그러나 그의 인생은 바닥까지 떨어졌다. 술로 망가지고 후회로 일그러진 인생. 직업도 잃고, 가족에게서도 떠나 버린다.

(Charley is a broken man. His life has been crumbled by alcohol and regret. He loses his job. He leaves his family.)

딸이 자신의 결혼식을 아빠 찰리에게 알리지도 않는다. 아빠는 그야말로 더 살아갈 기력을 잃는다.

(He hits bottom after discovering his only daughter has shut him out of her wedding.)

그래서 그는 한밤중에 고향 마을을 찾아간다. 죽기 위해서.

(He makes a midnight ride to his small hometown, with plans to do himself in.)

고향 마을 저수탱크에 올라간다. 그리고 뛰어내린다. 몸은 만신창이가 된다. 그러나 죽지는 않는다. 이생과 저생의 경계에서 눈을 뜨자 엄마가 손을 내민다. 엄마를 따라 자신이 어릴 때 살던 집으로 간다. 엄마는 우선 아들의 상처를 닦아 준다. 아침밥을 해 준다. 그리고 말한다. "아들아, 오늘 하루를 엄마와 보낼 수 있겠니?"

아들은 만 하루를 엄마와 함께 보낸다. 엄마와 함께 밀린 이야기도 하고, 호숫가에 가서 산책도 한다. 오후에는 생명이 다한 동네 할머니 집에도 같이 간다. 엄마는 미용사다. 아무도 돌보지 않는 이 할머니를 새색시처럼 꾸며 준다.

그 어머니는 이미 8년 전에 돌아가신 분이다. 상처투성이 아들에 대한 지극한 정성으로 하루만 이생으로 돌아온 것이다.

미치 앨봄(Mitch Albom)의 소설 『For One More Day(단 하루만 더)』에 나오는 이야기이다.

당신은 어른이 된 후에 하루 종일 엄마와 같이 지낸 적이 있는가?

유아기 이후 엄마가 당신의 생존을 위해서 꼭 필요했던 때 단 하루라도 엄마와 같이 있어 본 사람은 이 소설을 읽을 필요가 없다. 아직 엄마가 살아 계시다면, 이 책을 읽는 일보다는 엄마에게 가서 하루를 같이 보내는 일이 더 중요하다.

엄마가 이 세상에 없는 사람은 이 책을 읽어 보기 바란다. 소설 속의 베네토가 절망의 꼭대기에서 죽음을 향해 뛰어내릴 때, 그의 어머니는 이미 이 세상 사람이 아니었다. 죽은 엄마가 죽으려는 아들을 살려 낸 것이다.

베네토는 투신의 충격으로 꿈도 아니고 삶도 아닌 하루를 보낸다. 그 하루를 엄마와 함께 지낸다. 그 하루가 간다. 저녁 무렵 석양에 비친 어머니는 실루엣이다. 밤이 오면서 엄마의 흔적이 어둠 속으로 녹아 들어간다. 그리고 한 줄기 빛이 되어 사라진다.

"엄마, 가지 마…." 아들이 소리친다.

"아들아, 엄마는 잃어버릴 수가 없는 존재다. 엄마는 바로 네 곁에 있단다."

("You can't lose your mother, Charley. I'm right here.")

엄마의 마지막 말이다.

자살도 실패한 베네토가 다시 이생의 삶으로 돌아오면서 처음 들은 소리는 8년 전에 죽은 어머니의 메아리이다. 엄마는 죽어도 아들 곁을 떠나지 않는다.

아들에게는 사라질 수 없는 엄마의 소리. 엄마는 '소리의 끈질김(the persistence of sound)'이다. 그러나 돌아가신 엄마의 메아리는 아무 때나 들리는 것은 아니다. 아들이 모든 것을 다 놓아 버리고 가장 조용한 순간으로 돌아간 그때 들린다. 그때 들리는 엄마의 메아리 속에 해답이 있다.

엄마와 '하루만 더(for one more day)' — 그런 기적을 바라는 세상의 모든 아들들에게 주는 미치 앨봄의 소설이다.

그는 짧은 문장, 짧은 소설로 독자를 사로잡는다. 위에 인용한 영어 문장을 다시 읽어 보자. 주어+동사+목적어, 주어+동사+보어, 대부분의 문장이 가장 기본적인 구조다. 동사를 강조하거나 과장하는 부사가 보이지 않는다.

Michael David "Mitch" Albom, 1958년생. 재즈 피아니스트로 시작해서 신문기자 그리고 작가로 성공한 사람이다. 1997년 『모리와 함께한 화요일(Tuesdays with Morrie)』이라는 실화(non-fiction)로써 작가로 데뷔했다. 루게릭병으로 죽어 가는 대학 때의 은사와 매주 화요일 만나서 삶과 죽음에 대한 대화를 나누는 이야기이다. 그 후 『천국에서 만난 다섯 사람(Five People You Meet in Heaven)』과 여기에 소개한 『단 하루만 더(For One More Day)』 두 권의 베스트셀러 소설을 출간했다. 2009년에는 『Have a Little Faith(작은 믿음을 가져 봐)』라는 실화를 출판했다.

엄마는 항상 있다. 죽은 다음에도 아들 곁에 메아리처럼 존재한다. 아들이 평소에는 그 메아리를 듣지 못할 따름이다.

안개와 기억 … 50여 년 전 이 길은 '신작로', 새로 만든 길이었다. 이제는 구도로. 고향 마을에서 공주 읍내로 가는 큰 도로였다. 새벽에 양로병원에 계신 어머니를 뵈러 가는 길, 차가 뜸한 이 길로 들어섰다. 안개 속 이 모습을 보고 잠시 차를 멈추고 사진을 찍었다. 공주시 의당면.

축복 받은 씨앗, 그들은 다 어디 갔나

_ 바바라 킹솔버의 『Animal Dreams』

"세미야 베사다 – 키스 받은 씨앗(the semilla besada – the seed that got kissed)", 바버라 킹솔버(Barbara Kingsolver)의 1990년 소설 『Animal Dreams(동물의 꿈)』에 나오는 말이다.

같은 밭에 자라는 같은 종류의 나무 중에서도 특별히 소담한 꽃을 피우고, 풍성한 열매를 맺는 나무가 있다. 척박한 환경 속에서 다른 나무들이 그저 고만고만하게 살아가는 그 사이에 우뚝 솟아 있는 특별한 나무. 그것은 아마도 하늘이 키스로 특별히 축복한 나무일 것이다.

『Animal Dreams』라는 소설에서는 황량한 애리조나 평원의 조그만 마을에 있는 과수원 이야기가 나온다. 자연 그대로는 나무 한 그루 자라지 않는 반사막의 가난한 땅 그 속에서 억지로 과실나무 몇 그루를 키우는 과수원이다. 그 과실나무들 중에서 주변의 가난과 부족함을 아랑곳하지 않고 풍요와 넉넉함을 선사하는 한 그루의 특출한 나무가 있다. 먹을 것 별로 없는 대지에서도 풍부한 자양의 맥을 찾아내는 튼튼한 뿌리. 그러한 뿌리를 만들어 낸 씨앗은 누군가 성스러운 입술로 키스를 했다는 것이 그 동네 사람들의 믿음이다.

그래서 그 넉넉한 나무는 그 땅을 그저 그렇게 살아가는 사람들에게 경배의 대상이 된다. 맨발의 어린 소녀들이 머리에 꽂던 머리 장식을 가지에 걸고 소녀들만 생각해 낼 수 있는 기원을 하기도 하고, 십수 년간 해마다 애를 낳느라고 진이 빠져 버린 어머니들이 다 해어진 빨간, 파란 블라우스 조각을 갖다 걸기도 한다. 때로는 고향을 떠나 먼 도시에서 막일을 하다가 지쳐서 돌아온 아버지들이 빈 맥주 깡통을 매달면서, 무슨 소원을 빌어야 할지 생각이 안 나서, 어색해하기도 한다.

세미야 베사다는 나무 이야기뿐만은 아니다. 사람들 중에도 하늘의 키스로 축복 받은 사람들이 있다.

아이들만 많은 가난한 시골집, 그런 집 그런 마을은 1950년대 1960년대 한국에 아주 흔한 풍경이었다. 똑같이 어려운 그 상황에서 남들보다 뛰어난 아이가 있다. 운동을 잘하거나, 노래를 잘하거나, 공부를 잘하는 아이가 나타난다. 모두가 어려운 속에서 특별한 대접을 따로 받는 것도 아닌데, 주위의 부족함과 모자람을 용케 뛰어넘는 아이가 있다.

축복 받은 아이는 축복 받은 나무와 다르다.

아이는 자라면서 척박한 땅을 떠난다. 더 넓은 땅을 향하여, 더 큰 무엇인가를 찾아서. 축복 받은 나무처럼 소담한 꽃과 풍성한 열매로 가까운 주위에 축복을 돌려주지 못한다. 세미야 베사다로 태어난 사람은 그렇게 태어난 다른 사람들을 만나러 떠난다. 그리고 그런 사람들끼리 피할 수 없는 싸움을 하게 된다.

그런 싸움을 하면서 하늘이 키스로 준 축복을 조금씩 잃어 간다. 그 축복으로 소담한 꽃도 피우지 못하고, 풍요로운 열매도 맺지 못한 채 매일매일 크고 작은 싸움으로 인생을 소진한다.

어느 날, 자신이 세미야 베사다였음에도 불구하고 그저 고만고만한 인생을 살아 왔다는 것을 느끼게 된다. 그리고 그저 주위의 환경에 크게 벗어나지 않는 고만고만하게 자라나던 친구, 형제들을 생각하게 된다. 그들의 부러움과 시새움을 받았던 자신의 일생도 그들의 그저 그런 인생과 별다를 바가 없다는 것을 느낀다.

세미아 베사다, 한때는 그렇게 축복 받은 아이가 고향에 돌아온다. 고향보다 훨씬 넓은 세상에서 한 50년 그럭저럭 버텨 왔지만, 고향에서 받던 어린 시절의 축복을 고향 텃밭 사람들에게 돌려줄 여유조차 없는 자신을 발견한다. 고향을 지키고 고향에 더 많이 돌려주는 사람들은 세미아 베사다, 어린 시절 축복 가득히 받았던 그가 아니라, 좀 뒤에 처졌던 고향 친구들이다. 분에 넘치지 않는 꿈을 갖고 열심히 산 그들, 그들에게 하늘은 더 길고 깊은 축복의 키스를 내린 것이다.

가만히 생각해 보면 우리 모두가 세미아 베사다, 축복 받은 씨앗에서 생겨났다. 다만 그 축복을 소담한 꽃을 피우고 풍성한 열매를 맺는 데 제대로 썼는지 반성해 볼 일이다. 내가 받은 축복과 남이 받은 축복을 꼭 어느 쪽이 더 큰지 재 보아야 하는 삶을 사는 것은 하늘이 준 축복을 덧없이 흘려보내는 일이다.

세미아 베사다, 축복 받은 나무, 축복을 축복으로 알고 그 과실을 계산 없이 나누어 준다. 세미아 베사다, 축복 받은 씨앗에서 자라난 사람, 그 축복을 숫자로 알고 세기에 바쁘기만 한 평생을 보낼 수도 있다.

그 겨울 높은 산에 … 이 사진은 컬러로 찍었다. 온 세상이 이 색깔일 뿐이다. 겨울 산에서는 까마귀도 동무다. 로스앤젤레스 동쪽 발디산 아이스하우스캐니언.

엄마 아닌 엄마의 인생은…

_ 조이스 캐롤 오츠의 『Missing Mom』

엄마의 가슴은 블랙박스다. 그 많은 사연들이 빼곡히 박혀 있는 블랙박스. 아무도 그 가슴속의 사연들을 묻지 않는다. 그 엄마가 사라졌을 때, 그 가슴속에 묻힌 사연들을 때늦게, 애타게 찾아 보려는 딸의 이야기만 남는다. 그것도 잠시….

누군가를 마지막으로 볼 때, 당신은 그게 마지막이라는 걸 알지 못한다.

지금 아는 것을 그때 알았었더라면. 그러나 당신을 몰랐다.

그리고 이제는 너무 늦었다. 당신은 혼자 이렇게 말한다. "알 수가 없었지, 알 수가 있나."

(Last time you see someone and you don't know it will be the last time.

All that you know now, if only you'd known then. But you didn't know, and

Now it's too late. And you tell yourself How could have know, I couldn't have known.)

이게 내가 엄마를 잃어버린 이야기이다. 언젠가는 이게 당신의 이야기가 될 것이다. 당신만의 사연이 있는….

(This is my story of missing my mother. One day, in a unique way to you, it will be your story, too.)

조이스 캐롤 오츠(Joyce Carol Oates)의 『Missing Mom(엄마가 그리워)』라는 소설은 그렇게 시작한다. 『Missing Mom』, 2005년 출간된 소설이다. 'missing'이라는 단어는 '잃어버린다'는 뜻도 되고 '그리워한다'는 말도 된다.

"엄마를 잃어버린 지 일주일째다."

신경숙의 『엄마를 부탁해』라는 소설은 이렇게 시작한다. 『엄마를 부탁해』— 2009년 대한민국의 베스트셀러 중 하나이다.

오츠와 신경숙 소설은 둘 다 엄마가 사라지고(missing), 엄마가 몹시 그리운(missing) 상황을 딸들의 입장에서 그린다.

오츠의 이 소설은 어머니날 어머니 집에서 파티하는 것으로 시작한다. 4년 전 아버지가 갑자기 죽고 나서 혼자 사는 어머니 그웬 이튼(Gwen Eaton). 육십이 채 안 된 나이이다.

엄마는 아버지가 없는 빈집에서 홀로 용감하게 살고 있는 것처럼 보인다. 무도회에서 아직 음악이 흐르고 있는데, 춤 파트너가 떠나고 혼자 남겨진 무희처럼.

(Only just Mom seemed so bravely alone without him, in the house. Like a dancer whose partner has left her alone on the dance floor, while the music is still playing.)

니키 이튼, 아직 시집도 안 간 서른한 살 노처녀. 섹스에 대해서 자유로운 생각을 가지고 있고, 경제적으로 혼자 살아갈 만한 니키. 엄마한테 예쁜 딸이라는 걸 별로 생각해 보지 않았다.

(Nikki Eaton, single, thirty-one, sexually liberated, and economically self-supporting, has never particularly thought of herself as a daughter.)

아버지가 없는 집에서 이 사람 저 사람 불러들여 왁자지껄 파티하기를 좋아하는 엄마. 어머니날 엄마는 니키와 언니 클레어까지 불러서 맛있는 요리를 해 먹인다.

그게 마지막이다. 이틀 뒤 엄마가 집안에서 참혹하게 죽임을 당한다.

니키가 엄마와 가진 마지막 대화. "엄마, 엄마는 내가 아냐. 나도 엄마가 아냐. 내가 엄마가 아닌 게 얼마나 다행인데. 하나님에게 감사해야지."

("Mom, you are not me. I am not you. And thanks God for that.")

신경숙의 소설 속 엄마는 생일날 서울역에서 사라진다(missing). 서울에 사는 자식들을 편하게 하기 위해 자신의 생일을 서울에서 보내려 서울로 온다. 지하철을 타러 가다 남편 손을 놓친다. 노인이 된 남편이 허겁지겁 다시 돌아와 보지만 아내는 보이지 않는다.

엄마를 잃어버린 지 일주일, 한 달, 일 년, 세월이 간다. 치매끼가 있는 엄마는 아주 예전 아들이 살았던 동네를 용케 찾아갔다는 풍문만 남기고 사라진다. 이미 이생의 사람이 아니다.

이 소설의 화자(narrator)는 소설가가 된 셋째 딸. 한국의 1960~70년대 시골 부모들이 그랬듯이, 큰아들이 판검사가 된다는 희망으로 큰아들 뒷바라지에 모든 것을 다 걸었던 부모. 그래도 노후에 가끔씩 찾아가는 건 혼자 사는 셋째 딸이다.

그러나 그 셋째 딸마저도 엄마를 엄마로만 생각한다. 엄마가 엄마라는 위치를 떠나 하나의 인간이었고 여인이었다는 생각은 엄마가 사라지기 전에 해 본 적이 없다.

"어떻게 엄마를 처음부터 엄마인 사람으로 여기며 지냈을까?"

『엄마를 부탁해』 이 소설의 셋째 딸, 넷째 딸은 어머니가 사라진 후에야 이런 질문을 던진다. 자신들의 삶이 있었듯이, 사라진 엄마도 엄마로서가 아닌 인생이 있었다는 사실, 그 당연한 사실을 왜 여태 몰랐을까?

니키는 돌아가신 엄마의 집과 짐을 정리하며 엄마가 아닌 그웬 이튼의 인생 역정을 발견한다. 엄마의 학창 시절, 엄마가 결혼까지 약속했던 남자 이야기, 아버지와의 불화… 평범한 인간이 다 겪는 일이다. 그래도 엄마가 그런 인생을 살았다는 것이 신기하다. 그 과정에서 아직 철들지 않았던 자신의 인생을 발견한다. 엄마의 엄마로서의 생활이 아니고 여인의로서의 인생 역정에서 니키는 자신이 나갈 길을 발견한다.

엄마가 갑자기 죽고 나서 일 년, 니키는 많이 변한다. 그 한 해 동안 말할 수 없었던 공포와 슬픔. 그 속에서 새로운 깨달음, 지혜도 얻게 된다. 그리고 생각지 않았던 곳에서 영혼을 살찌우는 사랑도 얻는다.

(Yet, following the unexpected loss of her mother, she undergoes a remarkable transformation during a tumultuous year that brings stunning horror, sorrow, illumination, wisdom, and even from an unexpected source, a nurturing love.)

『엄마를 부탁해』 거기 나오는 셋째 딸은 질문만 던져 놓고 엄마의 엄마 아닌 인생을 찾지 못한다. 신경숙 소설에서는 구천을 떠도는 엄마의 영혼이 스스로 자신의 이야기를 한다. 엄마 영혼의 이야기도 결국은 남편 이야기, 큰아들 이야기, 둘째 아들 이야기, 시동생 이야기, 시집 이야기, 거기가 끝이다. 어려울 때 말동무가 되어 준 딴 남자의 이야기가 나오기는 하지만, 결국은 엄마로서의 이야기가 대부분이다.

셋째 딸은 바티칸의 피에타 그림 앞에서 엄마를 생각한다.

그리고 성모 마리아에게 기도한다.

"엄마를 부탁해."

신경숙 소설속의 엄마는 아직도 엄마다. 엄마의 엄마가 아닌 인생은 그냥 질문으로 끝난다. 우리 한국인들은 아직 오츠 소설 속의 니키처럼 엄마의 엄마 아닌 인생 이야기를 스스럼없이 할 수가 없나 보다.

끝은 또 시작이니 … 땅끝마을에서 배를 탄다. 땅이라는 관념을 버리면 여기는 바다의 시작으로 보인다. 땅끝에서 차를 탄다. 끝이라는 생각을 바꾸면 여기는 땅의 시작이기도 하다. 해남 땅끝마을.

떠난 자의 문학 – 노스탤지어와 역마살

_ The Writer as Migrant; The Reader as Migrant

인간은 뿌리를 뽑아 옮기면 죽을 수도 있는 나무와 달리, 이주를 많이 할수록 더욱 강해진다. (The more you move, the stronger you'll grow, not like a tree that can be killed if you uproot it.)

– 하 진(Ha Jin), 『A Free Life(자유로운 삶)』 중에서

1. 떠난 자의 글

하 진이라는 작가를 소개한다. 떠난 자의 문학, The Writer as Migrant. 하 진이 자신과 자신의 문학을 지칭하는 말이다. 그는 중국인이다. 모국어가 아닌 영어로 소설과 시를 쓴다.

그의 본명은 金雪飛. 한국식 이름이지만 조선족이 아닌 중국인이다. 중국어로 金은 진(Jin). 그의 필명은 哈金, Ha Jin이다. 요녕(랴오닝) 출신, 1956년생. 현재 직업은 미국 보스턴대학교 영문과와 문예창작과 교수다. 미국학술원(American Academy of Arts and Sciences) 회원이기도 하다. 열아홉 살 때 처음으로 영어 공부를 한 사람으로서는 놀라운 성공이다.

그가 열 살 때 중국에서 문화혁명이 일어난다. 학교를 제대로 다니지 못한 하 진은 열네 살에 중국 인민해방군에 입대, 5년 동안 러시아 접경 지대에서

복무한다. 열아홉에 하얼빈대학 영문과에 들어간다. 대학 졸업 후 산동대학 영문과에서 미국문학 전공으로 석사 학위를 받는다. 그리고 스물아홉에 미국으로 유학 왔다.

1984년 브랜다이스대학 박사과정에 입학한다. 1992년 동 대학에서 영문학 박사 학위를 받는다. 그 사이에 보스턴대학 문예창작과에서 공부를 한다.

1989년 천안문 사태가 일어나자, 하 진은 미국에 정착하기로 결심한다. 인민해방군 출신인 하 진은 군인이 시민에게 발포하는 상황을 보고 조국에 대한 미련을 버렸다. 1990년 영어로 첫 시집을 출간하고, 이후 단편 소설집, 장편 소설을 출간했다.

그리고 1999년 출간된 『Waiting(기다림)』이라는 소설로 미국에서 잘 팔리는 작가가 된다. 미국의 유명한 펜포그너상(PEN/Faulkner Award), 전미 도서상(National Book Award)을 받았다.

그는 『The Writer as Migrant(이주민으로서의 작가)』라는 제목의 책을 썼다. 일세 이민자로서 모국어가 아니고 영어로 소설을 쓰는 것에 대하여 스스로 해명하는 글이다.

다른 나라로 이주하여 타국에서 문학 활동을 하는 작가들은 일반적으로 망명자(exile)와 이민자(immigrant)로 구별한다. 하 진은 이주 작가(migrant writer)라는 중간적 카테고리를 주장한다.

망명 작가는 본인의 의사에 반해서 고국을 떠나 외국에서 작품 활동을 하는 작가이다. 예를 들어 체코 출신으로 프랑스에서 활동한 밀란 쿤데라(Milan Kundera), 러시아 출신으로 미국에서 활동한 블라드미르 나보코프(Vladmir Nabokov), 헝가리 출신으로 스위스에 살며 프랑스어로 작품을 쓴 아고타 크리스토프(Agota Kristof) 등이 그렇다. 솔제니친도 이 부류이지만 그는 미국에 살면서 영어로 작품을 내지 않았다.

이민 작가들은 아주 어려서 부모를 따라 이민한 작가들이 주류이다. 영국 작가 카즈오 이시구로, 미국 작가 이창래, 미국 작가 줌파 라히리(Jhumpa Lahiri), 미국의 초기 이민 소설가 윌리엄 서로얀(William Soroyan) 등이다. 일본에서 태어나고 일본어로 글을 쓰는 한국계 이회성, 이양지 등 재일교포 작가들도 이민 작가로 분류할 수 있을 것이다.

하 진은 자신을 이주 작가(migrant writer)라고 생각한다. 'migrant'라는 말은 이주의 목적이나 상황에 상관없이 그냥 떠난 사람이라는 점을 강조하는 말이다. 꼭 망명이나 이민의 목적이 아니고 고향을 떠난 사람을 migrant라고 부른다. 하 진이 말하는 이주 작가는 '이주민 작가'로 모국어가 아닌 정착지의 언어로 글을 쓰는 작가이다.

하 진과 1900년대 초에 활약한 폴란드 출신 조셉 콘라드(Joseph Conrad), 현재 활동 중인 트리니다드토바고 출신 나이폴(V. S. Naipaul), 인도 출신 살만 루슈디(Salman Rushdie)가 이 카테고리에 속할 것이다. 하 진 이외에 세 사람 모두 영국에 자리를 잡았다. 중국 출신으로 프랑스에 살면서 프랑스어로 작품을 쓰는 산 사(San Sa), 다이 세지(Dai Seiji) 등도 이주 작가이다.

이주 작가로 분류되는 사람들의 가장 큰 특징은 모국어를 유창하게 하면서도 정착지 언어로 글을 쓴다는 것이다. 이들은 성인이 되어서 자신의 의지에 따라 외국으로 갔다. 대부분 모국에 거리를 두기는 하지만, 망명 작가의 경우처럼 모국을 방문하거나 귀국을 하지 못하는 상황은 아니다.

하 진의 대표작 『Waiting(기다림)』이라는 소설을 살펴보자.

"Every summer Lin Kong returned to Goose Village to divorce his wife, Shuyu."

이 소설의 첫 문장이다. 주인공 린 콩은 매년 여름 그의 부인 슈유와 이혼하기 위해서 고향 마을에 간다. 그 매년이 17년 동안 계속되었다. 그동안 린 콩의 애인인 만나 우는 기다리고 또 기다린다.

이야기 시작은 1983년. 린 콩은 중국 인민해방군의 군의관이다. 그는 21년 전 군의관학교 학생 시절에 시골 부모의 압력으로 고향 동네에 사는 수유와 결혼을 한다. 수유는 당시에도 이미 옛날 풍습인 전족을 한 데다가 얼굴이 너무 못생겼다. 린은 수유와의 사이에 딸 하나를 낳고 17년 동안 잠자리 한 번을 안 한다. 군의관으로서 부인을 데리고 병영에서 제공하는 아파트에 살 수 있지만 린은 수유를 데리고 가지 않는다. 고향에 꼬박 돈을 보내고 여름휴가 때마다 고향에 와서 연례 행사처럼 이혼을 요구한다. 그러나 린은 이혼을 할 수가 없었다. 그래도 수유는 린의 부모에게는 최고의 며느리였다.

린의 애인 만나 우는 그와 같은 부서에서 일하는 수간호사다. 린이 군의관으로 처음 부임했던 1964년 군대 간호학교 학생이었다. 린은 당시 선생님이었다. 만나는 같은 병영의 젊은 장교와 잠시 연애를 한다. 그 연애가 깨졌을 때 만나는 린에게 인생 상담을 구한다. 린이 군의관 중에서 책을 많이 읽는 인텔리이기 때문에 만나가 먼저 린을 좋아하게 된다. 만나의 적극적 유혹으로 둘 사이는 애인 관계로 발전한다.

애인이라 하더라도 군대 내의 엄격한 규율 때문에 병영 바깥에서는 따로 만날 수가 없다. 또한 린이 모범적 군의관이고 인민해방군의 간부이기 때문에 둘은 부적절한 처신을 할 수도 없었다. 즉 20여 년 동안 애인으로서 육체적인 정을 나누지 못했다는 뜻이다. 비록 병영 내에서 같이 걷고, 밥을 먹을 때 같이 먹고, 만나가 린의 빨래를 해 주는 그런 정도이지만.

린과 만나의 동료들은 두 사람의 애인 관계를 인정하게 된다. 그리고 린은 수유와 이혼을 심각하게 생각하게 된다. 당시 중국에서는 부부가 합의가 있어야 이혼이 허락되었다. 린의 부모와 수유의 동생이 강력하게 이혼을 반대한다. 정작 수유는 린이 이혼을 요구하면 그렇게 하겠다고 대답한다. 그러나 실제로 법원에 가서 판사가 이혼에 동의하느냐고 물으면 울음을 터뜨린다. 그래서 17년 동안 매년 이혼이 거부된다.

린이 속한 군대의 규정에 부부가 18년 동안 잠자리를 하지 않으면 부인이 동의하지 않더라도 남편의 요구만으로 이혼이 가능했다. 그래서 18년째 되는 1984년 린은 이혼을 한다. 이혼을 하면서 이미 성장한 딸과 수유를 병영 근처의 도시로 데려와 살림을 차려 준다. 그리고 매달 생활비를 후하게 준다.

마침내 린은 애인 만나와 결혼을 한다. 만나도 이미 사십대 초반, 린은 사십대 말. 병영 내에 가족 아파트를 분양 받아서 늦은 신혼살림을 차린다. 그리고 일 년 만에 쌍둥이 아들을 낳는다. 모든 주위 사람들, 특히 남자들이 린을 무척 부러워한다.

린은 만나의 품에서 행복할까?

린의 이야기를 계속 하기 전에 하 진과 그의 인생을 생각해 보자. 그는 미국에 온 후에 한 번도 중국에 가지 않았다. 천안문 사태 이후 조국이 그를 배반했다고 생각한다. 그의 작품은 중국에서 제대로 번역되지 못하고 있다. 그러나 그의 작품은 온통 중국 이야기이다. 그의 소설 중 『A Free Life(자유로운 삶)』라는 작품을 제외하고는 모두 중국이 배경이다.

고향을 떠난 작가나, 그런 작가의 작품을 읽는 고향을 떠난 독자들이 명시적 또는 암묵적으로 느끼는 공통 분모는 노스탤지어(nostalgia), 향수이다. 하 진도 여기서 자유로울 수 없다.

2. 노스탤지어와 향수

노스탤지어는 고향으로 돌아가겠다는 염원이고 아픔이다. 향수는 고향에 대한 근심이고 그리움이다.

망명 작가 밀란 쿤데라는 그가 프랑스어로 쓴 『Ignorance』라는 소설의 시작을 노스탤지어의 어원을 설명하는 것으로 시작한다. 'nostalgia'는 그리스어로 돌아간다는 뜻이 있는 'nostos'와 아프다는 뜻의 'algia'의 합성어이다. 쿤데라는 'algia'가 아픔이라는 의미도 있지만, 모르는 상태, 즉 'ignorance'와도 어원적으로 통한다는 점을 강조한다. 쿤데라에게 노스탤지어는 고향에 돌아가고 싶은 바람이기보다는 미지의 특정한 시간과 공간에 대한 그리움이다. '미지'와 '특정'이란 말이 이율배반적인 조합이지만, 쿤데라가 말하는 노스탤지어의 본질은 그런 부조화스러운 돌아감 또는 떠나감에 대한 환상이다. 쿤데라의 이 소설은 한국에서 『향수』라는 제목으로 출판되었다.

우리말로 '향수(鄕愁)'가 옛날부터 흔히 쓰던 단어인지, 노스탤지어라는 개념을 표현하기 위해 번역어로 만들어졌는지는 아직 파악하지 못했다. 글자의 뜻으로 본다면 '향수'는 고향에 대한 근심, 그리움이다. 노스탤지어의 첫 구성요소인 nostos가 '돌아간다'는 적극적, 동적인 개념을 포함하는 것과 비교하면, 향수라는 말은 '고향'이라는 장소(鄕)에 대한 걱정(愁)이라는 정적인 단어이다. 鄕의 옛 글자에는 양쪽에 사람이 서 있고 가운데 먹을 것이 있는 형상이다. 사람들이 한가롭게 나눠 먹을 수 있는 곳, 즉 시골이라는 뜻이라고 한다. 愁는 가을날의 근심, 더 구체적으로 겨울이 오는데 양식 걱정을 하는 어려움을 뜻한다고 한다. 한마을에서 음식을 나눠 먹고 다가오는 겨울을 같이 걱정하던 심정 — 고향을 떠나고 보면 그게 고향 생각이라는 뜻이다. 따라서 어원적으로 '향수'라는 말에는 고향에 돌아가겠다는 'nostos'의 감정이 빠져 있다.

조국을 완전히 떠났다고 하는 하 진의 소설에도 노스탤지어(nostalgia)의 모티브가 있다.

하 진의 소설 『Waiting』은 지리적으로 두 장소에서 일어나는 이야기이다. 린 콩이 근무하는 인민군병원 그리고 병원이 있는 무지라는 도시에서 일어나는 이야기가 중심이다. 린 콩의 고향 구스 빌리지(Goose Village)에서 일어나는 일들은 전체 이야기의 배경이다. 린과 애인 만나의 일상은 군 병원에서 이루어진다. 그들 인생에 중요한 열쇠는 린과 부인 수유의 17년 동안 연례 행사였던 이혼 법정 출두, 그 사항은 구스 빌리지에서 벌어진다.

린은 물론 그의 고향 마을이나 정이 없는 부인 수유에게 특별한 노스탤지어를 느끼지 않는 것처럼 보인다. 적어도 표면적으로는 오히려 고향이나 부인에게서 떠나는 것이 인생의 목표처럼 보인다. 이 글 첫머리에 인용한 하 진의 말 "사람은 한곳에 정착하기보다는 이주를 해야 더 강해진다."에서 잘 느껴진다.

하 진의 대표적 단편 소설 「살아 있다는 것(Alive)」의 메시지도 마찬가지다. 주인공이 출장을 갔다가 현지에서 대지진을 만난다. 건물이 무너져 머리를 다치며 과거를 완전히 잊어버린다. 지진 복구 과정에서 정부의 강력한 종용으로 지진 당시 남편을 잃은 여인과 결혼, 그 동네에 정착한다. 몇 년이 지난 후 기억을 되찾고 고향에 돌아가 가족을 만난다. 그러나 그 사이에 주인공의 집을 차지한 아들 부부가 살아 돌아온 그를 보고 난감해한다. 그의 귀향은 그 사이에 새로 이루어진 현실 질서를 깨는 부정적인 사건이 되어 버린다.

『Waiting』의 주인공 린은 부인 수유와 이혼을 시도한 지 18년, 그리고 애인 만나를 만난 지 22년 만에 이혼을 하고 만나와 결혼한다. 이 결혼은 소설의 진행으로 보면 그다음부터는 안티클라이막스(anti-climax)이다. 첫 문장부터 이혼 이야기로 시작해서 린과 만나가 결혼하는 결말로 이끌어 가는 소설이다. 독자가 모두 기대하는 뻔한 결말은 독자에게 감동을 주지 못한다. 독자들은 뭔가를 더 기대한다.

린 콩의 결혼, 그다음은?

답은 다음 질문에 대한 답과 같을 수밖에 없다.

오디세우스의 귀환, 그다음은?

호머(호메로스)의 『오디세이(Odyssey)』에 주인공 오디세우스(Odysseus)는 노스탤지어 이야기의 전형이다. 오디세우스는 트로이 전쟁에 출전하기 위해 고향 이타카(Ithaca)를 떠난다. 그런데 그 전쟁이 10년을 간다. 트로이의 목마, 오디세우스가 생각해 낸 작전이다. 그 덕분에 오디세우스가 속한 그리스군은 트로이를 함락시킨다. 트로이 전쟁을 승리로 이끈 오디세우스, 그는 고향에 갈 생각으로 들떠 있다. 그러나 그의 귀향길은 또다시 10년이 걸린다. 바다의 신 포세이돈의 심술로 거리상으로 2주 정도에 올 수 있는 뱃길을 여기저기 떠돌다가 부하는 모두 죽고 자기 혼자 10년 만에 이타카 땅을 밟게 된다. 오디세우스는 노스탤지어의 귀환점 이타카에 돌아온 다음에도 자기가 어디에 있는지 알지 못한다. 그리던 아내 패넬로페(Penelope)의 품에 안기기까지 여러가지 시험이 기다리고 있었다.

오디세이는 총 24개의 장으로 나누어져 있다. 첫 네 장은 오디세우스의 아들 텔레마코스(Telemacus)가 아버지의 행방을 수소문하기 위해 떠난 여행 기록이다. 5장은 오디세우스의 운명을 결정하는 신들의 이야기. 6장부터 13장까지는 오디세우스의 10년간 오디세이(odyssey)를 그린다. 그리고 14장부터 24장까지 가장 많은 부분은 오디세우스가 이타카에 돌아와서 자신의 위치를 되찾는 이야기이다.

지리적 귀환점이 노스탤지어의 종착역이 아니다. 오디세우스의 오디세이의 마지막 관문은 페넬로페와 오디세우스 사이의 공통적 기억에 대한 시험이다. 페넬로페는 오디세우스와 같이 자던 침대의 비밀을 물어본다. 그 침대는 오래된 올리브 나무의 뿌리가 땅에 박혀 있는 채로 가공하여 만든 것이다. 그리고 거기에 새겨진 문양, 둘만이 아는 비밀이다. 그 공통적 기억이 맞아떨어졌을 때 오디세우스의 완전한 귀환이 이루어진다.

하 진의 소설 『Waiting』에서 주인공 린에게 수유와의 결혼은 그의 고향 그리고 과거 전체를 상징하는 것이다. 22년 동안 그는 그의 고향/과거에서 탈출하는 것을 목표로 살아 왔다. 애인 만나와의 결혼은 그 목표의 달성이다. 그러나 린은 만나와의 결혼 후에야 수유/고향/과거에 대한 노스탤지어를 느낀다. 만나는 쌍둥이 애를 낳고 건강이 나빠진다. 린은 그가 달성한 목표점에서도 탈출하고 싶은 욕망을 느낀다. 만나와 결혼 3년 후 설을 앞두고 린은 전처 수유와 큰딸이 사는 집으로 간다. 두 모녀가 도란도란 이야기를 하며 만두를 만드는 것을 보고 그는 고향을 느낀다. 그날 밤 처음으로 수유에게 'sweetheart'라는 말을 한다. 상징적 귀향이다.

그럼, 수유에게로의 귀향 다음은?

린 콩은 또 떠날 것이다. 오디세우스처럼.

알프레드 테니슨은 「율리시스(Ulysses)」라는 시를 썼다. 율리시스는 오디세우스라는 이름이 라틴화된 것이다. 제임스 조이스의 『율리시스(Ulysses)』도 마찬가지이다. 테니슨이 쓴 「율리시스」에 의하면 이타카의 왕이 된 오디세우스는 노년에 결국 떠난다. "To sail beyond the sunset, the baths of all the western stars, until I die. (서쪽으로 서쪽으로 황혼 저편으로, 서쪽 별들의 별빛속에 흠뻑 목욕을 하면서, 죽을 때까지.)"

노스탤지어의 기본은 떠남이다. 노스탤지어가 강한 귀향 의식을 표출하는 개념이지만 그런 노스탤지어를 갖는 사람들은 이미 고향을 떠난 사람들이다. 떠남이 노스탤지어의 선행 조건이다. 노스탤지어의 귀환점이 과거의 어느 때나 장소라고 하지만 그 귀환점은 이미 사라진 타깃이다. 거기 가면 또 떠나는 것이다. 노스탤지어는 그런 면에서 그 본질이 떠남이다.

노스탤지어는 돌아간다는 움직임을 포함한다. 돌아간다는 것은 그 이전에 떠나감이 있었다는 전제가 있다. 운명적인 떠나감, 그것을 우리는 역마살이라고 한다. 이주 독자가 읽는 이주 작가, 이민 작가, 망명 작가의 소설 속의 노스탤지어는 결국 역마살과 다르지 않다.

Dad, I am Calling You.

Fall

He is a persimmon picker. This fall, however, he needs to pick more than persimmons. He must win the heart of THE GIRL. He is 20. She is 15, going on 16.

Clusters of plump persimmons weigh down bare branches. Ripe persimmons radiate metallic golden sheen, sharp against the deep blue sky of late autumn. A few diehard persimmon leaves that refuse to fall glow dripping red, contrast sharply with the dominant yellow of the fruits. Dark-colored trunks and branches of persimmon trees add clarity to the clear crisp air.

In his dreaming eyes, the GIRL's peach-colored face floats over golden clusters of persimmons.

Young as he is, the persimmon picker is the principal bread earner for his family of four: father, mother, younger brother, and himself. Three-quarters of the year, he is a tenant farmer. He pours his whole being in tilling the land of others. Yet, hunger follows him and his families like their own shadow. In between the busy farming seasons, he has to take odd jobs to make whatever money he can.

Persimmon picking is his seasonal job. Early in summer, he goes around remote villages in the mountain valleys. When a persimmon fruit is about the size of a cherry, he buys the right to pick all the persimmons in a tree. Persimmon trees usually stand near a house. Unlike other fruit trees, persimmon trees are clean, harboring no bugs and caterpillars. He usually buys the rights pick persimmons from all the trees in a village. Freshly picked persimmons are too tangy and tart to eat. They must be soaked in warm saline water for a night, and they become sweet and marketable. He picks, carries, processes, and sells persimmons. In late autumn, he walks more than 20 miles a day to take the processed persimmons to markets in cities.

THE GIRL is a granddaughter to Scholar Chung, the patriarch of the Chung Clan in *Chirumjae* (Oil Pass) Village. The persimmon picker has to walk more than 11miles one way to come to this village from his home village of *Sambasil* (Hemp Field) Village. It takes more than four hours of brisk walking over the winding mountain path through five mountain crests. Scholar Chung — that's how he has been called by everybody in the village. True, he is the only teacher of Chinese classics to village youngsters. His school — one room that doubles as his guest room — opens only in winter when he and other villagers are spared of outdoor labor. His students would not go beyond the level of the Book of Thousand Characters. Nobody in *Chirumjae* and surrounding villages knows or cares that 'Scholar' is a title reserved for those who passed the first level of the government's civil service examinations during the long-gone dynastic days of the country.

Befitting his unquestioned status, Scholar Chung has the largest house in the village. He and his five sons live in the only tile-roofed house in *Chirumjae*, a village of some 60 thatched-roof houses. His house is large with separate inner quarters for women and outside quarters for male occupants and guests. Scholar Chung's residence has more than ten rooms. Still it is crowded with ten grandkids from three married sons. The permission picker's dream GIRL is the first daughter of the second son of Scholar Chung.

Scholar Chung has been generous to the persimmon picker from their first meeting. The young man, an outsider to the close-knit village in the mountains, could get the right to pick all the persimmon trees in the village thanks to Scholar Chung's subtle favor. He knows the persimmon picker's family was once the most prestigious *yangban* (Scholarly Class) family within 50 miles from his village. Destitute as he is, the young man's great grandfather and great great grandfather both had the honor of passing the civil service examinations. To Scholar Chung, the *yangban* class still matters.

The persimmon picker is visiting *Chirumjae* Village for the fourth time this year. He came in June to buy the right to pick persimmons in the village. He came back right after a ferocious typhoon to assess the inevitable damages to the persimmon trees. Third time was right after the Full Moon Festival, the 15th day of the Eighth month by lunar calendar. It was during his third visit that he saw the GIRL for the first time. He stayed at Scholar Chung's guest room. She came with a tray of simple food. Youthful modesty and Confucian decorum made it improper for him to talk to her. He simply smiled at her in appreciation.

Now, he is back at Scholar Chung's guest quarters. For five long days, this time. She serves his meals again. He sees her three times a day. She appears to be crossing the threshold of becoming a young lady and is being drawn into the age of indefinable yearning. He is getting into the phase of life with a definite path. His first step is to win the heart of the girl. Then, their hearts will bloom in harmony.

Winter

Winter is here. Waiting is painful, but exhilarating. Every morning, he is seeing myriad reflection of her face at the tip of icicles hanging along the eaves of thatched roof. He is still waiting for the news from the go-between. It is snowing heavily. He knows that the steep mountain path between her village and his will remain impassable for a while.

He could talk to Scholar Chung about buying persimmons directly, but not about getting the hands in marriage of the scholar's granddaughter. He had to talk through a go-between. A middle-aged travelling sales woman went to *Chirumjae* to deliver the marriage proposal on his behalf. It was a month ago, but the response is ever late in coming. He knows that Scholar Chung would be consulting the women in the inner quarters.

He is confident that Scholar Chung would make the decision in his favor, but time seems to be in the way. The year-end comes, yet he is still waiting. Finally, the go-between comes back. The answer is: Yes. He hears the resounding endorsement of his future, though he can imagine the stoic face of Scholar Chung in delivering the family's approval of the marriage. He remembers terse words of Scholar Chung when he first met the old man: "I remember the honor your great great grandfather brought to your family and our home county."

He is elated at the acceptance. His dream comes true, yet the reality looms large. He is the only one to take the burden of preparing for the wedding. His father is a gentle person, but has not learned how to make living. Therefore, he alone is to make arrangement for the new married life. Joy of getting a dream bride trumps any worry and challenge.

Spring

Spring is a hungry season. Some villagers at *Sambasil* run out of food within three months from harvest. Hunger sets in in earnest when barley heads are emerging. When barley heads bloom and begin to ripen, many villagers are so famished that they cut barley prematurely to make porridge. A hardworking farmer, the persimmon picker is one such villager. He is a happy hungry man, though. He gets married in April, the month when the onset of what people call 'annual hunger passage' begins.

He takes his bride in a traditional ceremony at Scholar Chung's outer yard. She has grown up during the months he could not see her. The first night is their first private time together. He says a few words, but knows not what he is saying. The night marks the beginning of a new life. After the first night, his bride and he walk home to *Sambasil*, 11mile trekking through the winding mountain path. Bride's possessions barely fill a wicker chest that can be carried at the back of the groom.

The reality waiting at *Sambasil* is harsh and does not match the hopeful feeling of the newly-wed couple. He and his family live in a two-room clay hut owned by his father's sister. His honeymoon chamber is the second room in that hut, sitting askew at a corner of the front yard of the aunt's main house. Never an easy person to others, his aunt is particularly harsh to the new bride. He is busy working in the fields from dawn to dusk. He does not have time to take care of his bride.

Summer

Frustration is a strong temptation to despair. He would not succumb to an easy way out, though. He feels like the wood gatherer who married a fairy. The poor man in the fairy tale loses his fairy wife, when she flew away to her home in heaven. The determined persimmon picker will not let his bride of few months to go back to her family. She has given him the ultimatum.

Transplanted rice takes firm roots in about a month after re-planting. The rice paddies are greening deeper and deeper. Farmers have to irrigate the sticky mud bed to invigorate the growing rice. They have to work all day on the rice fields. They eat breakfast, lunch, dinner, and extra meals on the walkways between rice paddies.

Wives of famers bring food on a wicker tray balanced on their heads. A procession of several women streaming from the village to the fields is a welcome sight to the bone-tired farmers. He is glad to see his new bride among the food carriers.

After the meal, however, she calmly says: "I am going back to my family this afternoon. Come to take me back when you build a house of our own." He knows that she says what she means.

He works extra hours from that night on. He makes clays bricks every night. He stacks the dried bricks into a three-room house. After a month and half of nightly work, he becomes the proud owner of his own house, three rooms and roof of thatched rice stalks. Although it sits on the land owned by somebody else, he can claim that it is his own house and with own name place in the front gate.

His bride comes back. He and bride are happy in their own room in their own house. Chestnut flowers on the slope of the hill behind the village give off musky smell, stronger at night.

Five Winters, Springs, Summers and Falls, thereafter…

A new bride becomes a housewife, and then a mother. The first son born in a year dies at the age of three during the sweep of death from measles. The second son born during the chaotic months after the break of the Korean War dies in three months. The third son is born in 1951 during the waning days of the war.

Another Summer

Early summer, thrashing to harvest millet is hard work. Hunger hangs heavily in the air. Unripe barley and wild greens are never sufficient nutrients. His country is still embroiled in the war between the North and the South. First Communist North Korean soldiers then South Korean passed through *Sambasil*, nestled in a shallow valley about a mile from the main road. The villagers had to share their meager pickings of edible things with the hungry soldiers.

He receives an official letter, a summon to serve the country, that is, South Korea. He has to join the army. He goes to Nonsan where military training camp for new recruits is. His third and only surviving son's first birthday is about a month away.

His wife comes to see him with his son right after the son's first birthday. They see each other less than an hour amid hundreds of visiting families from all over the country. They say good-bye, not knowing that they were never to see each other again.

He comes back in six years. Bone fragments in a wooden box, nothing more. His son, now seven-year old, receives the box from a military officer. According to the official letter that comes with the box, he died on March 17, 1953 at the Fifth Army Hospital in Busan of malnutrition. That was about six months after he saw his bride and son for the last time. His remains traveled through unknown places for more than five years before he was received by his family.

He was 25 when he closed his eyes for good. His dying eyes must have been fixed at the faces of his 20-year bride and his baby son.

Another Fall, 60 Years Later

People have forgotten that there was once such a seasonal occupation as ‘persimmon picking.’

Then…

“The sun, reddening and sinking, rests on the ridge of the West Mountain,

Deers, a family of them, cry and weep.

Sitting on a mountain, detached and far away,

I call for your name.”

— from Calling the Soul Back, Sowol Kim

Father — an unfamiliar name.

I have never used the word to call any living person.

He was my father. He still is.

Father, now, I call your soul. I am 65.

* * *

I add this translation of the essay appearing on pages 36 for Gene and Eunice, my son and daughter.

사랑하는 나의 아들 용식, 딸 승아가 이 글을 읽어 주기를 바라며 36쪽에 실린 “그는 나의 아버지였다, 이다”를 영어로 다시 썼다.

■ 작품 해설

노스탤지어 그 아름다운 형벌

_김지영 수필집 『그는 아버지였다, 이다』에 부쳐

나태주

1. 변호사 김지영

기억이 그다지 틀리지 않았다면 내가 이 책의 주인공인 김지영 씨를 만난 것은 2012년 3월 중순경일 것이다. 나는 아내와 더불어 문학 강연 차 미국 로스앤젤레스를 방문하고 있었다. 나로서는 다섯 번째 미국 방문이고 문학 강연 초청이었다. 익숙한 대로 가든 스위트 호텔에서 묵고 있었는데 그때 나는 문학 강연과 함께 조그만 시화전도 열고 있었다.

그동안 오고 가며 알게 된 문인들이 그쪽에 여럿 있었다. 그래서 그분들의 이름을 넣어 어줍은 솜씨나마 시화작품을 만들어 가서 문학 강연을 하는 호텔의 큰방(그랜드볼룸) 벽에 전시하고 있었다. 딴에는 초청해 주고 환영해 주는 문우들에 대한 우정의 표시로 그렇게 한 것이다.

바로 그때 그 방에서 김지영 씨를 처음 만났다. 크고 화려한 화환을 하나 준비해 선물해 주기도 했다. 초면인데 어떻게 이렇게 융숭하게 사람을 대접할까! 불그레 얼굴빛이 건강하고 통통한 몸집에 둥근 목소리가 무척 호감이 가는 인상의 남정네였다. 미국에 이민 와서 변호사 일을 하는데 공주가 고향이라고 했다.

처음엔 그렇게 무심하게 마주치고 헤어졌다. 무릇 객지에서의 만남이 일회성인 만큼 일회성으로 끝나려니 했을 것이다. 그런데 그 김지영 씨가 가끔 공주에 나타나는 것이었다. 공주와 미국 로스앤젤레스는 자동차로 오고 가는 땅이 아니다. 비행기 타고 10여 시간 태평양을 가로질러야 오고 가는 거리다.

정말 처음엔 그러려니 지나치고 말았다. 그러나 만나는 횟수가 늘어나면서 차츰 상호간 관심이 생기고 공통의 화제가 생겼다. 그러면서 김지영 씨가 변호사 일을 하지만 책을 매우 좋아하는 사람이고 또 글을 쓰는 사람이란 것을 알게 되었다. 동병상련이라고 글을 쓴다는 말만 들어도 와락 가까워지는 마음이 드는 게 나와 같은 사람의 심사다.

나중에는 내가 근무하는 공주문화원의 기관지 『공주문화』에 글을 좀 보내 줄 수 없느냐는 나의 청에 그는 글을 보내 주기도 했다. 바로 이 책에 실린 글 「"능~나니 볼기짝" 그 슬픈 장단에」와 「나바호 논개」란 글이 그것이다. 한 편은 고향에서의 유년 회상을 다룬 글이고, 다른 한 편은 미국 인디언 마을의 슬픈 전설에 대한 글이었다.

한번인가는 그의 초등학교 동창들과 함께 초등학교 은사님들을 초대하여 식사하는 자리에 나도 끼워 줘서 만난 일도 있었다. 객관적인 우리의 만남은 거기까지다. 아참, 올해 미국 갔을 때도 그는 바쁜 일정을 쪼개어 나를 만나 주기도 했다. 그런데 뒤에 들으니 그가 고국에서 나오는 수필 잡지에 정식으로 수필가로 등단을 했다고 했다.

그리고 얼마 지나지 않아 다시 공주에서 그를 만났는데 그동안 쓴 글들이 꽤나 되니 책을 내고 싶다는 뜻을 밝혔다. 기왕에 책을 내려면 좋은 출판사에서 품격 있는 책을 내야 하지 않겠느냐 싶어 내가 잘 아는 출판사를 소개해 주었다. 그쯤 되면 임무가 끝났겠지 싶었는데 이번에는 그 책의 말미에 해설문 비슷한 글도 써 달라 그래서 이렇게 내가 억지춘향이 격으로 나서게 되었다.

2. 수필가 김지영

글이란 것이 묘한 구석이 있다. 편편이 보았을 때 좋았던 글이 모아 놓고 보면 그만그만해 보이는 경우가 있는가 하면, 편편이 보았을 때 별로였는데 모아 놓고 보면 우수한 경우가 있다. 김지영 씨의 글은 단연 후자에 속한다. 내가 처음 『공주문화』를 편집하면서 보았을 때는 그저 그랬다. 고국을 떠난 사람이 고국을 그리는 향수어린 글쯤이고 미국에 살다 보니 인디언 전설을 얻어 들어 쓴 글이라고.

그런데 이번에 책으로 나오는 그의 글들을 보면서 그렇게 읽은 글들이 전혀 다르게 보였다. 커다란 주제 안에 한 꼭지로서의 몫을 톡톡히 한다. 출판사로부터 온 교정지를 통해서 글을 읽으면서 아연 놀라고 무릎을 치지 않을 수 없는 글들이 많다. 아니 전편이 다 그렇다. 우선 문장이 탄탄하다. 그동안 혼자서 오랜 동안 문장 연습을 한 사람이 아니고서는 이 같은 문장이 나오지 않는다.

들어 보니 그는 현실적으로 변호사의 일을 하면서 독서광이었다. 그것도 영문으로 된 소설을 읽는 독특한 독서광이었다. 나는 여기서 '영문', 즉 '영어 문장'에 주의를 하고 싶다. 우리나라 문인 가운데서도 영문학을 전공한 문인들의 문장이 실하고 아름다운 것을 나는 이미 알고 있다. 피천득, 유종호, 김우창, 황동규, 장경렬, 그들이 모두 영문학을 전공한 문인들이다. 이들의 문장이 얼마나 적확하고 아름다운가.

이는 김지영의 경우도 다르지 않다. 결코 가볍지 않은 주제의 글들. 글을 건성건성 읽지 못하는 나는 그의 글 앞에서 막막해진다. 얼른 읽고 다른 일을 하고 싶은데 진도가 나가 주지 않는다. 그렇지만 책을 놓을 수가 없다. 한 편을 읽고 나면 뒤의 글이 궁금해져서 자꾸만 책장을 넘기게 된다. 김지영 글의 문체에서 오는 매력 덕분이다. 얼른 해방되고 싶은데 해방시켜 주지 않는 그 끈

끈함.

그렇게 며칠을 살았다. 출판사에서 얼른 글을 달라는 독촉도 묵살하면서 김지영의 글에 묻혀서 지냈다. 그러면서 나는 천천히 놀라고 있었다. 아, 이 사람. 아, 이 사람의 이런 글들. 이런 글들은 도대체 어디서 오는 것이란 말인가! 그의 글은 정교한 한글로 쓰여진 한국인의 글이면서 충분히 세계화된 글이었다. 진정 그가 미국 땅 그 넓은 나라에 이민을 가서 살면서 글을 쓰는 사람이라면 이 정도는 써 주어야 무릎이 쳐지는 게 아니겠는가.

3. 김지영의 문장

감칠맛이 있다. 신선하다. 각성을 준다. 스스로 삶을 돌아보는 발견과 지혜를 준다. 실상 그의 글은 끊임없이 인생의 문제들을 되묻고 있고 그에 대한 해답을 시도하는 글이다. 진정 좋은 글은 쓰임새가 좋아야 하는 것. 그의 글은 우리네 인생의 문제에 유용한 처방을 제시하고 싶어 한다. 무엇보다도 그의 글은 경제적이다. 세월을 줄이는 방법을 알고 있다.

그런 점에서 특히 그의 글은 피천득 선생의 글을 무던히도 닮아 있다. 아참, 그 스스로 서울대학교 영문과 학창시절 피천득 선생으로부터 직접 강의를 들은 제자라 했지. 그러면 그렇겠지. 그의 수필의 연원은 바로 피천득 선생의 글에서 찾을 수 있지 않을까 싶다. 정말로 어떤 글(「자카란다가 진다」)은 20년 동안의 기억을 쓰고 그 뒤에 10년 동안을 들여다보다가 겨우 내놓는 경우도 있다. 피천득 선생의 글처럼 말이다.

한 시절 우리가 지금보다 더 힘겹게 살던 시절 많은 사람들이 한국을 떠났다. 이민. 제 나라를 뒤로 하고 남의 나라에 가서 사는 삶. 무엇보다도 말과 글이 달라서 힘겹고 풍습이나 문화가 다르고 마음바탕에 흐르는 정서가 달라서 힘들었겠지. 거기서 이민문학이 나오기도 했을 것이다.

그렇다. 이민자의 문학. 그렇다면 달라도 무언가 달라야 한다. 큰 나라에 가서 새로운 것, 좋은 것 많이 보고 배웠으니 그만큼 새롭고 좋아야 하고 그런 만큼 작품은 훤칠해야 했을 것이다. 이것은 지나친 기대일까. 그런 기대를 우리는 오늘 김지영의 글에서 만난다. 그의 시야는 좁지 않다. 와이드스크린. 전 세계로 열린 창이다. 그 창에 맑은 영상이 어린다. 그것이 김지영의 글이다.

무엇보다도 문체가 매력적이다. 문체는 글의 스타일이자 작가의 숨길 수 없는 개성. 김지영의 문체는 매우 선명하고도 맑고도 적확하다. 간결하고 군더더기가 없다. 깔끔한 신사다. 이것은 오랫동안 영문 소설을 읽고 영어로 생활하면서 부지불식간에 익힌 장점일 것이다. 거기에다 그의 글은 한국인의 나긋나긋 섬세한 감성을 잃지 않고 있다. 한국인의 얼을 오로지 간직하고 있다.

젊은 시절 떠나간 고국 땅, 고향에서 익힌 언어며 습관들을 고스란히 기억하고 있다. 오히려 오늘날 그의 고향에는 사라지고 없어진 것들이다. 그것을 김지영은 자신의 문장으로 복원하고 싶어 한다. 아니 복원을 해내고 있다. 처음부터 김지영이 글을 쓰는 목적은 자신의 인생, 지난날의 복원에 있다. 그리하여 그의 책은 한 권의 자서전이 된다.

실상 시나 수필, 소설, 모든 문예적인 글은 화자의 자서전이다. 자서전의 범주를 벗지 못한다. 오늘날 우리가 보는 김지영의 책은 참으로 정교하면서도 단아한 솜씨로 엮어진 한 권의 자서전이다. 그것도 이민자가 쓴 자서전이다. 그의 글은 우리에게 잊혀진 과거를 보여 주고 있고 오늘의 우리를 반성하게 하며 앞으로 우리가 나아갈 길을 은연중 제시해 준다.

구체적으로 김지영이 복원해 주는 고향은 삼바실이란 마을. 예부터 삼을 많이 길렀다 해서 삼바실이다. 오늘날 행정구역 이름으로는 충남 공주시 정안면 전평리. 거기에서 김지영은 나서 유년과 소년 시절을 보내고 서울로 떠난 뒤 다시 미국으로 떠났다. 그러나 김지영은 한 번도 그 마을을 마음으로는 떠나지 않았다. 그러기에 그의 마음속 깊이 혼령 속에는 사라진 삼바실의 원형이 있다. 그가 쓰는 글들은 그 원형을 다시금 드러내는 일에 지나지 않는다.

그 삼바실의 중심에 아버지가 있고 어머니가 있다. 하지만 작가의 아버지는 실체가 없는 아버지다. 작가가 첫돌일 때 헤어진 아버지이기 때문이다. 작가는 이 책의 표제이기도 한 「그는 나의 아버지였다, 이다」란 글에서 아버지의 일생을 한 편의 동화처럼 아름답게 기술한다. 차마 아름답다는 말로도 표현하기 어려운 아픔이 들어 있다. 그런데도 수채화처럼 맑고도 아름다움은 오로지 그의 영혼이 고스란히 스며든 문장력 탓이리라.

일찍 작가의 생애에서 전설이 되어 버린 아버지. 홀어머니의 외아들로 길러진 작가 자신. 그의 유년 시절 부성의 자리에는 할아버지와 잔아버지(작은 아버지)가 있었다. 그리하여 작가는 할아버지가 아주까리 대궁으로 만들어 준 '장냥깜총(장난감 총)'을 기억하고 잔아버지가 만들어준 '끙개(끌개)'를 추억한다. 그러므로 우리는 그의 인생의 가장 중심에 홀어머니가 자리해 있음을 어렵지 않게 짐작하게 된다.

〈엄마가 요양원에 가셨다. 자신의 삶을 두고 '손톱으로 바위를 긁는 형국'이라고 말씀하시던 엄마. 일생의 기억이 서서히 붕괴되기 시작했다. 뜬금없이 70년 전 먼 친구들을 만나서, 하루를 재미있게 보낸 이야기를 하신다. 어린 시절의 기억이 꿈속에서 아스라이 나타나서 아지랑이 같은 현실이 되나 보다.〉

아, 그랬구나. 그래서 정말 뜬금없이 그는 공주 땅에 나타났던 것이고 가끔은 나와도 마주쳤던 것이었구나. 그렇게 해서 나는 그가 두 달에 한 번꼴로 병원에 계신 연로한 모친을 만나기 위해 태평양 건너 미국 땅에서 비행기를 타고 한국에 오는 사연을 드디어 힘겹게 이해하게 된다.

4. 노스탤지어 그 아름다운 형벌

김지영 작가 수필의 핵심은 향수다. 고향을 그리워하는 마음. 일단은 떠남이 선행되어야 한다. 그리고서 떠난 곳으로 돌아가고자 하는 욕구가 있어야 한다. 그것이 향수다. 지나치면 향수병, 병증으로까지 나타나는 인간 정서의 기제다.

영어로는 노스탤지어(nostalgia). 작가의 설명에 따르면 노스탤지어는 그리스어로 '돌아감'을 뜻하는 말(nostos=return)과 '아픔'을 뜻하는 말(algos)의 합성어라 한다. 그러면서 그는 체코 출신의 작가 밀란 쿤데라의 소설 『Ignorance』 앞부분의 말을 인용하면서 노스탤지어를 풀이한다. 〈돌아가고 싶은 간절한 바람이 이루어질 수 없어서 생기는 아픔〉이라고.

다시 하는 말하지만 김지영 작가의 글 주제는 오로지 이 노스탤지어에 집약되어 있다. 고향 이야기, 유년이나 청소년 시절 이야기를 써도 그러하고 미국에 가서 사는 이야기, 심지어 여행 이야기, 자신이 읽은 책에 대한 이야기를 써도 오직 이 노스탤지어의 범주를 벗어나지 않는다.

이미 떠난 자에게 왜 떠났느냐고 묻는 것은 온당한 질문이 아니다. 떠날 수밖에 없었기에 떠났을 것이다. 머무는 사람은 떠나고 싶어 하고 떠난 사람은 떠나온 그 장소 그 시간으로 돌아오고 싶어 한다. 그것이 인지상정이다. 그러나 그것이 과연 가능할까? 그 가능하지 못한 일을 다시금 시도함이 또한 우리에게 비애감을 준다.

떠남(이향)과 돌아옴(귀향). 그 사이에 인간의 방황과 인간의 마음이 깃든다. 그러므로 인간은 끊임없는 애달픔에 시달리는 존재가 된다. 이는 시지프스의 바위덩이 굴리기에 준하는 형벌이다. 작가는 끝없이 낯선 곳 낯선 시간을 떠돌며 자문자답한다. 나는 누구인가? 나는 어디에 와 있는가? 나는 지금 무엇을 꿈꾸고 있는가? 실상 그것은 영원히 풀리지 않는 문제.

나그네. 그는 왜 떠났으며 왜 낯선 땅 낯선 시간을 서성이고 있으며 왜 돌아가고 싶어 하는가? 그 정답은 있을 수 없고 해결의 기미조차 없다. 그런데도 많은 인간들은 그 문제에 코를 박고 이마를 짓찧는다. 이것이 떠난 자와 떠나지 못한 자의 공통된 고뇌이며 비극이며 미궁의 문제다. 김지영의 문장은 처절하다. 피를 흘리는 문장이다. 그렇지만 아름답다. 그러므로 그가 받은 형벌인 노스탤지어조차 아름다움으로 변신한다.

실로 이것은 문장의 힘 문학의 범주다. 나는 한동안 나를 붙잡고 놓아주지 않은 김지영의 문장들에 대해서 결코 불평을 하지 않으려 한다. 오히려 그의 책이 나오면 처음 읽을 때 그랬던 것처럼 연필로 밑줄을 그으며 다시금 읽고 또 읽으리라. 이것이 내가 마지막으로 김지영 수필가에게 드리는 찬사이며 그의 문장에 대한 경의의 표시이다. 다음에는 어떤 책을 쓸 것인가, 지금부터 기대되는 심정이다.

〈노스탤지어의 기본은 떠남이다. 노스탤지어가 강한 귀향 의식을 표출하는 개념이지만 그런 노스탤지어를 갖는 사람들은 이미 고향을 떠난 사람들이다. 떠남이 노스탤지어의 선행 조건이다. 노스탤지어의 귀환점이 과거의 어느 때나 장소라고 하지만 그 귀환점은 이미 사라진 타깃이다. 거기 가면 또 떠나는 것이다. 노스탤지어는 그런 면에서 그 본질이 떠남이다.〉

이것은 책의 말미에 작가 자신이 내린 노스탤지어에 대한 정의다.

5. 밑줄을 부르는 김지영의 문장들

*귀여운 이가 만든 크리스털 잔에 강낭콩꽃같이 너무 붉어서 푸른빛마저 드는

포도주를 따른다. —「그 별에 셋방 하나 얻었으면」

*살아간다는 것 그것을 인생의 삶보다 더 넓게 볼 수 있는 지혜를 가진 현자가 되고 싶다. 전생에서 만난 악업은 이생에서 태워 버리고 다음 생에서 아름다운 만남을 가질 수 있게 좋은 인연을 만들어 가는 인생, 그것을 가지고 싶다.

—「당신이 나비인지 내가 나비인지」

*당신이 먼바다를 헤맬 때, 나는 한 조각 구름이 되어 당신을 따라가겠어요. 적도 뜨거운 바다를 지나며 당신이 아지랑이가 되어 다시 하늘로 오르면, 우린 그렇게 구름덩이가 되어 만납시다. 어느 벼락 치는 날 한 방울 빗물이 되어 산자락에 떨어지고, 다시 돌돌돌 흐르는 도랑물이 되어서 흘러가고.

—「먼 길을 돌아」

*가고 오는 것이 헷갈린다. 앞과 뒤가 서로 다른 가설 무대에 선 배우 신세. 앞쪽은 엄마가 계신 고향, 뒤쪽은 삶의 현장 로스앤젤레스. "아이구, 에미라고 밥 한 끼 못 해 주고…." 엄마는 헤어질 때 또 그렇게 말씀하실 터. 고향에 가서 엄마가 해 주시는 밥을 먹고 오는 사람들이 부럽다. 그래도 끼니를 걱정해 주는 엄마가 계시니 행복하다. —「엄마가 해 주시는 한 끼 밥」

*꿈, 어린 시절에는 아직 오지 않은 것에 대한 설렘이다. 꿈, 한세상 살고 보면 지나간 일에 대한 허무일 따름이다. —「살아간다는 것은, 기억이라는 것은」

*아이는 다시 고향 마을로 돌아오지 않는다. 서울로 대학을 가고 그 후 언젠가 먼 나라로 떠난다. 30년쯤 지난 다음, 아이는 아이의 아이를 데리고 고향 마을에 들른다. 이제 할아버지가 된 잔아버지는 어른이 된 아이에게서 먼 나라 이야기를 듣는다. 꿈결 속에 부는 봄바람처럼 살랑거리는데 시원하지는 않은 남의 동네 이야기다.

더 세월이 지난 다음 아이는 다시 동네에 온다. 잔아버지는 삼베옷을 입고 꽃상여 속에 누워 계신다. 상두꾼들이 꽃상여를 메고 산으로 간다. "인제 가면 언제 오나." 60년 넘게 사시던 그 집에서 한 발짝 멀어진다. "명년 이때 보름달 뜰 때." 한 발짝 더 멀어진다.

아이의 흐릿한 두 눈에 끙개가 보인다. 이 세상에서 처음으로 자신을 끌어준 삼촌. 그때 그 순간의 아찔함과 두려움이 향불 연기처럼 피어오른다. 아이는 잠시 그 이후의 자신의 인생을 되돌아본다. 길고, 멀고, 거친 길. (중략)

잔아버지는 그렇게 선산으로 가셨다. 가을비 내리는 추석 다음날. 세상의 나이 여든셋. 육십도 훨씬 넘은 아이는 끙개를 기억한다.

—「'끙개'와 '잔아버지'」

*당산목 대신 자란 그 나무는 언제 또 어떻게 죽어 갈지…. 사람도 가고 나무도 가고. 그래도 모새독고리, 구리얄, 무섬대 그런 이름들은 남겠지. 삼바실, 아직은 그 뜻을 짐작하는 사람들이 있지만, 삼베가 우리네 생활에서 전혀 의미가 없는 죽은 말이 되면 삼바실도 아주 죽은 말이 되겠지.

삼바실, 그 말까지 죽어 버리면 고향이 아니라 타향이리라.

—「이름은 지워졌지만…」

*로스앤젤레스 레돈도 비치에는 '꿈의 계단'이 있다. 삼바실 밤나무밭에 서면 이 꿈의 계단이 아련하게 그립다. 레돈도 비치의 이 계단을 오르면 삼바실 목화밭이 보고 싶어진다. 거기에서도 이미 사라진 지 오래된 목화밭이 아스라이 떠오른다.

그렇다. 타향의 은근한 유혹(flirtation), 어쩔 수 없는 내 촌놈 인생의 가벼움. 쿤데라에게 존재의 가벼움은 세상이 중요하다고 생각하는 틀에 얽매이지 않는 것이다. 이 촌놈 인생의 가벼움은 아직도 세상의 틀이 뭔지 모르는 것이다.

—「참을 수 없는 '村놈'의 가벼움」

*말(언어)도 소를 따라 죽는다. '다랭이(다랑이)', '논두렁', '뜬 모' (중략) 새참(끼

니 사이의 간식), 광우리(광주리), 새뱅이(새우), 깨구락지(개구리), 토깽이(토끼), 멍에, 쓰레질…. 지금도 내 의식의 밑바닥을 훑으면 개울가 새뱅이처럼 걸려 나온다. 그런데 막상 고향 마을에 가면 다 없다. 사람들만 뜀박질한다. 소가 있다면 사람들 리듬에 맞추어 뛰어야 할 터이다. (중략) 내 기억 속의 소는 뛰고 싶어 하지 않는다.

—「소가 뛰면 그건 사건이다」

*인생 후반기가 되면 자의든 타의든 오욕을 좇는 일을 그만 두어야 한다. 깨달은 자는 자의에 의해서 벗어나고, 아직 깨닫지 못한 자들은 타의에 의해서 포기하게 된다.

*유년 시절의 꿈을 달성한 사람들에게는 재욕과 명욕이 인생 여정의 동기 부여라는 긍정적 역할을 한다. 그러나 많은 사람들이 이루지도 못하고 버리지도 못하는 그 욕심 때문에 이생에서 지옥을 맛본다.

—「무클럽」

*그리고 조금은 엉뚱하지만 갑자기 망향의 아스라한 아픔을 느끼게 한다. 고향에서는 그토록 화려한 꽃을 본 적이 없기 때문일까?

—「자카란다가 진다」

*꿈 바깥의 나도 꿈속의 코코펠리처럼 돌아가고 싶다. 아직도 지고 있는 바랑망태에 깨어진 약속, 버리지 못한 욕심, 갚아야 할 빚들이 서걱거려서, 꿈의 나처럼 달강을 건너지 못한다. 달강마을의 성소 키바로 돌아가면 태어날 때의 평화를 찾을 수 있겠지. 생명의 기원 시빠뿌로 돌아가고 싶다.

—「코코펠리처럼 달강을 건너」

*소박, 신기, 아기자기. 참 걷는 맛이 나는 길이다. 가끔씩 기적 소리도 들리고 기차 건널목 차단기 경보음도 들린다. 시각이 온화해지고 청각이 부드러워진다.

—「제비 고향에서의 한나절」

*비록 비애를 안고 미국에 왔지만, 이 나무들이 한국에서 왔다는 사실이 반갑

다. 우리가 이민 와서 자리 잡고 살듯이 고향의 나무들도 새 터에서 자라고 번성했다. 나무라고 사연이 없겠는가. 이러저러한 연유로 미국에서 살고 있는 우리 나무들, 대견하고 자랑스럽다. —「모감주나무 이민 오다」

*그래서 바닷가에서 망연히 먼 바다를 보고 있는 사람들은 무엇인가 이야기를 하고 있다. 당장 돌아갈 수 없는 그곳. 다시는 만날 수 없는 그 사람에게 기약 없는 사연을 보내고 있다. 끊어짐이 없는 저 바다를 통해서 그 이야기가 전달되리라. 꼭 전달되기를 믿으며.

사랑과 그리움과 후회 그리고 아픔…. 이러한 사연들이 거대한 바다에 떠다니고 있다. 세상의 시작부터 거기 있었던 바다는 서두르지 않는다. 세상의 끝날 그 순간까지도 거기에 있을 바다는 그 많은 사연을 부드럽게 추스르면서 언젠가 그 안타까운 사연들을 꼭 전해 주리라고 약속한다.

*병 속에 담은 메시지는 가없는 바다에서도 제 길을 찾아간다. 그리움이 하늘에 닿으면 하늘이 그 병을 인도한다. 갈 데가 없으면 바닷가에 가라. 거기 서두르지 않는 메신저가 있다. 마음의 길은 환하게 넓게 열려 있다.

—「바다, 당신은 무엇을 접속하려 하는가」

*여행도 인연이다. 흐르는 시간, 변하는 공간, 떠도는 나, 이렇게 세 점이 언제 어디서 무엇이 되어 함께 있는 순간이다. 100% 완전한 시간, 공간 그리고 나의 조합은 없다. 내가 떠나고 싶을 때 떠나는 것이 100%의 꼭짓점에 가까운 일이다.

사랑도 마찬가지다. 시간, 공간, 나 그리고 너 네 가지의 조합이다. 100% 꼭짓점을 찾기는 더 어렵다. 70%, 80% 그 사랑의 인연을 버리지 말자.

—「부다페스트에서 마포 돼지껍데기를 먹다」

*장님의 무딘 손끝으로 더듬어 깨닫기에는 비엔나의 역사는 길고 문화는 깊다. 내 맘대로 만져 보고, 내 맘대로 상상하고, 내 맘대로 쓰는 여행기. 아마추어 여행가의 재미이다. —「비엔나 최고 절경은 '볼일' 보며 봐야」

*절터보다는 장터, 여기가 인간 실존의 장소이다. "너는 누구냐?" 부처님도 묻고 나도 묻는다. 부처님은 앉아서 스쳐 가는 수많은 존재들에게 묻고, 나는 여기저기를 스쳐 가면서 거기 붙박이로 남아 있는 것들에게 묻는다.

—「타이 마사지 홍등 아래 부처님을 만나다」

*이민자들이 타향에서 갖는 '나는 나다'라는 자각, 그것은 어디서 오는가? 그것은 이민자들의 모집단이 가지고 있는 문화의 힘이다. '나는 나다'라는 말에서 두 번째 '나'는 나의 선조들이 만들어서 물려준 문화와 역사이다. 유대인이나 중국인은 어느 땅에 가서 최하층민 생활을 해도 여러 대에 걸쳐 자신의 정체성을 유지한다. 반대로 여진족의 경우, 청나라의 왕족이나 지배 계급으로 중원에 진출하지만 몇 대 못 가서 중국인으로 동화되어 지금은 민족으로서의 존재감마저 잃어버린 상태이다.

지금 미국에서 사는 우리 한국인들에게 '나는 나다'라고 붙들고 있을 그 무엇이 있을까? 그런 것이 있다면 우리가 가지고 있는 '나를 붙드는 나'는 무엇인가? 그것으로 충분한가? 미국에서 살아가야 할 우리 후손들에게 물려줄 그 '나'를 어떻게 살찌울 것인가?

—「샤일록, 오셀로 그들이 남이가?」

*아들에게는 사라질 수 없는 엄마의 소리. 엄마는 '소리의 끈질김'이다. 그러나 돌아가신 엄마의 메아리는 아무 때나 들리는 것은 아니다. 아들이 모든 것을 다 놓아 버리고 가장 조용한 순간으로 돌아간 그때 들린다. 그때 들리는 엄마의 메아리 속에 해답이 있다.

*엄마는 항상 있다. 죽은 다음에도 아들 곁에 메아리처럼 존재한다. 아들이 평소에는 그 메아리를 듣지 못할 따름이다.

—「엄마와 하루만 더」